W0310052

POUR L'AMOUR DU CIEL

MARIE-PIERRE PLANCHON

POUR L'AMOUR DU CIEL

Robert Laffont

© Éditions Robert Laffont, S.A.S., Paris, 2025
ISBN : 978-2-221-27910-6
Dépôt légal : mai 2025
Éditions Robert Laffont – 92, avenue de France 75013 Paris
serviceclients@lisez.com

À mes parents, Josiane Jolly-Boulanger-Sachs
et Pierre Planchon.
À mon amie, Monique Parent-Baccan.

Préface

Au-delà des nuages

La plupart des gens connaissent Marie-Pierre Planchon pour son billet météo dans la matinale de France Inter, son rire communicatif et ses fameuses citations qui concluent ses journaux ; moi, je la connais pour sa spiritualité.

J'ai rencontré Marie-Pierre lorsqu'elle est venue m'interviewer chez mon éditeur en 1996 pour France Inter. J'ai immédiatement été frappé par sa joie de vivre, sa curiosité dans tous les domaines et ses pulls rose fuchsia. Nous avons commencé à discuter en dehors de l'interview et nous sommes devenus amis.

Par la suite, elle m'a ouvert les yeux grâce à un cadeau inattendu : elle m'a présenté Monique Parent Baccan, une médium, et grâce à elle, je suis donc sortie de ma vision ancienne de la spiritualité.

Cela a pourtant mal commencé. Marie-Pierre m'a invité à une soirée où il y avait une dizaine de dames assises en cercle. Monique était un peu la reine des abeilles ; elle signalait qu'elle communiquait avec son ange guide et qu'elle avait des messages à transmettre. Cela m'a semblé tellement bizarre que je me suis endormi sur ma chaise durant la séance, et je crois que j'ai même ronflé alors que la discussion continuait.

À la fin, Marie-Pierre m'a demandé ce que j'en avais pensé ; je lui ai répondu que, pour moi, c'était du domaine de l'irrationnel et que cela ne m'intéressait pas. Elle m'a alors expliqué que pour mon anniversaire, elle comptait m'offrir une séance personnelle avec Monique le lendemain matin. Je lui ai dit : « Eh bien annule ! Cela ne m'intéresse pas du tout. »

Elle a insisté et c'est par politesse et pour lui faire plaisir que je suis donc arrivé à 11 heures chez Marie-Pierre pour retrouver la dénommée Monique. La séance a démarré. J'étais fermé. Je croisais les bras, je croisais les jambes. J'avais le regard d'une personne sceptique basique qui se retrouve au mauvais endroit avec la mauvaise personne.

« Avez-vous une demande à faire à votre ange gardien ? m'a demandé Monique.

— Qu'est-ce qu'il attend pour se mettre au travail ?

— Mais il n'arrête pas ! »

De fait, à cet instant, j'ai eu l'impression que même si à l'époque j'avais l'impression que ma vie n'allait pas bien, j'avais quand même échappé à beaucoup de gros vrais problèmes et que ce qui m'arrivait n'était finalement pas si mal.

Alors j'ai éclaté de rire : « Je reconnais que si vraiment j'ai un ange gardien, je suis peut-être un peu ingrat et si, comme vous me le dites, il m'entend… eh bien je lui envoie un merci et ma gratitude. »

Au moment où j'ai dit cela, je n'étais pas dans la croyance, j'étais juste dans le sentiment très pascalien du pari : il y a une chance sur deux que cela puisse exister alors, dans le doute, autant bien se comporter.

Ensuite Monique m'a demandé si je voulais connaître mes vies antérieures. Je lui ai répondu que je n'y croyais pas. D'abord parce que j'avais une formation scientifique et que tout ce qui n'est pas vérifiable était selon moi du domaine de l'imaginaire ; ensuite parce que, comme par hasard, tous les gens qui exploraient leurs vies antérieures avaient été des personnes célèbres : Napoléon, Joséphine, César, Cléopâtre ou Jésus Christ. Or les probabilités que cela puisse être réel étaient nulles. J'ai ajouté qu'en prenant l'hypothèse que cela puisse exister, de toute façon, la vie des gens du passé ne devait pas du tout être réjouissante. La plupart devaient être paysan, soldat, ouvrier, esclave ou femme au foyer. Ils n'avaient aucune hygiène, subissaient les guerres et les épidémies de peste. Ils ne voyageaient pas et devaient mener des existences très ennuyeuses, quand elles n'étaient pas douloureuses. Et si on oubliait ses vies passées, c'était probablement parce qu'on n'avait pas besoin de s'encombrer de traumatismes en plus de ceux de notre enfance.

Monique m'a raconté que j'avais eu 111 vies : 100 inintéressantes et 11 qui pourraient m'amuser. Alors là elle a touché un point faible de mon système ; en tant que conteur, j'adore qu'on me raconte des histoires. Les 11 histoires censées être de mes vies passées étaient passionnantes. Que ce soit ma vie de femme de harem en Égypte en 350 avant J.-C. ou ma vie de Samouraï en 1600, j'étais au cinéma. Il s'agit peut-être de la clef de la spiritualité : cela raconte des histoires décalées par rapport au réel. Et c'est déjà beaucoup.

Marie-Pierre est donc capable de convaincre des sceptiques comme moi, et je pense qu'à force de regarder le ciel pour guetter les nuages, elle a fini par voir bien au-delà. Cet ouvrage permettra aux lecteurs de découvrir qui elle est vraiment et comment, au-delà de la météo, elle nous ouvre les yeux sur des sujets bien plus subtils.

Bernard WERBER

1

Le ciel me tombe sur la tête

C'est une triste chose de songer que la nature parle et que le genre humain n'écoute pas.

Victor Hugo, *Carnets intimes (1870-1871)*, Gallimard, 1953.

À l'aube du 18 août 2022, je suis réveillée en sursaut par des bruits sourds, incessants, provenant d'objets non identifiés projetés sur le toit du bungalow du petit centre de tourisme dans lequel je viens de passer quelques jours de vacances. J'ai la sensation que le ciel me tombe sur la tête. Je saute du lit et vais vite soulever le rideau pour voir ce qu'il se passe à l'extérieur. Waouh, je ne distingue même plus la montagne tellement il pleut. Les éléments sont déchaînés. Mon Dieu, c'est la fin du monde. J'ai pourtant vécu les derniers jours d'un cyclone, en 2009, en République dominicaine, et j'en ai gardé l'empreinte au fond de mon être. Je constate que ce qui est en train de se passer est encore plus violent… Comment est-ce possible ? Je me revois consulter la veille au soir le site de Météo France avant d'embarquer pour Toulon à Ajaccio ;

quelques orages étaient bien annoncés mais rien qui semblait justifier une vigilance orange… Qu'est-il en train de se passer ? Je suis sidérée.

Me revient alors le rêve que j'ai fait trois mois plus tôt et que je peux qualifier aujourd'hui de prémonitoire – c'est l'une de mes caractéristiques. Alors que je me baignais dans une eau turquoise, j'apercevais au loin un ciel si noir, si sombre que je prenais la décision de sommer les gens qui m'entouraient de sortir de l'eau au plus vite, mais je n'avais pas pu le faire car le temps de tourner la tête vers eux… trop tard, le ciel noir était sur nous et je comprenais que j'allais mourir, alors je m'en remettais à Dieu. Je lâchais prise.

En observant le ciel menaçant de l'autre côté de la fenêtre, j'ai l'impression de revivre le scénario de ce cauchemar. Je me dis : « OK, j'ai compris, encore un rêve prémonitoire… » La porte-fenêtre est heureusement protégée par le volet que j'ai fermé pour la nuit. Je ne peux même pas ouvrir pour regarder ma petite voiture garée sous les deux sapins plantés à côté du studio. Cette voiture qui doit me ramener à Paris. Confrontée à l'essentiel, j'en oublie même l'idée. Nous n'en sommes plus là.

Je suis seule… Plus d'électricité, plus aucun réseau téléphonique ; je ne peux appeler personne. Je décide de suivre l'idée de mon rêve, de m'allonger sur le lit. Il n'y a rien d'autre à faire. Je me mets à prier de toute mon âme, demandant aux anges et au gardien du lieu de nous protéger. Je pense à ma voiture et me dis : « Tant pis si je ne peux pas rentrer, mais je veux rester en vie, profiter de l'existence, encore et encore. » Mon mental s'agite et je pars en vrille…

Emportée par ma peur et mes émotions, je pressens que la nature est en train de me dire quelque chose. J'ai toujours eu un lien particulier avec les éléments. En proie au trouble, je ne dors pas mais suis dans un entre-deux, comme depuis la mort de mon chéri. Je suis là sans être là.

C'est le silence qui me sort de cet état. Le bruit infernal s'est arrêté net. Je me lève, ouvre tout doucement la porte puis le volet. Dehors, c'est la désolation. Les arbres sont couchés de chaque côté des bungalows, les auvents, arrachés, les chaises, les transats, envolés. Les deux sapins sont toujours debout, bien droits, protégeant ma 107 rouge couverte d'aiguilles de pin mais sans une égratignure… Je remercie tout de suite les êtres de lumière d'avoir limité la casse.

Ce qui a suivi reste très flou. Je me souviens qu'un employé du centre qui passait constater les dégâts m'a annoncé, soulagé, qu'il n'y avait aucun mort, pas un blessé, que les enfants de la colo avaient été évacués juste à temps. Leurs tentes étaient explosées. Et puis plus rien, plus de souvenirs. Le vide. Pourtant j'ai conscience qu'il m'a fallu charger la voiture, faire le ménage. Comment ai-je fait ? Je n'en sais rien…

Dans le premier souvenir qui me revient, je suis au volant, en train de rouler dans le petit chemin qui descend vers la plage et où se trouve l'accueil du centre. Le choc : je prends la mesure des dégâts. L'immense eucalyptus est couché sur la voiture broyée du directeur. Que s'est-il passé ? Fatou, l'intendante du village que je retrouve à l'accueil, m'explique que ce phénomène est inhabituel, personne n'a jamais vu ça ici... On pleure dans les bras l'une de l'autre, nous réconfortant mutuellement : nous sommes en vie, les seuls dégâts sont matériels. Coupée du monde, je ne peux envisager de repartir puisque nous ne savons pas si les routes sont dégagées.

Le calme revenu, l'appel de la mer est plus fort que tout : je décide d'aller me baigner, de me nettoyer de cette terreur. En entrant dans l'eau, je suis saisie par la température en comparaison avec celle des jours précédents. Celle du 15 août, surtout, où au moment d'entrer dans l'eau, j'ai eu un drôle de ressenti qui m'a empêchée de me baigner, comme si la mer me communiquait son malaise. J'ai entendu : « On n'en peut plus, on n'en peut plus ! » J'en ai pleuré. Là, la mer a retrouvé sa belle énergie. Cette baignade me permet de reprendre mes esprits, de me détendre, de purifier ma conscience en demandant aux éléments de l'eau de transmuter mes émotions négatives. J'en sors plus calme et prête à conduire, même si je reste sans nouvelles du monde extérieur en début d'après-midi... Que vais-je faire ?

Je prends la décision de quitter les lieux après avoir croisé un vacancier qui vient d'Ajaccio, annonçant que la route est praticable et que je peux partir en toute tranquillité. Je suis si triste. Je n'ai même pas pu dire au revoir à mon amie Stéphanie, de Cargèse, dont je n'ai aucune nouvelle, ni de son fils. Je conduis doucement, mes yeux se remplissent de larmes régulièrement. « Je comprendrai plus tard », me répété-je. Je sais que les choses n'arrivent pas par hasard. Je sens l'anxiété me gagner. Le cœur serré, je regarde une dernière fois, du haut de la corniche, ce village sublime, ces eaux turquoise, avant le dernier virage, en me disant : « Taratata, tu y penseras demain, arrête de faire ta Scarlett. Ce n'est pas le moment, accueille tes émotions. » Tu parles, Charles… j'ai la trouille de faire cette traversée toute seule, bon sang ! La colère me gagne, mon mental prend le dessus. Quel déchirement de quitter cet endroit magique avec un coup de pied au derrière.

À mon arrivée au port d'Ajaccio pour l'embarquement, je reconnais, dans la file d'attente, un couple qui résidait à quelques bungalows du mien. Ce sont eux qui m'ont informée que les vents avaient soufflé jusqu'à 225 kilomètres-heure, soit la force d'un cyclone de catégorie 4 (sur une échelle qui va jusqu'à 5, sachant qu'à Mayotte, en janvier 2025, le cyclone Chido a généré des rafales de vent allant entre 226 et 250 kilomètres-heure). J'apprends que nous allons effectuer la traversée sous une nouvelle vigilance orange. Décidément, le sort s'acharne.

Cette dame me raconte ce qu'elle a vécu au petit matin. « J'étais sur la terrasse en train de ramasser les jouets et les affaires des enfants, m'explique-t-elle, quand une rafale a failli me faire tomber… et ç'a été l'horreur. J'ai vu cette gueule de requin qui fonçait droit sur nous et qui allait nous avaler. Je suis rentrée en courant réveiller mon mari et lui ai dit que nous allions mourir ! » Accrochée à son récit et observant la peur sur son visage, je comprends à quel point nous l'avons échappé belle. J'en prendrai surtout conscience le lendemain quand je verrai la photo publiée dans le journal. Je n'ai eu que le son, pas l'image…

Après cet échange, il faut bien faire face et embarquer sur le bateau. *Step by step.* Je ne suis pas rassurée – première tempête sur un navire –, mais comme la vie peut parfois nous envoyer des signes qui semblent dire : « Tu n'es pas seul(e) », nous observons, depuis le pont, quelques dauphins venus jouer et nous accompagner au moment du départ. Je choisis de prendre ce cadeau comme le signe que je ne dois pas m'inquiéter.

Effectivement, nous sommes un peu secoués pendant la nuit en mer, mais rien d'alarmant, et nous accostons au petit matin comme prévu à Toulon. Je dois avouer qu'en montant dans la voiture, je n'en mène pas large ; ma tête tourne et je vois bien qu'une crise de vertige se profile. Je préfère mettre ce malaise sur le compte d'une fragilité connue de mon oreille interne et je me dis que ces vertiges se sont déclenchés en raison de la forte houle et des remous marins… Je me rassure comme je peux en me répétant : « Ça va passer. » En prenant la route, je suis confiante, même si j'arrive bien fatiguée à Lyon chez mon amie Blima qui m'accueillera jusqu'au lendemain.

Mais au réveil, je dois admettre qu'il m'est impossible de conduire. Je ne tiens pas debout tellement je tangue. Je décide de rester une journée supplémentaire pour me reposer avant de rentrer à Paris où le micro des matinales de France Inter m'attend dès lundi matin.

C'est chez mon amie que j'apprends que c'était un arcus qui s'est formé sur la Méditerranée en raison de la température exceptionnellement élevée de la mer. Ce rouleau de nuages horizontal, très dense, prenant l'aspect d'un arc sombre et menaçant lorsqu'il est étendu est alors le premier monstre du genre à s'approcher de nos côtes, chez nous. Un phénomène extrême qui ne s'observe à l'époque que très rarement mais qui, depuis, tend à se multiplier...

Je réussis finalement à reprendre mes esprits et à rentrer à Paris. Pendant la semaine qui suit, en proie à des vertiges réguliers, je me sens toujours très fatiguée, nauséeuse. J'essaie de mettre ce malaise sur le compte de diverses contrariétés causées par quelques soucis personnels quand, me voyant dans ce drôle d'état, un ami de la radio me conseille d'aller voir de toute urgence le médecin du travail. Le docteur Brescia me reçoit sur-le-champ, m'ausculte et m'annonce qu'il n'est pas étonné par mon état : j'ai 17,9 de tension, ce qui explique mes vertiges. Il m'adresse à un cardiologue qui me conseille de prendre du recul, de relativiser et de m'octroyer surtout quelques moments de bien-être. La semaine se passe plutôt mieux mais dès le lundi suivant, au réveil de ma sieste, nouvelle crise de vertiges, plus forte encore. Je panique et appelle SOS médecin. Le médecin arrive assez vite et prend ma tension ; cette fois, elle est montée à 17,10. Stupeur.

« Depuis quand avez-vous ces symptômes ? me demande le docteur en constatant cette poussée de tension.

— Depuis mon retour de Corse. »

Alors que je lui raconte ce qui s'est passé là-bas, il m'interrompt en m'annonçant : « Vous faites un stress post-traumatique.

— Ah bon ? Moi qui croyais avoir bien géré la situation…

— Vous étiez où, exactement ?

— À Cargèse. »

Stupéfait, il me répond : « Moi aussi ! »

Mais c'est fou ça ! Et il enchaîne en m'apprenant que lui-même était au village avec ses enfants, qu'ils ont vu le monstre arriver. Il s'est même ouvert la main en voulant retenir un auvent. Il fait défiler les photos sur son téléphone en même temps qu'il me raconte ce qu'il a vécu, et compte tenu de la rapidité avec laquelle il me déballe son récit, je le devine aussi traumatisé que moi, voire plus, alors je me permets de lui demander : « Vous aussi, vous faites un stress post-traumatique ?

— Ah non, pas du tout, me répond-il, tout va bien ! »

Intérieurement, je me dis tout de suite que si l'Univers m'a envoyé un médecin qui a vécu la même chose que moi, ce n'est pas un hasard. Même si je suis bluffée par la synchronicité, habituée du fait, je me doute bien qu'un sens va bientôt se révéler…

Dans ma tête, les idées se bousculent. Oh là là ! Il ne se rend même pas compte qu'il vit un SPT, lui aussi. Il est dans le déni car la peur qu'il a ressentie est encore si palpable au fil de son récit que j'en ressens les émanations. Mon Dieu, cet homme est le miroir de ce que je vis : je suis moi aussi dans le déni !

Quand l'Univers souhaite vous envoyer un message, il trouve toujours un messager prêt à endosser le rôle… Ce jour-là, c'est le docteur T. que je remercie du fond du cœur.

Après son départ, je m'assieds sur le canapé en demandant à mon ange gardien quel est le sens de tout cela. Quel message se cache derrière cette incroyable coïncidence ? Combien de chances avais-je de tomber sur un médecin qui a vécu la même épreuve que moi, au même endroit ? Malgré mes malaises, je suis assez émerveillée par ce clin d'œil cosmique. Que dois-je comprendre ? De quel déni s'agit-il ? Je n'en ai pas encore conscience, mais en m'efforçant de revoir les scènes de ce trauma, je constate très vite qu'effectivement, par toutes sortes de mécanismes de protection, je me suis raconté une histoire dont je ne conserve que les événements positifs – il n'y a eu aucun mort, pas même de blessés, seulement des dégâts matériels. Après le déni du docteur T., en voyant défiler les scènes dans mon esprit, j'ai pris conscience que j'ai trois ou quatre heures de black-out. Absence totale de souvenirs.

J'ai passé une heure, allongée sur le lit à prier, puis deux ou trois heures encore à faire le ménage, réunir mes affaires et charger la voiture. De tout cela, il ne me reste rien. Le vide. La mémoire ne revient qu'au moment où je descendais vers la plage en marche arrière. Mais que s'est-il passé pendant tout ce temps ? Trou noir.

Je découvre peu à peu le pot aux roses : j'ai tout fait basculer dans l'inconscient tant c'est douloureux et violent. J'ai tenté de refouler ma peur de mourir, mais mon corps, lui, m'en révèle les symptômes. Merci à lui !

Depuis de nombreuses années, j'ai appris à le remercier, car sans lui je ne suis plus rien ; il est devenu mon plus grand allié. C'est l'un des grands enseignements du travail que je fais avec mon analyste – qui d'ailleurs m'encourage depuis longtemps à écrire tout ce que je comprends. J'aime lui faire part de mes analogies météorologiques et des correspondances entre mes émotions et ce que me renvoie l'expression du ciel. Comme si les événements météorologiques étaient le reflet de mon intériorité. Ce qui se passe à l'extérieur est le reflet de ce qui se passe à l'intérieur, une expression du dedans et du dehors liées, imbriquées, qui formulent du sens.

Je suis donc comme la mer et cet arcus : j'ai retenu ma colère, qui a créé à la fois une tension et un bouillonnement intérieur, en résonance avec la Méditerranée qui avait anormalement chauffé au cours de l'été. Je comprends à quel point j'ai besoin d'exprimer, comme la mer, ma tristesse, mon chagrin contenu depuis la mort de Sahbi, mon grand amour, il y a deux ans. À ce moment aussi, le ciel m'est tombé sur la tête quand j'ai appris sa mort par téléphone.

Une déflagration… Il venait de succomber à une crise cardiaque alors qu'il était dans son pays natal, la Tunisie.

J'en veux au ciel de l'avoir rappelé, comme on dit. Quelle connerie ! J'écris ça et pourtant je sais intérieurement que nous passons dans une autre dimension. Je suis convaincue qu'après la mort du corps physique, nous renaissons ailleurs, sur un autre plan de conscience. Que l'âme part vivre de nouvelles aventures et qu'un nouveau voyage commence. Une transition entre deux vies, en quelque sorte avant de se réincarner. J'ai également cette croyance que nous décidons des moments clés de notre évolution ; malgré tout, je suis en colère. Mon grand amour a rejoint les étoiles d'une façon brusque et violente, ce n'est vraiment pas juste…

Je suis au point mort, je ne comprends plus rien. Ma vie a basculé trois jours avant son retour à Paris. Il venait de prendre sa retraite et avait dit un peu plus tôt à son neveu : « Je vais enfin pouvoir profiter de la vie avec Marie-Pierre ! » *Fuck.* Mais pourquoi ? Nous avions tant à vivre, à nous aimer. Nous avons passé trois semaines d'apothéose en Corse, dans ce petit coin de paradis. C'est pourquoi j'ai eu envie de revenir sur ce lieu magique qui nous a permis de vivre un rêve éveillé après le premier confinement de 2020. C'était la motivation qui m'a poussée à retrouver cette terre inspirante qui nous avait offert une expérience inouïe après trente ans de relation amoureuse, houleuse, certes, et au final si merveilleuse.

Bien sûr que je vois le lien… Je ne peux pas ne pas le voir. Je suis venue inconsciemment chercher un indice. Je me dis alors : « OK, j'ai compris, l'Univers te parle ! » Je passe du septième ciel à l'apocalypse.

Je me revois sur la route du départ, au volant de ma petite voiture… J'ai bien saisi qu'il y avait un lien, une sorte de rappel à l'ordre, mais ce n'était pas encore le moment de me mettre en mode réception ou analyse. Comme Scarlett, je me suis dit j'y penserais le lendemain. Il n'y avait aucune urgence. Je devais conduire malgré le choc et j'ai alors enclenché le mode survie pour y arriver.

De retour sur mon canapé, je ne pouvais que constater, au vu de mes symptômes corporels, que quelque chose clochait. Quelque chose qui demandait à être conscientisé… Il y avait bien longtemps que j'avais appris à décoder le mal à dire (d'où « maladie »), grâce notamment au travail de Michel Odoul[1], fondateur de l'Institut français de shiastsu, pour qui « les cris du corps sont les messages de l'âme, notre corps parle, encore faut-il savoir l'entendre ». Et comme me l'a rappelé récemment Julie Lemignon, mon ostéopathe de Cargèse : « Ce qui ne s'exprime pas s'imprime dans le corps. » Je n'étais plus en accord ni avec moi-même, ni avec les fameuses lois cosmiques. Je n'étais plus alignée.

---

1. Et notamment son ouvrage *Dis-moi où tu as mal, je te dirai pourquoi*, Albin Michel, nouvelle édition augmentée, 2022.

Je sais intellectuellement que l'acceptation est la clé, mais cela prend du temps, et j'avais passé ces deux dernières années à être là sans y être. L'invisible m'avait soutenue pendant tout ce temps ; j'avais pu me connecter à l'énergie de mon chéri, aux êtres de lumière qui m'entouraient et me soutenaient dans le chagrin. C'est d'ailleurs une expérience étonnante, troublante, qui m'a fait énormément douter.

Le coup de semonce était trop fort pour que j'en reste là et je comprenais que par cet événement, le ciel m'invitait non seulement à sortir de cet entre-deux-mondes dans lequel j'avais trouvé refuge, mais surtout à sortir du déni du trauma que j'avais subi plutôt qu'à le minimiser en ne cherchant qu'à me rappeler les choses positives. Certes, il n'y avait eu aucun mort, aucun blessé. Non, le toit ne s'était pas envolé et moi, je n'avais rien eu. Oui, ma voiture était intacte. Pourtant, j'avais réellement eu peur de mourir…

Cette épreuve m'avait bien montré que le ciel me narguait. « Alors, tu veux partir ? » semblait-il me demander. Non, je veux vivre ! C'était ma première décision ; j'aimais trop la vie, même si j'avais très envie de revoir mon Amour. Désormais l'urgence était de m'ancrer dans le présent, sur Terre, de réintégrer ma conscience corporelle. Me soigner et respecter mon corps pour pouvoir entendre le murmure de mon âme. Je me connaissais, je trouverais bien une solution pour arranger des rendez-vous amoureux avec mon chéri, me disais-je, j'avais déjà quelques pistes. À commencer par celle de raconter, de témoigner : voilà ce qui me préoccupait sérieusement depuis deux ans et que je tentais à tout prix d'enfouir.

Si l'avertissement était de taille, la motivation l'était d'autant plus. « En avant toute », me suis-je dit. Ou plutôt, dans mon cas, nécessité oblige, en arrière toute, comme je l'avais fait en m'éloignant de mon bungalow après le passage du monstre météorologique : il me fallait faire un retour sur moi, c'est-à-dire récapituler pour étudier une à une les étapes cruciales de mon incarnation, de mon évolution. Ce travail chamanique qui allait, je l'espère, me permettre de revisiter mon passé pour m'en libérer et de me « désidentifier » de tout ce qui m'avait encombrée afin de retrouver ma liberté d'être, de sortir du labyrinthe, de poursuivre ma route du Soi et mon incarnation en conscience vers de nouvelles aventures évolutives.

2

Mes aventures secrètes de jeunesse

Sous la couche épaisse de nos actes, notre âme d'enfant demeure inchangée ; l'âme échappe au temps.

François Mauriac, *La Fin de la nuit*, Grasset, 1935.

Vers l'âge de huit ou neuf ans, j'aimais me réfugier dans l'église qui se trouvait sur le chemin de l'école. Dans ce lieu de recueillement et de prière, seule, assise face à l'autel, j'éprouvais l'énergie divine. Apaisée, je me sentais protégée. Je me souviens particulièrement d'une fois où j'ai prié pour mourir avant mes parents. Pourquoi, ce jour-là, avoir fait cette demande ? Avec le recul, je me dis que j'avais certainement entrevu que mon père allait bientôt rejoindre le ciel, comme on disait. Ce qui est arrivé en décembre 1972. J'avais dix ans, ma sœur, huit, quand nous nous sommes retrouvées orphelines sans avoir revu notre père ni pu lui dire au revoir. Pour me consoler, je me refaisais souvent le film de la dernière fois où je l'avais vu…

Je me réveille en sursaut et je cours jusqu'à la porte du magasin de ma mère. Mon père lui dit au revoir et s'apprête à monter dans sa DS. J'arrive à temps. Il m'embrasse, et en démarrant nous fait un signe de la main. Ce sont des adieux, je ne le sais pas.

Sa mort a marqué la fin de mon enfance. Seule la radio m'apaisait, le soir, avec les auteurs dramatiques ou les maîtres du mystère que j'écoutais, lovée dans le lit de notre mère. Lorsque le chagrin était insupportable, je prenais la photo de mon père et lui disais toute la peine qui m'envahissait. Et puis un jour, devant ce portrait grandeur nature que ma mère avait fait développer, j'ai plongé mes yeux dans ses yeux, et cette fois-là, à ma grande surprise, j'ai ressenti son énergie et sa présence. Alors à chaque chagrin, je pratiquais ce rituel et, sans que je m'en aperçoive, je retrouvais mon calme en quelques minutes. J'éprouvais sa vibration, sa présence. Jusqu'au jour où ma mère, après avoir entendu l'auteur au micro de Jacques Chancel dans *Radioscopie* sur France Inter, a acheté l'ouvrage du médium Belline, *La Troisième Oreille. À l'écoute de l'au-delà*[1], qui venait de paraître, dont je me suis rapidement emparée. Après vingt mois de souffrance à la suite de la mort de son fils, l'auteur expliquait avoir senti parvenir jusqu'à lui des vibrations sonores et lumineuses de l'au-delà ; comment il avait entamé un dialogue avec l'invisible pour communiquer avec son fils décédé. Ce que je pressentais venait se confirmer avec ce témoignage : je captais bien quelque chose…

1. Belline, *La Troisième Oreille. À l'écoute de l'au-delà*, Robert Laffont, 1972.

Un autre volume est à l'origine d'une véritable révélation, quelque temps plus tard, lorsque ma mère s'est procuré le fameux livre du docteur Raymond Moody, *La Vie après la vie*[1]. Il existait donc des témoignages de personnes ayant réellement franchi cette « ligne de démarcation », comme j'aime l'appeler, des témoins ayant vécu une expérience de mort imminente (EMI) – en anglais NDE, pour *near-death experience.*

A alors commencé pour moi une aventure, une quête. Que se passait-il quand on rendait son dernier souffle ? Il était inconcevable que tout s'arrête comme ça ! Malgré mon jeune âge, quelque chose au plus profond de mon être me murmurait que j'étais sur le bon chemin. C'est d'ailleurs à la même période que j'ai découvert la fameuse collection créée par Robert Laffont, « Les énigmes de l'Univers », consacrée à des sujets tout aussi passionnants et ésotériques que les civilisations perdues, le triangle des Bermudes ou encore les ovnis. Je dévorais tous ces livres à la couverture rouge ornée de lettres dorées sans imaginer qu'un jour je rencontrerais le père de cette collection qui était en train d'éclairer et de révolutionner ma vie, posant les bases de ma façon d'appréhender le monde et l'Univers.

Ce retour vers mon passé pour mieux éclairer mon présent, illuminer mon corps, mes cellules, me permet de me rendre compte de la chance que j'ai de toujours rencontrer les bonnes personnes au bon moment. Aujourd'hui, je sais que ce genre d'exercice est très

1. Raymond Moody, *La Vie après la vie*, Robert Laffont, 1975.

puissant ; il s'agit en quelque sorte d'une récapitulation chamanique dont le but est de reprendre son pouvoir personnel perdu au cours d'événements traumatiques. Comme l'a écrit Victor Sanchez dans *La Récapitulation chamanique. Soigner son passé pour libérer son esprit*[1], il s'agit d'un voyage, d'une exploration intérieure dont la destination est le versant caché de nous-mêmes. Inspirées de pratiques dont les origines remontent aux anciens Toltèques du Mexique et, pour certaines, développées à partir des premiers livres de Carlos Castaneda, docteur en anthropologie, ces techniques visent à nous révéler la part magique de nous-mêmes dont le monde moderne nous a coupés.

Quelques années plus tard, Maud Séjournant, dans son livre *Le Cercle de vie. Initiation chamanique d'une psychothérapeute*[2], une approche plus contemporaine du chamanisme, explique qu'il « existe deux voies dans la connaissance de Soi : la voie lunaire et la voie solaire. La première consiste essentiellement dans le choix assez précoce d'un gourou ou d'une pratique spécifique que l'on suivra toute sa vie ; la seconde est constituée d'un assemblage d'apprentissages de sources ou de maîtres divers, au fil des années ». Sans le savoir, j'ai suivi cette voie solaire de rencontres, ce voyage intérieur qui me permet de savoir aujourd'hui que dès

---

1. Victor Sanchez, *La Récapitulation chamanique. Soigner son passé pour libérer son esprit*, Le Rocher, 2004.

2. Maud Séjournant, *Le Cercle de vie. Initiation chamanique d'une psychothérapeute*, Albin Michel, 1997.

mon plus jeune âge, j'ai vécu des initiations ; je n'en avais pas conscience à l'époque, mais mon âme devait se régaler, se réjouir. Ne dit-on pas : « Quand l'élève est prêt, le maître arrive » ? Que ce soit à l'école ou au collège, au lycée, à la faculté puis à la radio, j'ai côtoyé les meilleurs et j'en remercie la vie. J'ai également constaté que j'ai toujours eu à mes côtés des êtres de foi intimement connectés à la nature. Ç'a été le cas de M. Sylvain, le sourcier de Feuquières-en-Vimeu, mon village picard, qui m'impressionnait car il parlait peu et son regard était pénétrant. Ou de M. Rasse, le formidable magnétiseur qui a fait disparaître les lumbagos à répétition de ma mère malgré son scepticisme. La souffrance fait parfois sauter des verrous de croyances limitantes.

Adolescente, j'ai eu la chance d'être initiée par cet homme qui prenait le temps, à chacune de ses visites, de me parler non seulement de ses recherches sur le magnétisme, mais aussi de l'impact de la prière. Grâce à lui, ces sujets déjà abordés dans mes lectures – passionnantes – devenaient tangibles. Observant mon intérêt pour le magnétisme, il m'a proposé plusieurs expériences dont l'une qui consistait à imposer mes mains à un petit morceau de viande en gardant de côté un morceau témoin sans y porter attention, pour constater au fil des jours leur évolution. Après deux ou trois semaines, j'ai vu le morceau que j'avais magnétisé quotidiennement se dessécher et durcir alors que l'autre se décomposait… Folle de joie, j'ai répété ma tentative sur des fruits, et elle s'est révélée aussi concluante.

Il y a également eu cette expérience assez inouïe qui nous a interpellées, ma mère et moi. M. Rasse venait régulièrement magnétiser le kyste synovial qui s'était développé sur la main de ma petite sœur et qui devait être opéré. Sous l'œil attentif de notre mère – et les moqueries de ma sœur qui tendait la main sans y croire –, ces séances ont duré plusieurs semaines jusqu'à ce que ma sœur ait très mal à l'autre main : pour moi, c'était le signe que le mal s'échappait. En effet, le kyste a totalement disparu et elle n'a jamais subi d'intervention. Conclusion de notre médecin : c'était un pur hasard… Après cet épisode, M. Rasse m'a appris à me servir d'un pendule qui pouvait m'aider à répondre à certaines questions que je lui posais. Je me suis beaucoup amusée à jouer du pendule pendant que mes amis jouaient du piano ou de la guitare !

Depuis, je sais combien l'autosuggestion fait partie de la guérison et que des phénomènes mystérieux restent inexplicables pour la science. Avec ce magnétiseur, j'ai appris la force de la prière et cette foi ne m'a jamais quittée, même dans les moments les plus difficiles de ma vie.

Parmi mes aventures secrètes, j'ai eu la chance d'avoir une tante qui aimait tirer les cartes. J'adorais quand elle venait à la maison et qu'elle m'enseignait cet exercice divinatoire en disant : « Petit diable de pique, que m'apportes-tu au plus vite ? » Des années plus tard, après ma rencontre avec Alejandro Jodorowsky et ses judicieux conseils, le tarot deviendrait pour moi un très bon allié.

J'ai remarqué que j'attirais bien souvent des personnes qui étaient, comme moi, passionnées d'ésotérisme. En 1982, quand j'ai fait mes premières animations sur l'antenne de Radio Côte Picarde, on peut dire que je suis tombée « dans une marmite de gens branchés, bizarres ou originaux ». Le directeur, Alain Warin, suivait alors un régime macrobiotique. Je me suis souvent demandé comment il connaissait à l'époque cette philosophie alimentaire fondée sur les concepts asiatiques du Tao, du Yin et du Yang, deux forces cherchant à se réunifier pour former un tout, recommandant une nourriture proche du végétalisme pour atteindre l'harmonie entre l'homme, l'environnement et l'Univers. Pascal, son directeur adjoint, pratiquait, lui, l'hibernation, son épouse était astrologue, tandis que la médium Marcelle Oliverio, qui venait une fois par semaine répondre aux auditeurs en direct à l'antenne, avait rassemblé dans son livre *Ephphata*[1] les messages de l'archange Raphaël, qu'elle avait reçus par médiumnité... Du haut de mes vingt ans, j'avais de quoi observer et étudier !

Dans cet ouvrage, Marcelle expliquait que le spiritisme représentait une phase nouvelle de l'évolution de l'humanité, sous différentes formes allant de l'anecdotique à celles qui apportent des inspirations du monde supérieur. Elle a été la première à me parler d'Allan Kardec, le père du spiritisme, et de son *Livre des esprits*[2]. Au cimetière du Père-Lachaise, sa tombe est réputée

1. Marcelle Oliverio, *Ephphata*, Réalité spirite, 1993.
2. Allan Kardec, *Livre des esprits*, J'ai lu, 2005.

pour être toujours la plus fleurie. Plus tard, mon amie Monique, également médium, m'y a emmenée et m'a expliqué, bien au-delà du folklore des tables tournantes, l'importance des enseignements sur l'âme de Kardec, que Victor Hugo, l'astronome Camille Flammarion et tant d'autres ont étudiés. Selon cette philosophie, « l'homme vient sur Terre pour perfectionner son âme à travers son corps. L'âme, immortelle, a besoin de plusieurs séjours dans les mondes matériels, englobant les vies passées et futures, pour se transcender », nous dit Kardec, qui ajoute que « cet enseignement proclame la liberté de conscience comme un droit naturel et respecte toutes les convictions ». Ce qui m'a particulièrement touchée dans cette approche, c'est l'idée que la mort du corps n'est pas une fin pour l'âme. Elle nous rappelle que rien ne nous sépare de ceux que nous avons aimés et qui nous ont quittés. La loi du karma éclaire nos épreuves et nos souffrances, nous permettant de les affronter, de les dépasser, de nous élever.

Marcelle Oliverio m'a expliqué un jour que ce mouvement spirite avait été pour elle, comme pour tant d'autres, l'élargissement de son horizon psychique, transformant la foi abstraite en faits réels. Ce n'est que bien des années plus tard, lorsque je rencontrerais la médium Monique Parent Baccan, que je comprendrais l'importance de ma rencontre avec Marcelle, ma première éveilleuse d'amour et de lumière.

3

Je suis née d'une longueur d'onde

Hasard ou destin, la réponse n'est pas simple.

Joseph Kessel, *Ami, entends-tu...*,
La Table ronde, 2006.

J'ai longtemps dit : « Je n'ai pas choisi la radio, c'est la radio qui m'a choisie. » C'est vrai que c'est cohérent, car je n'ai jamais émis le désir de devenir animatrice, productrice ou journaliste. Mais je ne peux plus le dire ainsi aujourd'hui, et j'ai mis du temps à comprendre qu'il s'agissait en fait d'un choix de mon âme. Après quelques années d'enseignements spirituels et de nombreuses lectures, j'ai dû admettre que si j'étais arrivée à la radio, c'était grâce à des rencontres magiques, des *timings* parfaits, des coïncidences « extraordinaires » que l'on appelle aussi des *synchronicités*. Ce concept, développé par le psychiatre suisse Carl Gustave Jung pour définir une coïncidence signifiante pour celui qui l'observe, a été repris et approfondi par l'écrivain américain James Redfield dans son livre *La Prophétie des Andes*[1]. Grâce à cet ouvrage, j'ai pris conscience de la chance que j'avais eue de vivre ces événements synchronistiques qui sont, comme l'ajoute cet écrivain, « porteurs de sens pour le futur », et qui m'ont aidée à trouver ma voie… Je dirais même ma *voix*.

Adolescente déjà, plongée dans mes ouvrages de la collection « Les énigmes de l'Univers », je croyais déjà en la réincarnation et avais intégré que les événements de notre vie étaient en lien avec nos existences passées. Mais à l'époque de ces synchronicités, je n'avais encore aucune conscience de l'impact qu'elles allaient avoir sur mon existence. Je les vivais « naturellement », j'adorais leur aspect magique, et j'aime toujours autant les raconter, d'ailleurs, car elles me replongent dans les mystères de la vie. Ainsi, lorsque l'on me demande comment je suis entrée à France Inter, je réponds souvent avec un sourire en coin : « C'est une très belle histoire. Vous avez du temps ? »

Je suis donc arrivée à la radio « par hasard ». Mais le hasard existe-t-il vraiment ? Cette question existentielle s'est rapidement posée à mon arrivée dans la fameuse Maison ronde, car j'ai pris conscience de la chance que j'avais eue de faire des rencontres exceptionnelles et de vivre les moments magiques qui m'avaient permis d'y pénétrer. C'était un peu comme si un ange s'était posé sur mon épaule et m'avait guidée jusque-là sans que je m'en aperçoive ; je n'avais qu'à suivre les signes qui

1. James Redfield, *La Prophétie des Andes*, Robert Laffont, 1995.

balisaient le chemin comme si mon destin vibrait sur une certaine longueur d'onde !

Mes parents étaient des auditeurs assidus. Dans le ventre de ma mère, déjà, j'étais bercée par la voix de Pierre Bouteiller et son jazz, ou par les infos d'Ivan Levaï... deux journalistes qui deviendront mes patrons. Ah, si mes parents avaient pu imaginer qu'un jour leur fille, à son tour, parlerait dans « le poste »...

Il paraît que, toute petite, j'adorais le feuilleton *Noëlle aux quatre vents* dont je ne ratais jamais l'indicatif, mais mon premier souvenir radiophonique remonte à l'hiver 1973. Notre père venait de mourir, et j'attendais chaque soir avec impatience cette échappée belle qui emmènerait la petite fille que j'étais loin de son chagrin. Je me réfugiais sur cette onde « interrienne » pour écouter quotidiennement le *Théâtre de l'étrange* et *L'Heure du mystère*, des pièces radiophoniques mystérieuses qui me reliaient déjà au monde de l'étrange. Oreille collée au transistor, je m'endormais, non pas apaisée mais calmée.

Les ondes m'ont tant accompagnée, reliée à la vie, ensorcelée presque, que j'ai même simulé, à l'adolescence, une maladie qui m'a permis de rester clouée au lit ! Une semaine à écouter France Inter. Dans un véritable *Flagrant délire*, une vraie *Cinglée du music-hall* accompagnait alors ses tartines avec du grand Chancel en guise de quatre-heures, et admirait bien sûr Leslie Bedos et Kriss Graffiti, des femmes brillantes et délirantes qui me sortaient de la mélancolie.

Combien de nuits ai-je passées à écouter, pour me consoler, Macha Béranger et sa *Nuit des sans sommeil*, une émission jamais égalée… Je me souviens aussi des voix chaleureuses, drôles et réconfortantes de Jean-Louis Foulquier et de Frantz Priollet – qui, je l'espère, ne tomberont pas dans l'oubli.

Pourtant à l'époque, loin de moi l'idée d'en faire un métier. Je ne pensais même pas que c'était une voie envisageable. Nous vivions en Picardie, loin de tout mais pas de la nature et de la mer, si essentielles à mon évolution. La radio, c'était l'évasion, les voyages, un moyen de connaître le monde et la vie, de me cultiver et de sortir de l'ennui, un véritable compagnonnage. À la sortie du lycée, je rêvais d'être architecte. Mais n'ayant pas obtenu un bac C, j'ai passé le concours des beaux-arts de Tourcoing, cession architecture, dans le but d'intégrer ensuite une école d'architecture. Mais une seule semaine de cours m'a permis de comprendre que je ne serais jamais architecte. Quelle déception ! J'avais fantasmé ce métier qui finalement ne me convenait absolument pas : rester des journées entières dans un bureau devant une planche à dessin alors que je ne rêvais que d'espace et de nature, impossible. Alors, à la fin du premier trimestre, au grand désespoir de ma mère, j'ai pris la décision de m'installer à Paris : j'en rêvais. Hébergée chez Casa, le meilleur ami de mon père que je considérais comme mon grand-père de cœur (car je n'avais pas connu mes grands-pères), le temps que je trouve ma voie, j'ai quand même décidé de suivre les cours du soir d'architecture de la Ville de

Paris pour rassurer ma mère, mais intérieurement j'étais confiante, j'y croyais. Une clé essentielle et qui jamais ne m'a quittée.

Après deux mois de recherche d'emploi, j'ai accompagné mon amie Isabelle au Bon Marché, où une caissière, remarquant notre origine picarde, a engagé la conversation et m'a informée qu'on embauchait des étudiants. Justement, une jeune fille venait de refuser une place de caissière : je l'ai acceptée sur-le-champ, heureuse de pouvoir gagner un peu plus de 200 francs par jour. Ce job était amusant et l'ambiance, agréable avec les autres étudiants, mais mon avenir n'était pas là et je devais envisager de nouvelles études. Pour m'aider dans cette quête et parce que j'aimais me recueillir seule, dans les églises, je priais régulièrement à la Chapelle miraculeuse, rue du Bac, cherchant auprès de Marie des réponses sur mon orientation. Un jour, lors d'une de ces pauses méditatives, j'ai entendu une petite voix me dire : « Dans la vie, il faut faire ce que l'on aime. » « Qui me parle ? » me suis-je demandé, surprise. J'étais à la fois perplexe et très émue. D'où venait cette voix ? Je voulais en savoir plus, c'était la première fois que ce genre de phénomène m'arrivait, mais aucun autre message n'est venu. « OK, ai-je répondu, mais je n'aime que le cinéma ! C'est ma seule option. Comment voulez-vous que je procède ? Je ne connais personne dans ce domaine et je ne vois vraiment pas comment je peux avancer dans cette direction. » Mais j'ai pris cette expérience mystique comme une révélation, je n'avais plus de doutes, ma peur s'était dissoute et la force d'avancer, de chercher, l'a emporté. J'ai alors décidé de suivre ce conseil. C'est depuis ce jour que je porte la Médaille miraculeuse de Marie, en souvenir de cette révélation à laquelle j'ai rendu hommage en 1995 dans mon émission *Cœur de femme* sur France Inter.

Ainsi, la foi chevillée au corps, je suis partie en quête d'une école de cinéma, épluchant les différentes filières qui s'offraient à moi, et j'ai découvert rapidement l'Esra, une école de réalisation audiovisuelle qui permettait de passer le bac tout en suivant des cours de cinéma. Seul hic : le financement de ce nouveau projet... finalement réglé grâce à l'héritage de mon père auquel ma sœur et moi n'avions pas touché. Après avoir trouvé un accord avec l'un de mes demi-frères, j'allais enfin pouvoir tracer ma route, l'avenir était devant moi. J'étais loin de me douter que la vie allait me jouer l'un de ses plus beaux tours.

4

Un ange sur mon épaule

L'ange est le musicien du silence de Dieu !

Dominique Ponneau,
Dieu en ses anges, Cerf, 2000.

Août 1982. Mon inscription à l'Esra validée, j'ai dit au revoir au Bon Marché et me suis offert quelques jours de vacances au Portugal avec ma sœur. À notre retour, ma mère m'a appris qu'une radio locale venait de s'installer. C'était la grande époque des radios libres, Radio Côte Picarde programme de la musique : je pourrais enfin écouter le hit-parade de l'époque sans déranger ma mère qui trouvait ça « insupportable ».

La première fois que je me suis branchée sur cette nouvelle fréquence – 97 MHz –, j'ai découvert, intriguée, de jeunes animateurs si à l'aise au micro que je me suis laissée prendre au jeu quand celui du midi a lancé une bataille navale et a demandé aux auditeurs d'appeler pour gagner un aller-retour pour l'Angleterre... Il a suffi d'un coup de fil passé sur une impulsion à la fin de cet été-là pour que ma vie prenne une nouvelle direction.

Mon appel a immédiatement été relayé à l'antenne. Pour jouer à la bataille navale, j'ai alors donné le M – comme Marie – et le chiffre de mon mois de naissance, 5 : « Touché coulé, a annoncé l'animateur, vous avez gagné votre billet pour l'Angleterre ! »

Ravie de cette aubaine, je me suis rendue à Saint-Valéry-sur-Somme, où se trouvait la radio, pour recevoir mon lot. Au sein d'un camping, ce lieu ressemblait à une ruche. Tout le monde s'activait, des jeunes et des moins jeunes. Un technicien a engagé la discussion et m'a expliqué qu'en cette fin d'été, plusieurs étudiants parisiens rentraient chez eux et qu'on avait besoin de bénévoles pour prendre la relève. « Ça t'intéresserait d'apprendre à mixer, le soir, après la coupure de l'antenne ? » m'a-t-il demandé. Tout de suite, j'ai fait le lien entre le son et le cinéma et j'ai accepté avec joie l'invitation. Pendant deux semaines, j'ai ainsi appris à caler des disques, à mixer et à me familiariser avec le matériel. La découverte de ce nouveau monde m'éclatait. J'étais enfin heureuse. Mais la rentrée est arrivée et il m'a fallu à mon tour laisser les platines et prendre le train pour Paris et ma nouvelle vie.

Les cours étaient passionnants, mais le prof d'histoire du cinéma, M. Epstein, nous a rapidement informés que pour réussir dans le cinéma, il y avait trois possibilités : être la fille ou le fils de, être riche ou… coucher ! Voilà, c'était posé. Sans aucune option pour ma pomme, je suis quand même restée optimiste.

Pour les vacances de la Toussaint, de retour en Picardie, j'ai décidé de rendre visite à la chaleureuse équipe de Radio Côte Picarde. Là-bas, l'un d'entre eux, se rappelant que je suivais des cours de cinéma, m'a interpellée dans le couloir qui longeait les studios : « Pierre-Nicolas, un de nos animateurs parisiens, recherche une coanimatrice pour son émission sur le cinéma, tu devrais aller le voir ! » « Pourquoi pas ? » me suis-je dit. Je n'y avais jamais pensé… Les présentations faites, sans même avoir eu le temps de prendre conscience de ce qui m'arrivait, j'ai été invitée à faire un essai et me suis retrouvée pour la première fois à parler de mes films préférés dans un micro. À peine avais-je dit quelques mots que j'ai compris l'emballement de mon entourage à leurs : « Waouh, quelle voix ! » Je n'avais pas conscience de ce talent et n'en revenais pas : cet instant allait marquer le début de ce qui donnerait un sens à ma vie. Depuis, je n'ai plus quitté le micro !

J'ai passé deux années à Radio Côte Picarde, à vivre le début d'une passion, à me rencontrer. Une vie libre, consacrée à la création et à la passion, un bonheur inouï et sans aucun souci d'intendance puisque nous étions blanchis, nourris et logés… dans des caravanes, où nous vivions un peu comme dans une communauté Peace and Love. Mon Woodstock à moi !

Malgré plusieurs chagrins d'amour, j'ai vécu dans l'insouciance et tout appris, de la radio et de l'animation en direct à ses aspects techniques – j'ai même appris à souder des micros. Pierre-Nicolas et moi, nous sommes rapidement tombés amoureux, et nous vivions pour la radio. En semaine, à Paris, il suivait les cours d'Europe 1, moi, mes cours de cinéma ; nous échangions chaque soir sur nos apprentissages respectifs, nous nous complétions. Le week-end, nous étions à Saint-Valéry, grappillant jusqu'à deux jours pour être finalement à la radio du vendredi au lundi. Après mon bac littéraire, je me suis inscrite à la Sorbonne, en lettres modernes et en cinéma, car je n'avais pas les moyens de poursuivre mes études dans une école privée. Mais mes allers-retours devenant de plus en plus pesants, malgré les cours passionnants de Serge Toubiana – figure, notamment, des *Cahiers du cinéma* –, la radio l'a emporté et j'ai fini par lâcher la fac en fin de première année pour vivre à fond ma passion.

Dans cette radio, vivier d'originaux, je me sentais à ma place. J'étais très à l'aise au milieu de ce petit monde, dans ce lieu nouveau où, après avoir mixé une bonne partie de la nuit, nous allions ensemble admirer le lever du soleil sur la baie de Somme. C'était magique.

Jusqu'au jour où je me suis réveillée de ce beau rêve à la fin de l'été 1984 : j'avais vécu deux années d'apprentissage exceptionnelles dans une bulle protectrice, mais le temps était venu de voler de mes propres ailes vers de nouveaux horizons. Au grand dam de ma mère mais une nouvelle fois très confiante et certaine que l'essor des radios libres allait m'offrir de belles opportunités à Amiens, j'ai décidé de démissionner.

Alors que j'avais commencé à envoyer des maquettes dans plusieurs radios, j'ai accompagné ma mère, un matin de septembre, dans un cabinet d'avocats où elle devait prendre conseil. À la fin du rendez-vous, se tournant vers moi, maître Lec m'a demandé ce que je faisais dans la vie. Je lui ai expliqué ma situation, mes études à la Sorbonne et mon aventure radiophonique en parallèle quand il m'a annoncé avec enthousiasme : « Sachez, mademoiselle, qu'en dehors de mes activités d'avocat, je dirige Radio Amiens, la radio du Courrier Picard. Je recherche une animatrice : envoyez-moi donc une cassette ! »

À cet instant, j'ai cru aux miracles : une bonne fée veillait-elle donc sur mon destin ? Est-ce qu'un ange me guidait ? Un mois plus tard, j'étais embauchée pour animer la matinale. Une nouvelle vie commençait pour moi en ce mois de novembre 1984.

À moi la vie active dans un cadre structuré, les nouveaux amis et les rencontres inoubliables. Animant d'abord la matinale puis un magazine quotidien dans lequel j'interviewais les acteurs des milieux associatif et culturel, j'ai appris les ficelles du métier sur le terrain, soutenue par une équipe bienveillante.

Je me souviens d'Isabelle, toujours pimpante et bien maquillée, qui m'a trouvé un logement près de la place du marché. Je me souviens du rire de Myrtille, de ses chaussures originales et de son parfum ambré que j'adorais et que je ferais mien quelques années plus tard. Je me souviens d'Erwan, grand blond à la coupe New Wave des groupes britanniques en vogue, toujours en quête de nouveautés musicales et aussi speed qu'un Gilbert Bécaud – sans cravate à pois. Je me souviens du jeune Benoît aussi, un collégien déjà passionné de radio et de théâtre que j'avais encouragé à suivre sa voie et qui est aujourd'hui comédien et réalisateur. Je me souviens enfin de Yasmina et de sa sœur, deux jeunes filles employées comme TUC[1] à l'origine de mon premier éveil de conscience sur les banlieues.

Malgré cet entourage chaleureux et mon poste d'animatrice qui me passionnait, en pleine rupture amoureuse, je vivais une page personnelle de ma vie assez sombre. L'esprit de communauté de mon ancienne équipe me manquait et la solitude commençait à me peser. Je dois bien admettre que l'ennui s'était installé en moi. Je me gavais d'une célèbre pâte à tartiner, tandis que, pour apaiser ma conscience, je grignotais le soir du bout des lèvres quelques épinards congelés. Vous pouvez imaginer les conséquences... J'avais pris plusieurs kilos et rien ne semblait aller. Je m'ennuyais profondément, j'étais triste et mal dans ma peau. Où était donc passée la jeune fille qui vibrait intensément à chaque instant de sa vie malgré ses peines de cœur ?

Sans le savoir, je vivais ma première nuit noire de l'âme. Intuitivement, j'ai compris que les vibrations étaient fondamentales, et qu'à cet instant précis, je me sentais presque morte parce qu'il me manquait l'essentiel. Il fallait que j'agisse, sinon j'allais tomber malade. J'ai très vite ressenti l'appel d'un ailleurs et l'envie de vivre une nouvelle aventure radiophonique. Certains de mes collègues avaient postulé à Radio France Picardie et je ne voulais pas y retrouver mon ex qui, lui,

1. Travaux d'utilité collective mis en place pour les jeunes de 1984 à 1990.

était déjà embauché. Moi, c'était Paris qui me faisait rêver. J'avais appelé plusieurs fois France Inter, mais sans succès. Pas moyen d'obtenir un rendez-vous avec le directeur, Jean Garretto – je ne doutais de rien ! Aujourd'hui, avec le recul, je me rends compte combien la détermination a un rôle primordial dans la destinée. Oui, j'étais obstinée, car c'était mon rêve et rien ne pouvait m'en détourner.

Une fois de plus, j'ai écouté ma mère qui, fidèle auditrice de France Inter comme moi, n'avait de cesse de me répéter d'aller voir José Artur, réputé soutenir les jeunes. Alors sur un coup de tête, en mai 1985, sans rendez-vous, j'ai décidé de me rendre dans les bureaux de Radio France pour y rencontrer mon animateur culte. Cette escapade parisienne a été l'occasion d'une autre de ces merveilleuses synchronicités qui ont ponctué ma vie, la troisième, celle qui allait m'ouvrir la porte de la Maison de la Radio et me permettre de réaliser mon rêve.

5

Synchronicités : jamais deux sans trois

Il n'y a pas de hasard, il n'y a que des rendez-vous.

Paul Éluard

Chaque après-midi, José Artur animait l'émission *À qui ai-je l'honneur*, dans laquelle il devait deviner qui était l'invité caché derrière un rideau grâce à l'intervention de voyants, de médiums ou d'astrologues : tout ce qui me passionnait. C'est donc à cette émission que j'ai décidé d'assister, un jeudi après-midi. Arrivée juste après le déjeuner, je suis passée acheter une revue au Relais H installé à l'époque à l'intérieur de la Maison de la Radio. Quand je suis entrée dans la boutique, quelqu'un m'a bousculée, s'est excusé et s'est retourné : incroyable, c'était Pierre-André, l'ingénieur du son venu former les techniciens de Radio France Picardie deux mois plutôt et que j'avais rencontré lors d'une soirée chez une amie qui venait d'être recrutée dans cette nouvelle station. Je n'en croyais pas mes yeux : il était la seule personne que je connaisse qui travaille dans ce magnifique lieu !

Pierre-André m'a reconnue et m'a demandé ce que je venais faire. Je lui ai répondu que je venais voir José Artur.

« Tu as rendez-vous ? m'a-t-il demandé.

— Non, mais j'espère assister à son émission cet après-midi. »

Devant sa mine un peu étonnée, j'ai pressenti qu'il se passait quelque chose quand il m'a rétorqué : « Mais... tu sais que les émissions sont enregistrées ? »

Oh non ! J'ai senti le rouge me monter aux joues et j'ai eu l'impression que le sol se dérobait sous mes pieds. Qu'est-ce que j'étais gourde.

Mais Pierre-André a enchaîné : « Écoute, on ne sait jamais, l'enregistrement a peut-être lieu aujourd'hui. Va te renseigner auprès des hôtesses et si c'est le cas, viens me chercher, je serai à Radio 7. » Puis il m'a montré le chemin en haut de l'escalier.

Je me souviens que je n'en menais pas large... Quel soulagement quand l'une des hôtesses du grand hall m'a annoncé que l'enregistrement se déroulait bien ce jour-là, en me tendant mon billet !

Je me suis précipitée pour rejoindre Pierre-André qui, me voyant arriver si vite, m'a lancé avec un grand sourire : « Eh ben toi, tu as une chance de dingue ! » avant de m'accompagner comme promis en studio où il m'a présentée à Xavier Fauche, le réalisateur de l'émission, qui à son tour, me faisant entrer dans le studio, m'a présentée à José Artur en lui expliquant ma démarche.

En me détaillant avec intérêt, José Artur a enchaîné : « Avec de si jolis yeux et un tel sourire, je ne peux pas vous refuser. Asseyez-vous à mes côtés pendant l'enregistrement, derrière le fameux rideau. » Encore inconsciente de la magie qui venait d'opérer, j'étais toutefois aux anges. Les invités se sont succédé et à la fin de l'enregistrement, José m'a demandé : « Alors, que puis-je faire pour vous, mademoiselle ? » Expliquant en quelques mots que je n'arrivais pas à obtenir de rendez-vous avec Jean Garretto, je lui ai demandé de m'accorder son aide. « Je vais être sincère avec vous, mademoiselle, m'a-t-il répondu, je ne peux pas faire grand-chose pour vous, mais si vous suivez mes conseils, je pense que vous obtiendrez un entretien : appelez la secrétaire de Jean Garretto de ma part à ce numéro. »

Le lendemain matin, j'ai téléphoné, toute tremblante, et obtenu ma première entrevue, non pas avec Jean Garretto mais avec Olivier Nanteau, son plus proche collaborateur – et futur créateur de la radio Le Mouv.

Durant cette rencontre, Olivier m'a expliqué en long, en large et en travers qu'il n'y avait aucune possibilité d'entrer chez France Inter mais il m'a indiqué deux pistes que je pouvais suivre : participer à un banc d'essai proposé en direct entre 4 h 30 à 5 heures du matin, dans la nuit du vendredi au samedi, à ceux qui n'avaient jamais fait de radio, ou suivre un stage dans l'une des antennes de Radio France qui allaient ouvrir en province.

Quand je suis sortie, mon choix était déjà fait : j'allais proposer ma candidature à Michel Abgrall, ancien réalisateur à France Culture, chargé de recruter les futurs candidats testés dans l'émission de nuit *Et si on comptait les moutons*, animée par Aline Paillet, produite par Michel Bichebois et réalisée par Henri-Marc Mutel. Après un entretien avec Michel Abgrall qui a duré presque un après-midi, il m'a priée de lui envoyer une cassette. Pourquoi ne pas me l'avoir dit plus tôt ? On aurait gagné du temps, me suis-je dit. Mais j'étais naïve : je n'avais pas compris qu'il m'avait testée.

Pour rester discrète, j'ai réalisé ma maquette dans les bureaux de Radio France Picardie grâce à son directeur, Jean-Pierre Bergeon, avec Gislain, que je connaissais déjà. C'était idéal, les planètes semblaient alignées ! Ma cassette est partie peu de temps après et Michel Abgrall m'a appelée début juillet pour m'annoncer que j'allais participer à mon premier banc d'essai sur France Inter le 5 octobre 1985. Les choses allaient bon train.

Au cours de ce premier essai, Jean Garretto a flashé sur ma voix et la fantaisie de mon reportage. Il m'a fait passer un nouveau banc d'essai en décembre, et m'a promis de m'appeler dès qu'un créneau se libérerait – ce qu'il a fait. « En attendant, faites un stage à Radio France, m'a-t-il conseillé, apprenez tout ce que vous pouvez et ne vous inquiétez pas, l'avenir est devant vous ! »

Grâce à ses encouragements, j'ai trouvé le courage de quitter Radio Amiens à la fin de mon contrat, en novembre 1985. J'ai ensuite effectué un stage à la future station de Radio France à Besançon avec le grand Jean Chouquet, notamment, qui avait découvert Philippe Noiret et Jean Rochefort, et Gilles Davidas, l'un des plus grands réalisateurs de son époque. J'avais bien fait d'écouter le patron !

Ma parenthèse amiénoise n'avait pas été très joyeuse, mais elle m'avait permis, sans que je m'en rende compte, de me lancer dans un début d'introspection, les premiers pas d'une quête de réponses au sujet du sens de ma vie. J'avais vécu des moments magiques, tellement beaux, tellement forts ! J'ai compris plus tard que je n'avais pas été seule dans ces moments-là, que l'invisible avait sa part dans notre existence. C'est cela, sans doute, le *mektoub* : c'était écrit quelque part. Même si, comme on me le répète souvent lorsque je sors cette carte : « Oui, mais tu as accepté le jeu, tu aurais pu ne pas y aller ! »

Effectivement, j'ai compris bien des années plus tard qu'il s'agissait d'une « cocréation » avec l'invisible : j'avais attiré tout cela et mis ma part de liberté à contribution (j'y vais ou j'y vais pas ?). Ce dont je suis certaine, c'est que j'ai été guidée : la radio était bien mon destin.

J'avais également remarqué à quel point ces synchronicités engendraient une joie intérieure ; comme si la vie, l'Univers, le ciel, venaient valider le chemin que je devais suivre et simultanément allumaient en moi une étincelle divine, m'éveillant et m'amenant à m'interroger. Est-ce que tout cela avait un sens ? Était-ce arrivé par hasard ou bien y avait-il quelque chose de plus grand que moi, que nous, qui nous inspirait, nous guidait sur notre chemin d'incarnation ? J'étais curieuse de comprendre comment tous ces phénomènes arrivaient et se déclenchaient, car à cette époque, au milieu des années 1980, le thème des synchronicités restait très confidentiel.

J'étais en train de vivre la première étape de mon éveil... Même si j'ai mis du temps à comprendre que je n'avais pas subi mais pris les bonnes décisions. J'étais bien responsable de mon destin. Ces événements m'ont prouvé que j'avais été guidée vers le meilleur, et que c'était à nous, humains, de disposer de ce que le ciel propose. J'ai depuis largement étayé ce point de vue, notamment grâce aux enseignements de Monique, mon amie médium, qui expliquait que notre héritage se compose de 25 % d'hérédité, 25 % de karma et 50 % de libre arbitre.

Alors, quelle suite allais-je donner à ma vie ? Pourquoi avais-je vécu ces événements magiques ? Et surtout, qu'allais-je en faire ? J'avais bien une petite idée mais le moment n'était pas encore venu. Je savais qu'un jour le ciel me donnerait son feu vert.

6

Amour foudre et réincarnation

Ce qu'on peut dire, c'est que tout se passe dans notre vie comme si nous y entrions avec le faix d'obligations contractées dans une vie antérieure.

Marcel Proust, *La Prisonnière*,
Gallimard, 1923.

Grâce aux émissions diffusées sur France Inter comme *Suivez mon regard* (1986), *Souvenirs souvenirs* (1989) ou encore *Écoutez pour voir* (1992), j'ai poursuivi mon rêve de cinéma et continué à aiguiser mes connaissances. Ma quête spirituelle, quant à elle, ne faiblissait pas. Toujours à la recherche d'une réponse à apporter à tout ce qui m'arrivait, je priais – je n'ai jamais cessé de le faire depuis l'enfance –, explorant divers courants religieux et philosophiques au hasard de mes rencontres. Avec un ami bouddhiste, j'allais écouter des « Lamas Rinpoché », figures spirituelles importantes du bouddhisme tibétain. Je n'étais pas vraiment convaincue car si je trouvais dans leurs enseignements une grande sagesse et quelques réponses sur la réincarnation, il me manquait un peu de chaleur, je crois, et de joie. Gloria, une amie de ma mère d'origine espagnole, m'emmenait quant à elle suivre des conférences à la loge des Théosophes, située dans une petite impasse du 7e arrondissement. L'histoire d'Héléna Blavatsky, cofondatrice de ce mouvement occultiste basé sur les religions et les mythes anciens, le bouddhisme et le brahmanisme, m'intriguait. C'était une sacrée aventurière, pour son époque ! Dès 1848, elle était allée à la rencontre des sorciers et des chamans du Caucase, des yogis d'Inde, des spirites russes et égyptiens, des Amérindiens… Et je trouvais certaines de ses idées éclairantes.

Je butinais ainsi entre les différents courants de pensée qui m'attiraient, sans vraiment m'arrêter quelque part pour ne pas subir l'enfermement que procurent les dogmes : c'est tout ce que je déteste. La liberté a toujours été mon credo ! Jusqu'au jour où Gloria m'a parlé d'un film qu'elle avait vu à la télévision espagnole sur les phénomènes paranormaux que Shirley MacLaine avait vécus lors d'un voyage au Pérou. Ce film, m'a-t-elle précisé, était inspiré de son livre éponyme, *L'Amour foudre* (en anglais *Out on a Limb*). Mais oui ! j'avais adoré ce titre et acheté ce volume à l'époque avec l'idée qu'il pourrait me servir si je devais faire une émission sur l'amour… une idée que j'avais en tête depuis longtemps. Mais je ne l'avais pas lu, et c'est le récit que m'en a fait Gloria qui m'a encouragée à l'ouvrir.

Waouh ! J'avais été inspirée en choisissant cet ouvrage : son auteure, elle aussi en quête de spiritualité, s'entourait d'amis engagés dans la recherche spirituelle et ne cessait de s'interroger sur le sens de la destinée humaine, non seulement sur le plan terrestre mais aussi dans sa perspective métaphysique, liée au temps et à l'espace. Y avait-il d'autres civilisations, d'autres êtres éveillés ? Y avait-il une réalité plus vaste, invisible ? Moi qui rêvais, très jeune, de rencontrer des êtres et des vaisseaux venus d'ailleurs, et qui n'en parlais à personne de peur qu'on me prenne pour une folle, ce livre venait me dire que d'autres vivaient ce que j'avais entrevu.

Au-delà de tous les phénomènes particuliers qu'il détaillait, j'y ai trouvé des réponses sur l'âme et l'amour fou que je vivais avec Sahbi, que j'avais tout juste rencontré en cet été 1987, qui m'ont permis à ce moment-là de poser des mots sur son intensité. Puisque je vivais pratiquement la même situation que son héroïne, il m'était facile de m'identifier à elle. Mon amoureux était marié à l'étranger, mais nous vivions ensemble et notre histoire était loin d'être un long fleuve tranquille... Grâce à ce livre, j'ai compris que nous avions déjà vécu plusieurs vies ensemble et que le karma qui nous reliait nous empêchait de vivre un amour apaisé. Qu'avions-nous vécu précédemment ? Que lui avais-je fait pour qu'il ne soit pas libre dans cette vie-ci ? Est-ce que s'être aimés dans une autre vie pouvait être un gage d'avenir ? Je voulais des réponses, et comme celles de Shirley, mes séances auprès de diverses voyantes ne rencontraient aucun succès probant. Je rêvais de partir à la rencontre de médiums ou de guérisseurs, comme elle avait pu le faire au cours de ses multiples voyages, et de trouver ainsi certaines réponses.

Si ce livre ne m'a pas livré toutes les clés, il m'a permis de comprendre une chose essentielle – que je mettrais du temps à appliquer : il faut d'abord s'aimer soi-même pour être pleinement capable d'aimer les autres. D'où l'importance de se connaître soi-même !

J'étais une enfant de l'amour et je recherchais avec l'être aimé un amour absolu. Ah ! la complexité des sentiments, les différentes voies de l'amour, la passion, l'inexplicable. Pourquoi notre amour ne pouvait-il pas être simple ?

Au début de mon enquête, j'ai repéré des indices qui m'ont d'abord menée vers le Maghreb sur la piste du désert. Comme mon tout premier voyage en avion, en 1985, m'avait conduite dans le désert tunisien. J'étais partie seule, et à peine arrivée, je m'étais sentie chez moi. Je me souviens qu'après seulement trois jours sur place, j'avais été invitée pour un dîner de ramadan où tous les membres de la famille tunisienne étaient vêtus de tenues traditionnelles ! L'accueil de mes hôtes était si charmant que j'avais le sentiment de me retrouver dans ma famille d'antan. Même sensation pour mon premier voyage en Grèce, à Patmos, où après douze heures d'un long périple en bateau depuis Athènes, j'avais l'impression de me retrouver chez moi. Je reconnaissais le goût de ces plats que partageait avec moi mon ami Panos – celui que j'avais rencontré « par hasard » à quelques heures de mon premier banc d'essai chez France Inter – lorsque sa mère lui envoyait des colis par avion. Un délice, que j'avais l'impression d'avoir toujours connu ! Il paraît que notre âme a voyagé et qu'il existe une carte de sa géographie constituée de nos souvenirs emmagasinés. Pour ma part, le Bassin méditerranéen a dû être un marqueur important de ces voyages. Je parle ici des bons souvenirs, parce qu'il existe aussi une carte de nos voyages un peu moins sympathiques.

Bref, au vu de la complexité de notre histoire amoureuse, il semblait s'agir de retrouvailles ; il avait suffi d'un regard... Sahbi avait ouvert avec un ami, le temps de la saison estivale, un restaurant grec au Tréport, en Seine-Maritime, pas loin de chez ma mère. Tunisien, il vivait à Paris. Nous aurions pu nous rencontrer dans le quartier Saint-Michel, où il travaillait à cette époque, mais le destin en a voulu autrement. Il avait vingt-neuf ans, j'en avais vingt-cinq... et il n'était pas libre. Pourtant, la passion l'a emporté, à notre corps défendant. Dans son rôle d'homme marié, il ne se sentait pas disponible pour vivre l'intensité de notre rencontre et les tensions s'intensifiaient malgré notre amour brûlant, mais nous ne pouvions nous séparer. Sept ans plus tard, il est reparti dans son pays natal pour nous permettre de nous éloigner physiquement, mais les âmes très proches ne connaissent pas la distance. Au bout de trois ans d'éloignement, il est revenu... pour vivre une nouvelle histoire qui a évolué au fil des années jusqu'à une apothéose avant son départ pour les étoiles.

Cet amour, que je définirais comme un diamant Polki à l'éclat brut et aux inclusions uniques, s'est transformé avec le temps en un diamant poli, mais il nous a aussi profondément transformés, nous a transmutés. Je dirais même qu'il nous a conduits vers une voie de sagesse, de foi et de mysticisme… Nous venions sûrement d'un au-delà. Même lui, qui ne croyait pas en la réincarnation, a fini par parler de « notre prochaine vie » ! Son âme orientale m'a fait comprendre d'où je venais et a mis au jour ce lien qui ne datait pas d'aujourd'hui : j'éprouvais d'ailleurs une émotion particulière et puissante à l'écoute de la musique orientale que Sahbi m'a fait découvrir. Fayrouz, Farid El Atrache, Warda ou encore la poésie d'Oum Kalthoum : personne autour de moi ne vibrait pour ces artistes que j'avais le sentiment d'avoir toujours connus. J'ai même été embauchée à cette époque « par hasard » à Radio Orient grâce à Walid, un ami libanais de RFI, où j'ai fait la connaissance de Nawelle, et d'Alain Ghazal, aujourd'hui célèbre voix de France 2 et de France Bleu.

C'est donc ce livre de Shirley MacLaine qui m'a ouvert les yeux sur notre amour… Jusque-là, la plupart de mes questions étaient restées sans réponses ; les ouvrages sur les âmes sœurs ou les flammes jumelles qui fleurissent depuis quelques années dans les rayons de nos librairies n'existaient pas. Il n'y en avait même pas sur les relations amoureuses – en dehors de quelques titres sur le sexe, et encore. Ce livre, enfin, me montrait que je n'étais pas seule à vivre une relation d'âme exceptionnelle et inexpliquée. Surtout, il tentait de répondre à cette interrogation : nos amours, nos relations ont-ils un lien avec nos vies passées ? J'avais tellement envie qu'on m'apporte de l'aide pour trouver des réponses à cette question !

J'ai longtemps hésité à évoquer cet « épisode Shirley » et la réincarnation, par peur de passer pour une hurluberlue, encore et encore, mais au moment de rédiger ces lignes, hasard ou pas, Jeanne, ma nièce de dix-sept ans, m'a appelée pour me parler de la chanteuse américaine Melanie Martinez, que nous allions bientôt applaudir en concert. Au téléphone, elle m'a fait découvrir l'une de ses dernières chansons dont je me suis empressée de lui demander le thème : « Elle parle de réincarnation », m'a-t-elle dit… La bonne blague, je n'en croyais pas mes oreilles ! Clin d'œil cosmique.

« Est-ce que tu y crois, toi, à la réincarnation ? n'ai-je pu m'empêcher de demander à Jeanne.

— J'aimerais bien, car me dire qu'il n'y a plus rien après… ce serait trop dommage. »

Cet intermède n'était autre pour moi que le signe que la vie validait ce que j'étais en train d'écrire… J'ai entendu : « Eh oui, tu es sur la bonne voie ! »

À l'époque où j'ai découvert Shirley MacLaine par le truchement de ce film, j'étais certaine que j'aurais un jour la chance de rencontrer un médium capable de me connecter à l'au-delà, par l'intermédiaire de défunts ou d'anges, ces guides de lumière que je cherchais à atteindre. J'ai d'ailleurs réussi à me procurer la cassette vidéo de ce film au Palais de la vidéo, situé à l'époque rue Lecourbe – le plus grand club vidéo d'Europe. Ce film étonnant relatait sa rencontre avec des êtres d'autres galaxies lors de son voyage au Pérou. Moi qui rêvais depuis ma jeunesse d'extraterrestres, j'étais servie, et je trouvais là une complice sur ce sujet tabou… J'ai compris pourquoi ce film n'était jamais sorti en France !

Je savais que j'étais sur la bonne voie mais combien de chances avais-je de rencontrer cette star américaine pour qui je vibrais tant ? J'ai eu très vite ma réponse sous la forme d'une belle synchronicité qui venait me montrer que la vie voulait me soutenir dans ma quête : Shirley MacLaine était à Paris pour la promotion du film *Madame Sousatzka* de John Schlesinger, et grâce à son attachée de presse, j'ai pu assister à la conférence de presse organisée au Plaza Athénée et la rencontrer ensuite… Je me souviens de notre échange comme d'un grand moment de bonheur ! Quel dommage que les aventures de cette femme soient restées confidentielles en France. Elle était pourtant une pionnière sur des sujets comme les thérapies par la réincarnation, les vies antérieures, la présence de vie sur d'autres planètes et les réels antécédents génétiques de l'humanité (un sujet encore jugé très fantaisiste par beaucoup), qu'elle voulait transmettre au grand public.

Cette rencontre inespérée m'a encouragée à continuer de papillonner en quête de nouveautés spirituelles. Ce que j'ai fait notamment grâce au cinéma, puisque cette époque a vu naître sur les grands écrans des sujets jusqu'alors inexplorés. Spielberg avait ouvert la voie en 1977 avec sa *Rencontres du troisième type* avant de triompher avec *E.T.* en 1982. Puis James Cameron, en 1989, avec *Abysse.*

Sorti un mois plus tard, c'est un autre film de Steven Spielberg qui a particulièrement retenu mon attention, *Always*, dans lequel un pompier aviateur perd la vie dans une mission mais revient sur Terre en tant qu'esprit pour veiller sur l'amour de sa vie : il y est question de la vie, de l'amour passion, de l'influence posthume des êtres que nous avons aimés, des anges, et de l'au-delà... Spielberg a très bien su filmer cet amour qui se situe à la fois dans le présent et dans l'au-delà. Même s'il a essuyé un échec commercial, ce conte moderne corrobore l'idée que nous sommes accueillis après avoir franchi le seuil de la mort.

Cette hypothèse fait largement écho aux témoignages recueillis quelques années plus tôt par le docteur Raymond Moody dans son livre culte *La Vie après la vie*[1], de personnes considérées comme « cliniquement mortes » ou qui ont approché la mort de très près à la suite d'un accident grave, et ont pu être ramenées à la vie grâce aux procédés modernes de réanimation. Ces « expérienceurs » témoignaient d'aventures étranges mais similaires... Le médecin anesthésiste Jean-Jacques Charbonnier poursuit ces travaux aujourd'hui afin d'essayer de répondre lui aussi à cette question à la fois philosophique, religieuse et scientifique : y a-t-il une survie de la conscience après la mort ?

---

1. Raymond Moody, *La Vie après la vie*, *op. cit.*

C'est *Ghost*, réalisé par Jerry Zucker en 1990, qui a fini de me relier à l'au-delà par le biais du cinéma, et de façon magistrale : en racontant une histoire de fantôme du point de vue… du fantôme ! Succès mondial, Oscar du meilleur scénario original pour Bruce Joel Rubin, Oscar de la meilleure actrice dans un second rôle pour Whoopi Goldberg dans celui de la médium. Je me suis alors mise à rêver de rencontrer une telle médium : en sortant de la salle de cinéma, je savais qu'un jour, moi aussi, je trouverais mon Oda Mae… J'étais loin de me douter que je vivrais ce que Sam (Patrick Swayze) et Molly (Demi Moore) traversent dans le film.

Hasard du calendrier, au moment où je rédige ces mots, demain est la date anniversaire de la mort de mon chéri…

7

Le Portail des Anges

L'amour est une lumière venue du ciel, une étincelle du feu immortel que les anges partagent.

Lord George Gordon,
Le Giaour, 1813.

En ce début des années 1990, toujours en quête de nouvelles informations célestes et cosmiques, je vivais à fond ma passion pour le cinéma à travers mes émissions et la spiritualité m'aidait à apaiser ma fougue amoureuse. Malgré les nombreuses mises en garde de mes amies assistant, impuissantes, aux souffrances que me faisait vivre mon cœur amoureux, je continuais à croire à l'Amour avec un grand A, et rien ni personne ne pouvait me faire changer d'avis. J'étais venue sur Terre pour vivre un amour exceptionnel, et c'était avec lui.

À cette époque, mon amie Marie, avec qui je travaillais à la radio, n'avait de cesse de me recommander de consulter une psychologue. Moi, je trouvais ma spiritualité et mes lectures ésotériques suffisantes. Et j'étais d'autant plus confiante que j'avais entendu parler d'un changement planétaire et d'une possibilité d'évolution des consciences grâce à l'ouverture de plusieurs portails[1] qui avait commencé en 1988 et qui durerait plusieurs années mais dont on attendait un véritable impact le 11 janvier 1992. Le courant américain New Age parlait de « l'ouverture du Portail du 11:11 », du Portail des Anges.

J'étais donc concentrée sur les anges qui commençaient d'ailleurs à s'afficher ouvertement un peu partout, dans les vitrines, sur les affiches… Comme s'il se passait quelque chose et que ces images étaient la preuve que ces anges n'étaient pas loin. Ils semblaient dire : « On arrive ! » J'en parlais surtout avec mon amie Brigitte Forest, animatrice aussi sur France Inter. Nous avions énormément d'interrogations à ce sujet. Est-ce qu'on a vraiment un ange gardien ? Comment fonctionne la hiérarchie angélique puisqu'il y a des archanges ? Était-il possible de contacter son ange ?

Je découvrais à ce moment-là dans les rayonnages de la librairie ésotérique que j'affectionnais des livres sur l'angéologie du Canadien Charles-Rafaël Payeur et j'ai ainsi suivi quelques-unes de ses conférences qui m'ont permis de trouver des éléments assez concrets pour répondre à toutes ces interrogations. J'avais besoin de ressentir la vibration énergétique de mon ange gardien.

---

1. Les portails sont des conduites énergétiques ouvertes depuis un univers de dimension supérieure jusqu'au nôtre pour apporter les énergies nécessaires à remodeler la conscience collective, changer les vibrations planétaires et transformer les fréquences dimensionnelles (*Presse galactique*, 15 avril 2022).

Alors je me suis mise à m'adresser à lui, sans savoir qui il était, mais avec la certitude qu'il allait me guider.

À l'époque, j'étais chaque soir en studio de 19 heures à 20 h 15 pour présenter les génériques du *Téléphone sonne* et la météo marine après les infos de 20 heures. Un soir de janvier 1994, pour une émission sur le thème de la mode, le journaliste Alain Bedouet avait notamment pour invités le styliste visionnaire Jean-Charles de Castelbajac et d'autres créateurs. Comme à l'accoutumée, je m'assieds autour de la table pour annoncer les invités. Je reste installée à côté de Jean-Charles de Castelbajac le temps du générique du début, quitte la table pour dîner à la cantine, et retrouve la même place vers 19 h 55 pour le générique. À la fin du magazine, tout le monde se lève pour quitter le studio 134, mais Jean Charles de Castelbajac ne bouge pas. Étonnée, je l'observe. Il est debout et me tourne le dos, comme s'il attendait quelque chose. Je m'aperçois alors qu'il a laissé à sa place, sur la table, une pochette qui contient un dessin. On dirait un bouddha…

« Excusez-moi, mais je crois que vous avez oublié cette pochette, lui dis-je en lui tendant la chemise en carton.

— Non, pas du tout, me répond-il avec un sourire, c'est pour vous !

— C'est un bouddha ?

— Ce n'est pas un bouddha, c'est votre ange. Je ne le dessine que pour les personnes qui y croient », ajoute-t-il d'une voix douce.

Comment avait-il su ? Comment avait-il pu deviner que c'était ma quête du moment ? Aucun signe sur moi ne pouvait lui donner la moindre piste et j'étais restée seulement cinq minutes en studio. Je n'en revenais pas.

La pub se termine, il se dirige vers la porte de sortie pour rejoindre les autres invités. J'ai trois minutes pour lui parler avant de me rendre dans le studio d'à côté pour mon bulletin météo.

« Est-ce que vous pourriez me dédicacer votre dessin, s'il vous plaît ?

— Avec plaisir », me répond-il.

Et tout en s'éloignant vers la sortie, il me raconte que son ange gardien lui a sauvé la vie dans un aéroport, juste avant qu'une bombe explose. Je lui avoue que je viens d'acquérir l'un des livres de Haziel pour connaître le nom de mon ange selon ma date de naissance.

« C'est lequel, le vôtre ? me demande-t-il.

— Je ne me rappelle plus, lui réponds-je, un peu gênée, je viens juste de l'acheter.

— Ce n'est pas une information à négliger, me dit-il d'un air très sérieux, promettez-moi de bien enregistrer son nom dès votre retour et surtout de continuer le dialogue avec lui. »

Tout en me parlant, il écrit sur le papier ces quelques mots que je n'ai jamais oubliés : « À Marie-Pierre, que son ange ne passe pas ! »

Juste après l'émission, je devais rejoindre ma mère au théâtre du Châtelet pour assister au ballet de flamenco de la chorégraphe espagnole Cristina Hoyos. J'étais terriblement en retard et je craignais de ne pas arriver à l'heure. Quand je suis montée dans le bus 72 qui longe la Seine, il n'y avait pas un seul voyageur, comme s'il m'avait été envoyé personnellement. Il ne marqua que deux ou trois arrêts, ne croisa que des feux au vert : ce bus avait des ailes ! Je riais toute seule en imaginant les anges qui nous ouvraient la route. Arrivée juste à temps, transportée par la joie, je n'en revenais pas : c'était le début d'une grande aventure !

Émerveillée par cette rencontre, je me suis appliquée à suivre le conseil du couturier et n'ai alors cessé de m'adresser à mon ange dont je connaissais désormais le nom, Lauviah, trouvé selon ma date de naissance dans le livre d'Haziel, *Notre ange gardien existe*[1].

J'apprendrais plus tard qu'il s'agit de mon ange gardien de l'esprit, et que nous avons également un ange gardien du corps et un autre de l'âme. Mais nous n'étions qu'en 1994 et je n'en étais pas encore à ce niveau de connaissance ; j'ai poursuivi ma quête spirituelle en suivant les conférences qui m'attiraient et en multipliant les lectures qui commençaient à envahir les rayons spiritualité et développement personnel.

Quelques semaines après ce petit miracle, me voilà à la Fnac des Halles, ma librairie habituelle, en quête d'un nouvel auteur à découvrir. Mais l'établissement étant en pleins travaux, les livres étaient disposés différemment ; je me suis sentie un peu déçue et décontenancée par ce rayon spiritualité sens dessus

1. Haziel, *Notre ange gardien existe*, Bussière, 1995.

dessous, quand mon regard s'est attardé sur un ouvrage au titre accrocheur : *L'Alchimiste*[1]. Tiens, tiens, un écrit sur l'alchimie, pourquoi pas ? Je n'en avais jamais lu. Au même moment, j'ai aperçu juste à côté un autre volume qui m'a interpellée illico, *Dialogue avec l'ange*[2]. C'est ainsi que j'ai découvert le *best-seller* de Gitta Mallasz, qui a permis la transcription d'une expérience spirituelle vécue pendant la Seconde Guerre mondiale par quatre amis hongrois avant la déportation de trois d'entre eux. Ce titre faisait écho à ma quête du moment, celle de mon ange ! « Voilà un nouveau clin d'œil, me dis-je, c'est sûr. » Et je suis repartie avec les deux ouvrages sans savoir que je venais d'emporter des livres qui me feraient découvrir ma « légende personnelle » et ma « tâche », le talent que l'ange essaye de nous aider à connecter.

Le conte philosophique de Paolo Coelho m'a permis de comprendre que j'avais un trésor caché au fond de moi, relié à mon enfant intérieur, que je découvrirais en écoutant mon cœur mais aussi en apprenant à lire les signes et surtout en allant au bout de mon rêve. Devenir en quelque sorte l'alchimiste de ma vie. Avec le livre de Gitta Mallasz, je montais une marche supplémentaire dans cette quête personnelle en prenant conscience que nous avons un allié, l'ange, qui ne cesse de nous aider

1. Il s'agit du roman de Paulo Coelho paru en 1988 au Portugal et qui venait d'être traduit en français. Il s'est écoulé depuis à des millions d'exemplaires.

2. Gitta Mallasz, *Dialogue avec l'ange*, Aubier, 1994.

à trouver notre tâche sur Terre. Quel était donc mon talent et qu'allais-je en faire ? Ce livre ne m'a jamais quittée…

D'ailleurs, quelques années plus tard, lors d'un dîner chez Adèle, la réalisatrice de mon émission de nuit en 1997 *À pas de velours*, j'ai appris que Jacques Chancel avait reçu Gitta Mallasz dans *Radioscopie* en mars 1977. Adèle m'a raconté que dans son livre *Les Dialogues tels que je les ai vécus*[1], Gitta relate qu'elle a alors fait lire à Jacques Chancel l'extrait de « L'Ange habite dans le sourire » et combien cette lecture a eu d'effet sur le journaliste. « La beauté du texte le transforma », écrit-elle…

En lisant le passage moi-même, je n'ai eu qu'un désir, écouter cette émission avec, en tête, l'idée de la rediffuser. Direction l'INA pour la retrouver. J'ai alors découvert avec émerveillement que ces *Dialogues* avaient été publiés grâce à Claude Mettra, écrivain et producteur de France Culture, grâce à l'émission *Les Vivants et les dieux* dans laquelle Gitta Mallasz était venue en mars 1976 raconter cette aventure avec ses compagnons de route pendant la Seconde Guerre mondiale. Je me suis alors souvenue que j'avais eu la chance de le rencontrer dans le bureau de Michel Abgrall à mon arrivée à France Inter entre 1985 et 1986 ; le courant était immédiatement passé entre nous. Il m'avait même donné l'occasion de jouer dans

1. Gitta Mallasz, *Dialogues tels que je les ai vécus*, Aubier, 1994.

ses dramatiques. Plus de dix années s'étaient écoulées, mais quel honneur, me suis-je dit, d'avoir côtoyé celui qui était à l'origine de la publication de ces *Dialogues avec l'ange* !

Toutes ces coïncidences semblaient me confirmer que je devais trouver le moyen de rediffuser l'interview de Jacques Chancel. Grâce au ciel, mon vœu d'honorer cette rencontre avec l'Ange, Gitta et Claude a été exaucé quelques semaines après cette découverte grâce aux élections législatives de 1997. C'était tout simplement magnifique : obligée de diffuser les modules des partis politiques, j'avais pas mal de temps à combler. J'ai pu ainsi rediffuser cette *Radioscopie*, mais aussi celle de Satprem, datant de 1977, survivant des camps de la mort et sage, disciple de Sri Aurobindo et de Mère[1], auteur notamment de *Sri Aurobindo ou L'Aventure de la conscience*[2]. Je découvrais ainsi que Jacques Chancel était un homme ouvert aux sujets de la foi et de l'étrange et j'allais pour la même occasion interviewer Haziel, l'auteur du livre sur les anges dans lequel j'avais trouvé le nom du mien, Lauviah : j'étais aux anges !

---

1. Sri Aurobindo et Mère (Mirra Alfassa) sont les créateurs d'Auroville, une citée utopique basée sur la spiritualité située dans le sud-est de l'Inde, dans le Tamil Nadu.

2. Satprem, *Sri Aurobindo ou L'Aventure de la conscience*, Buchet-Chastel, 2003.

8

Mémoire d'âme

Le parfum de l'âme, c'est le souvenir.

George Sand, *Lettres d'un voyageur*,
Flammarion, 2004.

C'est au milieu des années 1990 que, par l'intermédiaire de mon amie Brigitte, j'ai fait la connaissance de Danièle Cabanac, une voyante à l'intuition très développée, férue d'égyptologie, qui venait de se lancer dans des études de sophrologie – une discipline encore confidentielle à l'époque – et m'a demandé de lui servir de cobaye. Je la retrouvais chez elle, à Puteaux, le mercredi soir, et au fil des séances, j'ai pu déprogrammer… mon addiction au chocolat ! Avec cette méthode, je développais mes connaissances en découvrant les différents états modifiés de conscience (EMC) sans avoir recours à des substances psychédéliques. Un jour, dans le métro, j'ai été très incommodée par l'odeur d'une jeune femme à côté de moi. J'ai immédiatement reconnu *Angel*, de Thierry Mugler : pourquoi cette répulsion soudaine pour un parfum que j'avais failli m'offrir quelques mois plus tôt ? C'est plusieurs jours après qu'en feuilletant les pages d'un magazine, j'en ai trouvé l'explication : un article sur la composition des fragrances m'a appris que le chocolat était l'un des composants de ce parfum mythique ! Nous en avons beaucoup ri, Danièle et moi. Elle m'a enseigné tellement de choses !

Ensemble, nous échangions sur la force de la prière – ce qui me rappelait les enseignements de M. Rasse, le magnétiseur de mon adolescence – et sur nos lectures ésotériques. Nous nous entendions magnifiquement et Danièle avait l'art de raconter de belles histoires qui me parachutaient dans d'autres dimensions, je dirais même dans d'autres espace-temps, et venaient nourrir mon imaginaire et mon âme.

C'est Danièle qui m'a conseillé le magnifique livre d'Anne Givaudan et Daniel Meurois, *Les Neuf Marches. Un regard spirituel sur la grossesse et la naissance*[1], sur le parcours de l'âme avant son incarnation. Les auteurs, que je me souvenais avoir écoutés avec attention dix ans plus tôt dans l'émission *Boulevard de l'étrange* de Jean-Yves Casgha sur France Inter, invitaient à considérer la grossesse non seulement comme un processus biologique, mais aussi comme une expérience spirituelle enrichissante, où le choix d'âme de l'enfant joue un rôle central dans la dynamique familiale et dans l'évolution personnelle des parents. C'était passionnant.

1. Anne Givaudan et Daniel Meurois, *Les Neuf Marches. Un regard spirituel sur la grossesse et la naissance*, Arista, 1991 ; J'ai lu, 2006.

Danièle me soutenait aussi dans les moments houleux que je traversais avec mon chéri qui n'arrivait pas à s'engager, sa culture l'en empêchant et moi étant incapable de rompre. Malgré nos tentatives de rupture, notre amour était plus fort que nous. Un peu magicienne, elle m'a aidée à conscientiser ce que j'avais pressenti en lisant Shirley MacLaine et à accepter mon karma en libérant ou en acceptant notre relation d'âmes.

J'adorais ces rencontres en dehors du temps. Danièle m'entraînait dans sa passion pour les tarots et pour l'Égypte, et elle m'initiait à ses mondes encore mystérieux pour l'époque. Elle m'a même persuadée de la suivre dans une croisière sur le Nil avec son groupe de voyants. De Louxor à Assouan, avec une visite du temple d'Abou Simbel, cette nouvelle aventure dans laquelle, Sahbi, mon amoureux, m'a accompagnée sur les traces de nos anciennes vies, a été irrésistible. Je me souviens ne lui avoir expliqué qu'il était entouré de devins et de magiciennes qu'une fois sur le bateau : comme il n'était pas très à l'aise avec le monde ésotérique, c'est Danièle qui m'avait donné ce conseil.

Après notre première soirée passée à bord, à Louxor, alors que nous étions de retour dans notre cabine, Sahbi m'a dit, un peu intrigué : « Ils ont l'air bizarres, tous ces gens ! » Un peu gênée, je lui ai alors avoué que c'était un traquenard et qu'il était tombé dans un chaudron de voyants, médiums et autres magiciennes. Ça l'a fait sourire et il s'est finalement très bien entendu avec tous ces passeurs d'âmes et messagers de l'invisible qu'il a trouvés adorables.

C'est à Louxor aussi que j'ai fait la connaissance d'un ami de Danièle, « Magic Man » comme il se faisait appeler, qui avait été chargé des travaux de nuit de la reconstruction du temple d'Abou Simbel. Sahbi nous traduisait ses aventures incroyables. Nous étions émerveillés.

Ce voyage au cœur des temples, dans l'énergie si particulière de l'Égypte et de ses dieux, nous a reconnectés à nos vies antérieures, et au retour, quelque chose en moi avait changé. Un peu comme si j'avais récupéré une partie de mon âme… Je ne comprenais pas encore le processus, mais je savais que je n'étais plus la même… Sahbi, lui, touché par ce voyage étrange, avait compris que notre histoire n'était pas finie.

En rentrant, j'ai vite tourné en rond. Ça faisait dix ans que j'étais à France Inter, et trois ans que je n'évoluais pas comme je le souhaitais ; je n'avais que des émissions d'été et je me suis dit qu'il était peut-être temps de quitter la Maison de la Radio. Nous étions à la fin du mois de novembre 1995, quand j'ai décidé de m'adresser à mes anges pour leur faire ma demande. Du fond du cœur, je me suis exprimée tout simplement à haute voix, comme si l'Univers devait m'entendre : « J'ai bien réfléchi, je suis prête à partir de la Maison. S'il vous plaît, montrez-moi le chemin. »

Tout juste un mois plus tard, le 1er janvier 1996, j'ai vu arriver en studio le réalisateur et producteur Jean Morzadec. On se connaissait bien, pour avoir travaillé ensemble à l'été 1986 sur *L'Inconnu du 17 heures express*, mais qu'il me rende visite en ce premier jour de l'année, c'était bizarre. Ça devait être important. « Je viens te proposer un nouveau job, m'a-t-il dit. Gilbert souhaite un reporter dans son émission, et nous voulons que ce soit, toi. »

Le journaliste Gilbert Denoyan animait alors *Objections*, l'émission politique phare de la chaîne, ainsi qu'une quotidienne, *C'est ça aussi la vie.*

« Hallucinant ! Mais vous vous moquez de moi ! ai-je dit intérieurement à mes anges. Je fais tout pour partir, et vous, vous me montrez que c'est ici que ça se passe !? »

Très embarrassée, j'ai répondu à Jean : « Merci pour la belle proposition, mais travailler avec Gilbert, c'est très impressionnant. Je suis trop sensible, et je n'ai pas envie de ne pas être à l'aise, je veux garder ma joie, la passion qui m'anime quand je bosse. » J'étais vraiment impressionnée par cet homme qui était également conseiller de Michel Rocard ; je ne me sentais pas de taille.

Jean, impatient et bien déterminé à me convaincre, a enchaîné : « Je vais te dire quelque chose qui va te donner envie de changer d'avis. Il faut que tu saches que Gilbert voulait être comédien avant d'être journaliste. Il voulait devenir Lino Ventura, c'était son rêve ! » Si Gilbert avait une âme d'acteur, alors...

« Allez, à demain matin, rendez-vous à 10 heures dans son bureau ! » Et Jean a quitté le studio.

J'ai passé la nuit entière à peser le pour et le contre, et fini par me présenter, le lendemain matin, toute fébrile, dans le bureau de Gilbert. Il m'a accueillie chaleureusement et m'a proposé d'illustrer les sujets abordés dans son émission quotidienne par des reportages : ma nouvelle vie commençait.

Si je n'ai pas osé dire oui à la proposition de Gilbert immédiatement, ne nous voilons pas la face, c'est parce qu'au fond de moi me collait aux baskets un sentiment immense d'illégitimité. Ah, ce mot ! Comme je n'avais pas fait d'école de journalisme, je ne me sentais pas légitime…

Grâce à ma formation exceptionnelle en *one to one* avec l'un des meilleurs journalistes de son époque, j'ai gagné en confiance et senti que j'évoluais au fur et à mesure de nos rendez-vous puis en animant les matinales de l'été suivant, tous les jours de la semaine de 5 heures à 7 heures.

Il faut dire que j'étais également soutenue à cette période par Jean-Claude Gérard, un restaurateur pas comme les autres que j'avais rencontré grâce à une collègue de la radio qui connaissait mon attirance pour les personnes hors du commun. Elle avait organisé un dîner chez lui pendant la longue grève de décembre 1995 – un moment unique dans ma vie. Auteur-compositeur de son état, Jean-Claude était le dernier troubadour de Paris. Il recevait les clients en charentaises et, à la fin du service, il prenait sa guitare et se mettait à chanter. Sans jamais oublier de nous faire rire au passage et de nous alléger énergétiquement.

Mais Jean-Claude avait d'autres passions que la restauration et la musique, il pratiquait et pratique toujours la méditation et, en tant que Maître Reiki, il prodiguait des soins énergétiques. Quand j'avais un petit coup de blues, je traversais le pont et j'allais boire un café avec lui rue de Beaugrenelle. Je repartais de chacune de mes visites reboostée et le cœur apaisé. Devant Jean-Claude, vous êtes un livre ouvert : pas la peine de se cacher, il voit tout…

C'est lui qui, le premier, m'a parlé de la loi de l'attraction. Je l'entends encore me dire : « Si tu as des carrés à l'intérieur de toi, tu attireras des carrés, si c'est des ronds, tu attireras des ronds, si c'est des pointes, tu recevras des pointes. Alors, à toi de jouer ! »

Entre Danièle et Jean-Claude, j'étais bien entourée et je sentais les anges me soutenir. D'ailleurs cette période m'a vue m'épanouir, j'étais comme une fleur au printemps, prête à éclore ! Et sous l'effet de mon voyage en Égypte, mes codes de lumière avaient changé, comme si j'avais été connectée à une autre fréquence, reprogrammée. J'avais eu accès à d'autres énergies divines. Aujourd'hui nous dirions que j'avais été *encodée*, comme un programme informatique. Un branchement s'était opéré, je le sentais intérieurement. J'avais accès à une nouvelle dimension de mon être. La lumière est source d'information et j'avais reçu un nouveau code pour accéder à un nouveau niveau de conscience afin de recueillir des informations auxquelles je n'avais pas accès jusque-là.

Cela s'est confirmé au cours d'une nuit particulière où j'ai fait un rêve étrange et pénétrant…

9

Au-delà du rêve

Un rêve qui s'évanouit est comme un fruit qu'on n'a pas cueilli.

Tobie Nathan,
La nouvelle interprétation des rêves,
Odile Jacob, 2011.

En ce printemps 1996, je suis réveillée par un songe resté gravé à jamais dans ma mémoire. Mon être tout entier s'en souvient encore. Je suis dans ce genre d'état où l'on sait qu'il s'est passé quelque chose d'inexplicable, voire d'irréel.

Dans ce rêve, je me trouve dans mon appartement, lorsque deux êtres de lumière viennent à ma rencontre pour me proposer de m'emmener visiter un lieu qui va « m'éclairer », disent-ils. Je ressens immédiatement un amour infini et accepte leur invitation. Je sais que ce sont mes anges gardiens, mes guides. Ils me conduisent dans un ascenseur qui monte vers je ne sais où, mais en tout cas, encadrée par ces deux personnages lumineux, je baigne dans la lumière et dans l'amour. C'est extraordinaire. L'ascension dure un petit moment. Je devine que nous montons très haut. La porte s'ouvre, elle donne sur une gigantesque plateforme, un centre d'appels téléphoniques comme on en fait aujourd'hui. Nous sommes accueillis par un être de petite taille avec des oreilles étranges. Je suis surprise, mais je le trouve charmant. Il est le coordinateur du lieu, m'explique-t-il tout en me guidant auprès d'un des standardistes qui répondent aux SOS des Terriens en détresse, les aident à exaucer leurs vœux, les soutiennent quand ils cherchent à se « dépatouiller » de situations inextricables… En réalité, il s'agit d'une grande équipe d'anges gardiens. Au moment où je comprends où je suis, *clac*, je me réveille subitement.

Je me retrouve dans mon lit sans plus vraiment savoir où je suis, et il m'est impossible de bouger. Je ressens un amour inouï, j'ai les larmes aux yeux. Et j'attends. Je reprends conscience tout doucement. Je réintègre mon corps. Très vite le mental reprend le dessus : il faut que je me dépêche, l'équipe de *C'est ça aussi la vie* m'attend au bureau. Pourtant, rien à faire, baignée dans cet amour lumineux, je suis incapable de me lever, alors je préfère lâcher prise et j'accueille le processus qui se met en place. Je ne regarde pas l'heure, pour ne pas stresser, et après un certain temps, je sens que mes jambes bougent enfin. Je parviens à me lever, à prendre un petit déjeuner et à me préparer doucement. Je finis par être prête, mais je sens que quelque chose a changé en moi. J'arrive au bureau, ponctuelle. Je n'en reviens pas. J'ai pourtant l'impression qu'il s'est écoulé au moins trois heures depuis mon réveil.

« Ils ont dû arrêter le temps, me dis-je, ce n'est pas possible autrement… »

Je suis restée dans cet état second pendant une semaine avec l'impression d'avoir des ailes ! Je n'oublierai jamais cette sensation. Moi qui avais besoin de concret, j'étais exaucée. Après tant d'années de demandes pour découvrir l'invisible, ce rêve qui n'en était pas un m'a changée à jamais. C'était un voyage hors du temps, dans une autre dimension.

Je me suis toujours intéressée aux rêves et à leur interprétation, car mes nuits sont chargées de rêves depuis mon adolescence. Des films nocturnes dont je gardais le souvenir au réveil. Plusieurs décennies après, je me rappelle même certains d'entre eux, et je regrette de ne pas les avoir notés à l'époque. Mais depuis ce jour de mars 1996, j'ai commencé à les écrire au réveil et j'ai vite perçu leur richesse et les connexions qu'ils me permettaient de faire – avant de les analyser avec ma psy des années plus tard. Je n'ai jamais cessé de le faire, depuis. Lorsque j'ai interviewé l'ethnopsychiatre Tobie Nathan en octobre 2011 pour mon émission *Partir avec*, à l'occasion de la sortie de son livre *La Nouvelle Interprétation des rêves*[1], il m'a confié que dans le Talmud, il est dit : « Un rêve qui n'est pas interprété, c'est comme une lettre qui n'a pas été lue. » Depuis, j'essaie de ne pas passer à côté de ces messages venus d'ailleurs ou de mon âme. J'ai même

1. Tobie Nathan, *La Nouvelle Interprétation des rêves*, Odile Jacob, 2011.

suivi une formation, en 2014, avec le psychanalyste junguien québécois Nicolas Bornemisza, créateur du yoga des rêves, pour ne pas passer à côté des signaux que m'envoie mon inconscient. C'est un merveilleux outil de connaissance de soi.

Avec ce voyage nocturne extraordinaire en compagnie de mes anges, je sentais que j'avais eu accès à un nouvel espace dans l'invisible. J'avais enfin touché du doigt ce monde que j'avais cherché à découvrir dans ma jeunesse en tentant de sortir de mon corps. La personne qui vit une « décorporation » a la sensation de flotter dans les airs et de voir son propre corps de l'extérieur, souvent d'un point de vue surélevé, comme du plafond. Les sorties de corps se produisent parfois lors d'une expérience de mort imminente ou d'un voyage astral. Avec ce rêve exceptionnel, j'ai compris que si j'avais réussi, adolescente, mes sorties de corps, jamais je n'aurais eu envie de m'incarner à nouveau, car l'amour ressenti alors est si fort que revenir dans la matière et rentrer dans son corps semble bien peu comparé à l'immensité de l'au-delà.

Avec cet événement « extra-ordinaire », j'ai compris pourquoi les jeunes choisissent parfois l'alcool ou la drogue pour accéder à des paradis artificiels, à des expansions de conscience. Ils tentent de se connecter à des sensations surnaturelles de légèreté et d'amour, à la recherche d'un absolu, d'un ailleurs, de « la nostalgie de l'au-delà », comme l'appelle la psychothérapeute et formatrice Marie Lise Labonté dans son livre *La Danse du funambule. Sur la voie de l'amour*[1]. La philosophe Arouna Lipschitz reconnaît également avoir traversé cet état qui relie au souvenir de notre relation à Dieu, « la Source », mais qui devient mortifère au fil de la vie et qu'elle a nommé, comme son film, « la nostalgie de l'ailleurs » dont elle parle aussi dans son livre, *La Voie de l'amoureux*[2].

Je n'échappais pas à cette nostalgie et me réfugiais beaucoup dans la méditation, priant la Vierge Marie en boucle pour me sentir « reliée » vingt-quatre heures sur vingt-quatre – ou presque. C'était indispensable pour mon équilibre, car je vivais mal l'absence de Sahbi qui avait décidé de rentrer en Tunisie à l'automne 1994 pour nous aider à rompre. Au printemps 1995, j'ai même fait le ramadan grâce à mon ami Ahmed, un grand magicien marocain d'origine berbère. Avec lui et son ami Omar, je dînais plusieurs fois par semaine dans une ambiance chaleureuse et généreuse qui me plongeait dans l'ambiance orientale que j'affectionne tant et qui me permettait, à grand renfort de coriandre fraîche et de cumin, d'attendre le retour de mon chéri. Haut perchée mais toujours en quête de sensations et de saveurs nouvelles – je ne suis pas un Taureau pour rien ! Cette ambiance mystique et orientale me permettait de résister à l'attente. Même si Sahbi avait mis la

1. Marie-Lise Labonté, *La Danse du funambule. Sur la voie de l'amour*, Shanti, 1996.

2. Arouna Lipschitz, *La Voie de l'amoureux*, Robert Laffont, 2005 ; J'ai lu, 2025.

Méditerranée entre nous, je savais qu'il reviendrait car je rêvais énormément de lui et de sa vie là-bas. Grâce à ces rêves, intuitivement, je captais que tout ne se passait pas comme il le souhaitait, qu'il était très déçu et qu'il pensait à moi.

Le travail aussi m'a aidée à tenir le coup. Entre les reportages dans la journée, la météo marine le soir et les permanences d'antenne jusqu'à minuit, mes rares moments disponibles étaient consacrés à l'étude, aux prières et aux séances de sophrologie avec Danièle. Ma vie était bien remplie.

Quand Pierre Bouteiller m'a confié la matinale de l'été, mon réveil sonnait à 3 heures… l'heure des anges, dit-on ! Une nuit, j'ai été réveillée en sursaut par une petite tape sur l'épaule. J'avoue que j'ai eu peur. J'ai vraiment cru que quelqu'un était dans ma chambre. Quand j'ai regardé l'heure, 2 h 55, je m'en suis voulu d'avoir eu peur. Ensuite, ce genre de réveil ne s'est jamais reproduit : mon ange gardien voulait sans doute m'éviter une nouvelle frayeur !

Les rêves, eux, continuaient. À plusieurs reprises, c'est le Christ lui-même qui s'est manifesté dans mon sommeil. La première fois, son regard était si puissant, intense, insoutenable que je me suis réveillée pratiquement immédiatement. Je m'en suis tellement voulu, aussi. Quelques jours plus tard, j'étais en pleine randonnée, dans mon rêve, quand j'ai entendu mon téléphone sonner dans mon sac à dos… On commençait à peine à parler des portables, à cette époque, et je n'en avais pas. J'ai sorti l'appareil du sac et là, je vous le donne en mille, c'était Jésus *himself*, waouh ! J'ai compris qu'il avait choisi cette ruse pour que je sois moins impressionnée par la présence directe de l'énergie christique. Le portable créait une distance avec la puissance christique. Cette idée du téléphone et du sac à dos était tellement drôle ! L'humour était une manière originale qu'avait eue Marie de me conduire à son fils.

Toutes les nuits de ce mois de juillet 1996 ont ainsi été prolifiques, jusqu'à un rêve plus intrigant que tous les autres où un ami m'a conduite dans un lieu qui ressemblait étrangement à une petite église moderne, de type évangéliste, comme on peut en voir dans certains immeubles parisiens. Je me trouvais parmi les fidèles et à la place du prêtre se tenait une jeune femme très belle, à la peau mate, dans une longue robe blanche, avec un tissu blanc semblable à celui de la robe, posé sur ses longs cheveux noirs, qui prêchait en anglais. À la fin de la cérémonie, cette femme en blanc s'est dirigée vers moi et m'a dit en anglais, dans une certitude absolue : « On va se revoir bientôt. » Je me suis immédiatement réveillée, surprise par ce message si clair dans une langue que je maîtrisais péniblement. Qui était cette femme et pourquoi m'avait-elle parlé ? Quelle était la signification de ce rêve ?

Quelques jours se sont écoulés avant que la vie ne me réponde.

10

Amma, l'ouverture du cœur

L'amour n'est pas un sentiment. C'est la substance même de la création.

Christiane Singer,
Derniers fragments d'un long voyage,
Albin Michel, 2007.

Ce petit matin de juillet 1996, en arrivant au studio 135 vers 4 h 30 pour une dernière mise au point avec Marie Merier, mon amie et réalisatrice des matinales estivales, je croise dans le couloir Jean-François Perrot, un copain technicien bouddhiste avec qui j'assiste régulièrement à des conférences et des cérémonies avec les Rinpochés tibétains. La joie et la lumière éclairent son visage : vu l'heure, c'est assez exceptionnel pour ne pas m'interpeller.

« Je reviens du *darshan* d'Amma, à la porte de la Chapelle ! me dit-il dans un grand sourire. J'ai patienté une grande partie de la nuit mais c'était fantastique.

— Mais c'est qui ? C'est quoi ?

— Amma veut dire "maman" en hindi. Entièrement vêtue de blanc, elle symbolise la mère divine, c'est une sainte indoue qui vient en Europe une fois par an. Et un *darshan*, c'est une étreinte sacrée, un moment de bénédiction qui te chamboule intégralement. Amma te prend dans ses bras comme le ferait une mère. »

Au fil de son récit me revient mon rêve. Alors j'en parle à Jean-François : « Tu sais, c'est drôle, ça me fait pensait à un rêve que j'ai fait il y a quelques jours ! C'est très troublant. » Et je lui raconte mon rêve.

« Mais tu as rêvé d'Amma ! Tu n'es pas la première à qui ça arrive. Il faut que tu la rencontres. »

Étonnée que la cérémonie ne soit pas finie, je lui dis par ailleurs que passer la nuit là-bas à attendre mon tour alors que je dois être en studio et en forme à 4 h 30 risque d'être compliqué pour moi…

« Tu as de la chance, j'y retourne ce soir ! C'est la dernière cérémonie : si tu veux, je t'emmène. Réfléchis, je t'appelle vers 16 heures et tu me dis. »

Je me réveille de ma sieste avec l'intuition que je ne dois pas passer à côté de ce rendez-vous apparemment programmé par mon rêve. Alors Jean-François vient me chercher vers 18 h 30 et nous partons pour la banlieue nord de Paris. Heureusement que j'ai confiance en lui, car arrivée sur place, je pourrais bien faire demi-tour. Sur le parking du parc des expositions, il y a à perte de vue des gens vêtus de blanc… on dirait une secte. Et tous ces camping-cars immatriculés en Belgique, en Hollande, en Allemagne : ces gens viennent donc de loin, quelle ferveur ! Le pompon, c'est qu'il faut s'agenouiller avant de s'approcher d'Amma, pour être à sa hauteur puisqu'elle se tient assise… Bref, je ne vois pas ce rituel d'un bon œil, je suis méfiante, voire un peu crispée, il faut bien l'avouer.

Jean-François, invité par Alain René, l'éditeur de son très beau récit initiatique, et moi, on nous place dans le carré réservé aux disciples et aux organisateurs. Au milieu de tout ce monde, malgré les chants indous magnifiques et divins de la cérémonie de clôture, je ne me sens pas très à l'aise. Et puis c'est étrange, j'ai l'impression qu'Amma, à quelques dizaines de pas de moi, n'arrête pas de me regarder. Elle tourne sans arrêt la tête dans ma direction. Je me répète que ce n'est pas possible, que j'hallucine, jusqu'à ce qu'Alain René se tourne vers moi et me confirme : « Tu as vu, elle n'arrête pas de te regarder ! » Je ne me suis donc pas trompée !

À la fin de la cérémonie, sans que j'aie le temps de dire ouf et alors que je suis encore réticente, Alain René nous conduit très vite et sans une explication jusqu'à Amma. *Boum*, direct, à genoux ! Et au moment où elle va me prendre dans ses bras, elle m'adresse un merveilleux sourire qui fait céder toutes mes résistances. Ma carapace tombe, transpercée par un laser qui traverse mon cœur. Mes larmes coulent, hors de contrôle. En sanglots, je ne comprends rien à ce qu'il m'arrive quand ses bras m'enveloppent. Je vois bien qu'Amma prend du temps. Quand l'étreinte se termine, elle me donne un bonbon, un pétale de rose comme le veut la coutume, et je lui dis en anglais que j'ai rêvé d'elle. Elle me répond avec un sourire irrésistible.

Je repars m'asseoir à tâtons, comme dans un autre monde. Je ne sais même plus où nous sommes installés... Je n'en reviens pas d'avoir vécu une véritable expérience mystique malgré mes résistances, mes réticences : mon cœur s'est ouvert et je viens de faire une rencontre avec un être éveillé comme il n'en existe plus.

De temps en temps, Amma vient me guider dans mes rêves, et mon aventure avec elle ne s'arrête pas là. Quelques années plus tard, en juin 2004, alors que j'interviewe pour mon émission d'été *Les Fruits de la passion* le réalisateur Jan Kounen pour la sortie de son documentaire sur le chamanisme *Autres mondes*, il me raconte qu'il part en Inde filmer les cinquante ans d'une sainte indoue, le 27 septembre. Il y aura une fête exceptionnelle avec des milliers de personnes, m'explique-t-il, pour célébrer... Amma !

« Tu la connais ? » me demande Jan. Alors je lui raconte mon expérience et les rêves que je continue de faire, et il me promet de me recontacter à la sortie du film.

Onze mois plus tard, mon téléphone sonne, c'est Jan.

« Est-ce que ça te dirait d'interviewer Amma demain soir ? Elle a fait le déplacement à Paris pour l'avant-première du film. »

Je crois bien que je vais m'évanouir !

Le lendemain soir, c'est Romi, mon amie italienne et polyglotte, qui m'accompagne dans un appartement parisien du 8e arrondissement. Elle nous servira d'interprète. Devant nous est assise Amma, entourée de quelques disciples. J'hallucine. Elle me regarde en souriant tout en répondant aux journalistes. Je passe en dernier. Je me retrouve face à elle, comme si je l'avais toujours connue. J'ai apporté des chocolats que je lui offre malgré l'air affligé des disciples qui m'entourent : je ne connais pas les traditions mais ce n'est pas grave ; je le fais quand même. Finalement, sa représentante en France, Dipamrita, qui dirige l'*ashram* français, traduit ma question, celle que je pose à mes invités tous les dimanches matin : « Quel est pour vous le sens de la vie ? » Nous restons une demi-heure l'une en face de l'autre, dans une énergie si puissante que j'ai l'impression de décoller, de ne plus toucher terre.

L'année suivante, un nouvel appel de Jan m'a surprise. Il me proposait de venir me chercher le lendemain, dimanche matin, pour assister à un *darshan* avec Amma. J'étais ravie, et surtout émerveillée car j'avais eu envie de me rendre à cet événement mais, n'ayant pas de voiture, j'avais vite abandonné l'idée : trop loin, trop compliqué, trop de monde. Finalement, Jan est venu me chercher en bas de chez moi. Telle une princesse, j'étais gâtée par la vie, et l'invisible avait tout mis en œuvre pour que je puisse assister au *darshan*. J'en étais bouleversée.

L'organisation avait changé et nous avons été accueillis par une équipe consacrée aux VIP. J'ai fait la connaissance de Sabine Chaloupy et de Manuel Collas de La Roche qui supervisaient aussi la presse. Malgré l'habitude, l'émotion était toujours aussi forte. Cet instant restait une parenthèse divine qui nous transportait dans un autre Univers où les « Namasté » résonnaient et où la délicieuse cuisine indienne nous enveloppait.

À l'automne 2008, c'est moi qui ai proposé à ma sœur, avec sa petite Jeanne de dix-huit mois, d'aller à la rencontre d'Amma. Grâce à Sabine, nous sommes passées rapidement et j'ai pu prendre exceptionnellement en photo ma nièce, lovée contre sa mère, dans les bras d'Amma. Au moment de l'étreinte, Amma a redressé la tête, m'envoyant de nouveau un laser d'amour accompagné de son sourire irrésistible. Comment savait-elle que j'étais le lien et que j'allais prendre la photo à ce moment-là ? C'est un mystère.

Quelques années ont passé, et mon désir de revoir Amma s'est intensifié. J'étais même prête à rester toute la nuit s'il le fallait ! Quelques jours avant son arrivée à Paris, alors que je quittais la radio, j'ai croisé Jean-François, mon collègue et ami qui m'avait emmenée la première fois voir Amma. Nous aurions pu nous rater mais le *timing* était parfait ! J'ai rapidement empêché les portes de l'ascenseur de se refermer et lui ai proposé de m'accompagner. À ma grande surprise, il m'a avoué qu'il hésitait justement à y aller. Notre rencontre était bien la preuve qu'il fallait nous y rendre.

Le jour J, Jean-François m'a conduite à Pontoise. Déterminée à suivre le parcours habituel, j'ai décidé de prendre mon ticket numéroté pour le *darshan*. J'ai donc traversé un hangar immense où les milliers de paires de chaussures des visiteurs étaient posées sur des étagères. C'était très curieux. Puis j'ai fait la queue, de très longues minutes, afin de retirer mon ticket, avant de parcourir le chemin inverse pour retrouver mon ami. En traversant à nouveau la fameuse halle aux chaussures, j'ai aperçu un homme longer les étagères tout en parlant au téléphone. Comme il était caché par les rangées de chaussures, je ne distinguais pas son visage. Puis, entre deux étagères, j'ai fini par reconnaître Jan Kounen, qui m'a fait signe de le suivre tout en continuant sa conversation. Nous étions seuls au monde parmi ces milliers de godasses, une situation cocasse ! Sans que je comprenne ce qui se passait, il m'a conduite auprès d'Amma. La fluidité avec laquelle les événements se sont enchaînés est extraordinaire. Jan lui-même, que je remercie encore d'avoir été mon ange gardien ce jour-là, en était surpris.

La dernière fois que je me suis trouvée en présence d'Amma, c'était en 2013. Comme à chaque fois, le *darshan* m'a bouleversée et je suis restée un long moment dans l'émotion et le recueillement, surprise d'être encore si troublée par l'énergie et l'amour que je recevais. En 2019, j'avais prévu d'emmener mon chéri, mais les *darshan* se déroulaient en Champagne et nous n'avons pu nous y rendre. J'espérais que nous puissions y aller l'année suivante, mais le ciel en a voulu autrement. Avec le Covid, Amma a interrompu ses tours du monde. C'est ce qu'on appelle un rendez-vous manqué, mais je sais que la distance et le temps ne sont qu'illusion et que nous sommes reliées. J'en ai d'ailleurs un exemple flagrant.

Ces rendez-vous avec Amma m'ont permis de tisser des liens profonds avec Sabine et Manuel, qui m'ont toujours accueillie avec amour et bienveillance. Lorsque Sabine a quitté le cinéma et Paris pour s'installer en Ariège, elle s'est engagée dans une nouvelle voie professionnelle liant à la fois spiritualité et alimentation. Elle a commencé à organiser des *detox with love* dans des lieux exceptionnels et j'ai eu la chance de participer à plusieurs de ces retraites qui offrent un véritable retour sur soi, tant pour le corps que pour l'esprit.

Lors de l'une d'elles, qui se déroulait aux portes du pays cathare, en observant les montagnes, j'ai compris que j'avais toujours peur de passer pour une sorcière, pour une illuminée, mais j'ai pris conscience qu'à cela s'ajoutait également la peur d'être « éliminée ! » Une révélation incroyable. J'avais pourtant travaillé sur cette mémoire d'âme de sorcière au bûcher à maintes reprises, mais je devais maintenant conscientiser ma peur d'en mourir par les flammes. C'était en octobre 2019, et aujourd'hui, cinq ans plus tard, je reconnais que l'écriture de ce livre me permet d'aller encore plus loin dans la détection des dernières mémoires cellulaires liées à cette blessure d'âme, tout en cherchant à clore ce karma. Mes maux corporels m'ont bloquée un certain temps dans la rédaction, précisément au moment où j'ai dû évoquer ma rencontre avec l'ange. Ce n'est pas par hasard… J'avais bien compris que j'entrais dans le vif du sujet et que je devais me dévoiler davantage. Cependant, j'ai constaté que des résistances se manifestaient, car mon corps se rappelait à moi par quelque inconfort. Oui, j'avais encore des mémoires de sorcière à libérer avant de pouvoir sortir du bois une bonne fois pour toutes.

Aujourd'hui, Sabine consacre une grande partie de ses retraites aux constellations familiales et passe beaucoup de temps en Inde pour y retrouver Amma et préparer des séjours détox au Kerala. Au printemps 2024, Sabine était justement là-bas avec son amoureux et je lui avais demandé de penser à moi si elle voyait Amma. Elle m'avait demandé de lui envoyer une photo par WhatsApp, et m'a confirmé quelques jours plus tard qu'elle avait bien vu Amma. Après quelques semaines, j'ai eu la bonne surprise de recevoir une lettre de Sabine envoyée du Kerala. En l'ouvrant, j'ai trouvé ma photo imprimée, accompagnée d'un *prasad* (une offrande d'amour) et d'un message d'Amma. Quelle émotion et quelle intention de la part de mon amie, de ma sœur d'âme ! Mais une surprise m'attendait. Sur son petit mot, Sabine me confiait que ma photo avait été bénie par Amma le 18 mars 2024. J'ai été saisie : c'était la date à laquelle la journaliste et autrice Géraldine Dormoy avait posté sur Instagram notre photo prise au salon du livre de Villefranche-sur-Saône, qui avait donné à Sophie, mon éditrice, l'envie de me contacter…

C'est ça, la vie, et je continue à m'en émerveiller et à ressentir pour elle une gratitude immense. Amma m'offre une reconnexion au divin et au sacré en soi, et me prouve que dans l'invisible, il n'y a ni temps ni espace, nous sommes tous reliés par des fils invisibles.

11

Monique et le Wi-Fi cosmique

Plus j'en apprends sur la physique, plus je suis attiré par la métaphysique.

Albert Einstein

Depuis notre voyage en Égypte, je continuais les séances de sophrologie avec Danièle et nous en profitions généralement pour dîner ensemble. Son humour et sa joie de vivre m'étaient d'un grand soutien depuis le départ de mon chéri en Tunisie. Elle avait toujours une anecdote à me raconter, une imitation à me faire découvrir ; celle de son professeur et fondateur de la sophrologie, Alfonso Caycedo, était particulièrement cocasse. Nous parlions surtout d'ésotérisme, de magie et du folklore qui l'accompagne, et Danièle évoquait régulièrement sa rencontre avec une grande médium de Lyon, Monique Parent Baccan. Elle avait retranscrit plusieurs de ses messages lors de séances privées avec elle. De temps en temps, mon amie me lisait des extraits de ces textes de son ange gardien, jusqu'au jour où elle m'a proposé, à l'automne 1996 de la suivre à Lyon, au mois de mai suivant, afin de nous offrir une séance pour nos anniversaires respectifs. J'étais partante, bien sûr : j'allais enfin pouvoir rencontrer mon Oda Mae – interprétée par Whoopi Goldberg dans *Ghost* !

Un soir de janvier 1997, Danièle m'a appelée pour m'annoncer : « Nous n'aurons pas besoin d'aller à Lyon en mai ! Figure-toi que Monique a reçu un message de son ange gardien lui recommandant de venir à Paris afin d'organiser un groupe de recherche comme ceux qu'elle anime déjà à Lyon, à Valence et en Suisse. Elle sera là au mois de mars. »

Impatiente à la perspective de notre nouvelle aventure, je ne pensais plus qu'à cette soirée. Enfin, le troisième vendredi de mars est arrivé – Monique avait organisé ses nouveaux rendez-vous parisiens le troisième week-end de chaque mois. Danièle et moi avions parlé de cette rencontre spirituelle à nos amis respectifs et nous devions être une vingtaine de participants rassemblés dans l'appartement de mon amie pour cette première séance. Lorsque je suis arrivée chez elle, plusieurs personnes étaient déjà installées et Monique était là. J'étais très excitée à l'idée de cette rencontre, mais j'étais loin d'imaginer la suite…

Dans le long couloir qui mène au salon, j'entendais la voix de Monique qui discutait avec Danièle. Quand je suis entrée dans la pièce, elle a tourné le visage et nous nous sommes immédiatement reconnues ; un véritable coup de foudre amical ! Elle ressemblait à ma tante, et il y avait entre elle et moi comme un air de famille. Nous nous connaissions, c'était une évidence.

Un fil de déjà-vu s'était tissé entre nous. Nous vivions ce que l'on appelle des retrouvailles d'âmes.

Ç'a été le début d'une grande histoire qui a duré neuf ans. J'ai tant appris grâce à cette femme clairaudiente – les esprits s'adressent à elle par une sorte de troisième oreille, un « Wi-Fi cosmique » haute fréquence.

Lors de cette rencontre, Monique attendait la présence de saint Pierre, son ange gardien. Cependant, c'est Mayanna, un « esprit de la conscience universelle », qui s'est manifesté pour nous transmettre ses enseignements sur l'amour et la lumière. Les premières soirées ont été peu harmonieuses, car nous n'avions pas tous le même parcours ni les mêmes interrogations. Puis un tri naturel s'est opéré, et plusieurs personnes, peu réceptives à l'idée de la réincarnation, ont choisi de ne plus revenir. Il est vrai qu'il fallait être ouvert aux enseignements de Mayanna sur les énergies de l'amour et de la lumière, qui animent les différentes formes de vie dans l'Univers.

Mayanna nous a expliqué que l'amour est la « Source », qui nous a permis d'exister. Une énergie intrinsèque à la Création, présente dès le commencement des temps et sous toutes ses formes : l'amour filial et familial, l'amour physique et sexuel, l'amitié, etc. J'étais aux anges : enfin, on me parlait d'amour ! C'est exactement ce que j'attendais.

Au fil du temps, Mayanna nous a appris à faire entrer en nous la lumière pour nous protéger. Elle nous exposait certaines lois de l'Univers qui nous semblent parfois injustes, comme le fait de donner de l'amour à quelqu'un qui n'en veut pas… amour qui nous revient comme un coup de couteau dans le dos. Nos propres expériences relationnelles nous ont aidés à intégrer cette notion ; pour ma part, ç'a été l'occasion de commencer à calmer mes élans de sauveuse ! Je me suis observée et j'ai pointé les moments où, dans une rencontre, j'essayais à tout prix d'aider la personne sans même qu'elle me le demande. C'était devenu une seconde nature… à tel point que je me retrouvais souvent dans des situations de trahison où je recevais effectivement un « coup de couteau dans le dos ». Cette loi universelle a été difficile à appliquer mais salvatrice !

À chaque séance, Mayanna exprimait sa joie de partager avec nous des connaissances encore méconnues sur Terre, de nous apporter la lumière du Créateur. Dans sa dimension, la force de la lumière réalise des miracles : le but de Mayanna était de nous aider à utiliser cette lumière à notre tour tout en étant incarnés, et d'alléger nos corps.

J'avais un peu de mal à comprendre l'énergie de la lumière, qui me semblait froide. Avec le temps, j'ai compris que la lumière était liée à la Loi, au Père divin, à la figure paternelle. Et sur ce point, j'avais bien du chemin à faire… Mais j'ai eu la chance inouïe d'obtenir une consultation avec Monique à chacune de ses venues. Pour la première, je dois avouer que j'avais un trac fou : j'attendais depuis tellement longtemps ; est-ce que j'allais enfin pouvoir dialoguer en direct avec mon père ?

La première rencontre – inoubliable – en tête à tête a eu lieu chez moi. C'est saint Pierre, l'ange gardien de Monique, qui s'est présenté avec son air enjoué. Il planait pourtant quelque chose de solennel et j'étais très émue. L'énergie de saint Pierre m'a annoncé de nombreux changements à venir, surtout dans ma vie personnelle ; j'allais rencontrer quelqu'un et nous pourrions avoir ensemble un enfant. Toujours amoureuse de mon chéri, j'étais dubitative, quand il a enchaîné sur mon futur professionnel. J'allais être amenée à écrire… Ça, non ! J'étais quelqu'un de la parole, pas de l'écrit. J'avais oublié quelques instants que la radio, c'est d'abord de l'écriture. Mais quand on ne veut pas entendre, on n'entend pas.

Bref. J'étais surtout impatiente d'entrer en contact avec mon père.

Quand le moment est arrivé, j'ai été prise d'une vive émotion incontrôlable. J'ai beaucoup pleuré. Ce chagrin était la preuve qu'enfin ma petite fille intérieure pouvait s'exprimer. Mon père m'a demandé pardon d'être parti si tôt mais il m'a assuré qu'il me guidait toujours et que je comprendrais plus tard le sens de son départ. Ah bon ? Les départs pouvaient avoir un sens ? Certainement en rapport avec la réincarnation, me suis-je dit immédiatement. Si j'avais quand même encore un petit doute quant au don de Monique et à la véritable présence énergétique de mon père, je ne pouvais pas renier l'énergie et la légèreté que je sentais en moi. Cet échange était de toute façon thérapeutique, car je sais combien cette pacification a été pour moi le début d'une guérison. Jamais je n'oublierai cette séance qui a changé quelque chose au plus profond de mon être. L'énergie qui s'est dégagée a fait « chanter mes cellules », si tant est que je puisse mettre des mots sur mon état. Mon âme était enchantée de ces retrouvailles et vibrait très haut.

Ensuite, lors de nos rencontres, mon père se manifestait régulièrement. Donnant son avis sur tout, il ne se gênait pas pour se mêler à la conversation !

Ces instants hors du temps qui restent gravés à jamais sont l'un des sujets du spectacle de mon ami Bernard Werber, *V.I.E. Voyage intérieur expérimental*. Il y raconte sa première séance avec Monique et lui rend ainsi un bel hommage à chaque fois qu'il monte sur scène. Je lui avais offert cette séance pour son anniversaire. Je savais que c'était essentiel pour lui, pour son avenir, mais il s'y était rendu un peu à reculons. J'ai conservé d'ailleurs une photo qui immortalise cette rencontre : Bernard y fait la tête de celui qui n'a pas l'air convaincu ! Je ne m'étais pourtant pas trompée. Grâce à cet entretien, Bernard a pris connaissance et conscience de ses vies antérieures. C'est ce qui lui a ensuite inspiré *L'Empire des anges* puis *La Boîte de Pandore* et *Mémoires d'une fourmi*, mais aussi son tout dernier ouvrage, *La Valse des âmes*[1].

Aujourd'hui, vingt-sept ans après, cette photo nous fait beaucoup rire, mais cet hommage montre

1. Parus respectivement en 2000, 2018, 2020 et 2024 chez Albin Michel.

à quel point Monique était unique. Le seul désir de cette femme attachante, drôle, intelligente était que la connaissance soit diffusée au maximum. Je suis heureuse et fière d'avoir été son amie, d'avoir eu la chance de suivre ces conversations hors du commun pendant neuf ans.

J'ai appris grâce à elle que l'âme se scinde en une partie féminine et une autre, masculine ; que nous sommes tous reliés en une chaîne d'âmes sœurs qui font famille – d'où nos fameux atomes crochus. J'ai découvert un nouveau continent à explorer que j'ai développé avec la lecture des *Familles d'âmes* de Marie-Lise Labonté[1].

Monique m'a aussi confié que nous avons trois anges gardiens dès la naissance. Celui du corps, qui a été incarné sur Terre et qui a gardé 10 % de négatif pour pouvoir s'approcher de son protégé et toucher la matière en cas d'urgence – il peut le pousser pour lui sauver la vie, par exemple. Nous partageons donc avec cet ange gardien du corps des qualités et des défauts, il nous transmet sa force, son énergie pour nous aider à nous incarner dans la matière. Le mien, m'a appris saint Pierre à travers Monique, c'est Ézéchiel, l'un des prophètes de l'Ancien Testament. Mais je n'en ai pas su plus : j'aurai les informations quand je serai prête, m'a-t-on fait savoir. L'ange gardien de l'esprit, lui, nous est attribué en fonction de notre date

1. Marie-Lise Labonté, *Familles d'âmes*, Dauphin blanc, 2003.

de naissance, selon la Kabbale (tradition ésotérique du Talmud). C'est celui que Jean-Charles de Castelbajac m'a dessiné et que l'auteur Haziel a diffusé à travers ses livres dans les années 1990. Enfin, l'ange gardien de l'âme est un Élohim, l'une des forces créatrices du Créateur. J'appris bien plus tard que j'étais reliée à l'Élohim de l'imagination et que nous avions également des guides de lumière pour nous accompagner et nous donner un coup de main dans certaines de nos missions. Une sacrée équipe ! Une belle team invisible, comme j'aime l'appeler.

Avant de refermer ce chapitre, je voudrais ajouter une chose que les guides de lumière m'ont également enseignée pendant nos séances médiumniques. Régulièrement, ils nous faisaient part de leur inquiétude concernant le devenir de la Terre, composée pour 50 % de positif et pour 50 % de négatif, et des humains, car le négatif était en train de prendre trop d'ampleur par rapport au positif, ce déséquilibre pouvant mener à la destruction de la planète. C'est pourquoi il était urgent qu'il y ait un éveil de conscience planétaire pour rééquilibrer les énergies et permettre l'émergence de ce que certains spiritualistes appellent l'« ère du Verseau » – les caractéristiques astrologiques du Verseau étant la fraternité et la conscience. Quand est arrivée la pandémie de Covid-19, et dans son sillage le premier confinement, je me suis souvenue de ces enseignements et je me suis beaucoup interrogée sur cette bascule que nous étions en train de vivre : dans quel monde allions-nous entrer ? J'ai posté ce jour-là sur Instagram : « En route pour l'aventure intérieure. » Avec le recul, il est évident que nous sommes entrés dans une nouvelle ère… en route vers la conscience ou vers l'inconscience ?

12

Oh ! Ézéchiel, mon ange gardien

Votre cœur connaît le chemin, courez dans cette direction.

Djalâl ad-Dîn Rûmî

Lorsque j'ai appris la présence d'Ézéchiel à mes côtés, j'ai pris conscience que j'en avais reçu un signe l'année précédente. Alors que j'étais vacances en Crète avec mon amie Catherine et ses fils, Clément et Thomas, nous avons décidé de visiter La Canée. Nous nous sommes garés devant la vitrine d'un antiquaire qui avait sorti des objets insolites ayant attiré notre attention. En entrant dans cette boutique, je me suis sentie appelée, comme cela m'arrive parfois, et j'ai été attirée vers le fond de la boutique, un peu sombre. Ce que j'ai fait. Surprise ! un regard s'est posé sur moi. J'ai levé la tête et aperçu un ange, au-dessus de moi, qui me regardait, l'index levé, m'indiquant le chemin vers la mer. Comprenant immédiatement que c'était l'appel de mon ange, j'ai négocié le prix du tableau et je suis repartie avec mon ange sous le bras, sans penser aux conditions de retour de cet objet bien trop encombrant pour loger dans les coffres à bagages de l'avion...

Le jour de notre retour en France, veille de la rentrée des classes, nous n'étions pas les seuls touristes ; l'aéroport grouillait de monde. Alors que nous étions arrivés un peu tardivement pour attraper notre vol – le dernier de la journée –, au guichet, l'hôtesse de l'air nous a indiqué que nous étions surclassés car la compagnie avait affrété un Boeing 747 et que nous serions placés sur le pont supérieur, en classe affaires. Merci mon ange, plus de problème pour mon tableau ! D'autant qu'une fois que nous avons été installés confortablement à nos places, Clément, le fils aîné de Catherine, m'a fait remarquer qu'un espace vertical près du hublot où j'étais assise accueillerait aisément le fameux tableau. Mon ange est ainsi rentré en première classe dans son espace personnel ! C'était tellement mignon...

Pourtant, en dehors de signes de cet ordre qu'il m'envoyait de temps en temps et qui prouvaient que mon ange veillait sur moi, je n'arrivais pas à obtenir davantage d'informations. Alors, en bon Taureau obstinée que je suis, j'ai décidé de mener l'enquête.

À défaut d'Internet – nous étions en novembre 1997 –, j'ai commencé par chercher un indice dans les rayons de La Procure, la librairie de référence pour le christianisme. Mais je n'ai rien trouvé, pas plus qu'en lisant un chapitre d'Ézéchiel dans l'Ancien Testament. J'ai fini par m'adresser à une vendeuse qui ne connaissait pas d'ouvrage sur sa vie mais est quand même revenue de la remise avec un livret comprenant quelques citations tirées de la Bible. Je me suis empressée de l'acheter, mais n'y ai finalement trouvé que des indices relatant sa vie d'homme et de prophète. Ézéchiel est un prophète qui a vécu au VIe siècle avant J.-C., à l'époque où le royaume de Juda a été conquis par Nabuchodonosor II, roi de Babylone, qui a exilé le prophète… Très bien, mais cela ne m'aidait pas beaucoup. Là où l'histoire est devenue intéressante, c'est qu'au moment où j'apprenais cela, un restaurant a ouvert tout près de chez moi, rue Saint-Dominique, qui portait le nom… Nabuchodonosor : ça ne s'invente pas ! Chaque jour, pour rejoindre le RER, je passais donc devant. Un clin d'œil quotidien que m'offrait mon ange gardien. Une coïncidence troublante. Qu'est-ce qui pouvait me relier à ce prophète ? Qu'avais-je en commun avec lui ?

J'ai reçu ainsi d'autres signes, de temps à autre. Comme ce jour où j'ai appris qu'Ézéchiel avait eu sa vision du « char céleste », également appelé chariot de Dieu, la Merkabah, en observant les nuages sous des vents tempétueux. Le ciel s'était ouvert, laissant apparaître une gerbe de feu et, en son centre, quatre créatures étranges avec des ailes, chacune posée sur une roue. Cette information m'a rassurée car j'adore observer le ciel, dans lequel je distingue parfois des symboles, des saynètes, des images et même des visages. Certains diront que c'est une paréidolie, une illusion d'optique ; les scientifiques japonais parlent même de névroses ! En attendant, j'y voyais, moi, un signe de mon ange gardien qui me montrait que je ne me racontais pas forcément des histoires et je comprenais mieux ainsi cette occupation qui, pour certains, peut paraître originale ou bizarre. Depuis, je prends en photo ces nuages expressifs.

Toujours dans l'attente d'un autre signe, d'un vrai, je piétinais, voire trépignais malgré mes prières et mes demandes régulières. Mais tout vient à point à qui sait attendre : le miracle s'est produit au moment où, malgré ma nature joyeuse, je n'allais vraiment pas bien. Mon moral était alors au plus bas parce que je venais de vivre une rupture amoureuse.

Comme me l'avait effectivement annoncé saint Pierre et malgré mon attachement pour Sahbi, j'ai fait une rencontre très rapidement après mon échange avec l'ange. J'en étais la première surprise, mais cet homme m'a montré qu'il m'était possible, contrairement à ma croyance, de tomber de nouveau amoureuse d'un homme, bien qu'il ne s'agisse pas du même amour. J'ai tenté de résister à cette rencontre, mais j'avais fait plusieurs rêves prémonitoires dans lesquels je faisais la connaissance des proches de cet homme, et lorsque nous étions ensemble, je dois avouer qu'il se dégageait une énergie particulière que même notre entourage ressentait.

Pour notre premier rendez-vous, Jean-Charles est venu me chercher à la radio. Alors qu'il était monté au cinquième étage, nous avons été surpris de nous retrouver face à face dans ce long couloir, habillés de la même façon. Une chemise turquoise sur un jean avec une veste bleu marine. J'ai eu l'impression de voir mon masculin face à moi ; certainement une âme sœur, me suis-je dit à ce moment-là. C'était une évidence. Mais il me fallait rompre avec Sahbi.

Mon amie Catherine Rosier, alors réalisatrice du *Téléphone sonne*, m'a accompagnée dans ce processus de rupture. Nous avions toujours un amour profond l'un pour l'autre et nous étions tous les deux effondrés. Mais Sahbi me l'avait souvent répété : je devais rencontrer quelqu'un, fonder une famille. Lui ne pouvait pas m'offrir tout ça.

Pour vivre cette nouvelle vie qui se présentait, j'avais besoin de reprendre ma liberté et le moment était venu. Grâce à cette nouvelle relation, j'allais à mon corps défendant me détacher de Sahbi. Un état que jamais je n'avais pu envisager jusque-là.

Pourtant, cette nouvelle lune de miel n'a été que de courte durée… Quelques mois après ma rencontre avec Jean-Charles, ses plans avaient apparemment changé. Après une nouvelle rencontre et quelques hésitations, il a décidé de rompre. Je ne comprenais plus rien. Dans la communication qui a suivi avec Monique, j'ai beaucoup râlé auprès de saint Pierre qui m'avait annoncé ce nouvel amour. Mais c'est aussi comme ça que j'ai découvert la loi du libre arbitre et de la liberté.

D'après ce que j'ai retenu de la réincarnation et du karma, avant de descendre dans la matière, dans un corps, notre âme choisit certaines étapes, des épreuves incontournables, et nous ne pouvons pas échapper à cette roue de l'incarnation ; nous sommes, en quelque sorte, en liberté conditionnelle ! Avec cette rupture amoureuse, j'ai appris que si nous avons effectivement choisi, avant de nous incarner avec notre libre arbitre, une feuille de route comprenant certaines rencontres, certaines épreuves, nous disposons de cette fameuse option, la liberté de choisir, une fois incarnés.

Pour vous aider à saisir la différence entre les notions de liberté et de libre arbitre, deux concepts souvent considérés comme synonymes, je vous livre ici les pistes que m'a proposées Monique, issues de ses dialogues médiumniques et reprises dans *Paroles célestes de liberté et de libre arbitre*[1], le recueil qu'elle a coécrit avec Martin Marceau. La liberté concerne nos actions dans le monde physique. Elle est liée à notre capacité à agir et à faire des choix dans notre existence terrestre et nous permet d'évoluer – ou de régresser – en fonction de nos actions. Le libre arbitre, en revanche, est lié à nos choix spirituels avant notre vie terrestre. C'est un concept qui se situe dans un domaine plus spirituel et qui représente notre capacité à faire des choix avant notre incarnation sur Terre. Le libre arbitre conditionne donc notre liberté, car il détermine les options que nous avons lorsque nous sommes en vie.

J'ai également appris à ce moment-là que nos anges gardiens n'intervenaient, sauf rare exception, qu'à notre demande. Ainsi, tout dépendait de notre liberté. Et

---

1. Monique Parent-Baccan, *Paroles célestes de liberté et de libre arbitre*, JMG Éditions, 2004.

comme Monique l'a alors ajouté : « Il y a beaucoup d'anges au chômage ! »

Malgré ces nouveaux enseignements, je devais faire face à un défi inédit. Les guides de Jean-Charles lui laissaient un an pour choisir, changer d'avis et revenir vers moi, m'ont-ils dit. En attendant, quelle claque je prenais ! J'étais perdue.

Pourtant, une petite lumière est apparue dans le ciel… À peine ma rupture était-elle avérée que Sahbi m'appelait de Tunisie pour m'annoncer son retour en France, quelques mois plus tard, car il ne voulait plus vivre dans son pays. La coïncidence était plutôt étonnante : il ne savait rien de ma rencontre ni de mon histoire avec Jean-Charles. Avait-il senti qu'il avait une chance de me reconquérir ? Chose étonnante, c'est ce moment qu'a choisi aussi mon ange gardien du corps pour me faire signe. J'étais loin de m'imaginer que cette révélation se ferait au bureau.

Ma réalisatrice montait – encore au ciseau, à l'époque ! – une interview de Françoise Naud dont le livre *Trouvez votre ange gardien*[1] venait de paraître. C'était un traité sur les intermédiaires entre Dieu et les hommes qui était venu compléter ma lecture des livres d'Haziel dans lesquels j'avais trouvé le nom et la fonction de mon ange gardien de l'esprit. L'autrice y précisait qu'on pouvait retrouver son âme sœur grâce à l'intervention des anges gardiens selon nos dates de

1. Françoise Naud, *Trouvez votre ange gardien*, Le Rocher, 1997.

naissance. C'était troublant car j'avais pu vérifier que les anges gardiens de Jean-Charles et les miens étaient particulièrement compatibles et que nous avions de grandes chances d'être des âmes sœurs.

Alors que je travaillais avec elle sur le montage de l'enregistrement pour l'émission, le téléphone a sonné. C'était Gildas Le Gac, l'assistant du *Téléphone sonne*, animé par Alain Bedouet, qui m'invitait à descendre dans son bureau pour « me remettre quelque chose ». Je me suis exécutée. À peine ai-je ouvert la porte qu'il m'a indiqué un livre déposé sur le rebord de la fenêtre qui, selon lui, m'était « destiné ». Étonnant. J'ai pris l'ouvrage. C'était *Le Guetteur*[1], de l'avocat Théo Klein, président fondateur du Congrès juif européen. Sans m'attarder, j'ai remercié vivement Gildas en lui demandant seulement pourquoi il pensait que ce volume m'était destiné. Il n'a évoqué aucune raison particulière, seulement « un *feeling* ». En remontant dans mon bureau, dans l'ascenseur, j'ai parcouru ses pages… qui me sont quasiment tombées des mains : Théo Klein y retraçait les grandes lignes de la vie du prophète Ézéchiel. Hallucinant ! Comment Gildas avait-il capté ? Personne à la radio n'était au courant de mes recherches. J'étais heureuse enfin d'avoir été entendue : c'était mon ange gardien qui venait de me faire une bonne blague ! Qui plus est en plein montage d'une émission sur les anges gardiens… Ça ne s'invente pas.

1. Théo Klein, *Le Guetteur*, Plon, 1997.

Je commençais à entrevoir pourquoi j'étais liée à ce prophète qui lisait des visions divines dans les nuages. Son devoir était de transmettre les informations mais de ne pas les imposer, laissant à chacun sa liberté de penser. J'étais donc sur la même longueur d'onde que lui. Je fonctionnais et je fonctionne toujours comme ça. Je commençais aussi à comprendre pourquoi il m'arrivait de voir des choses dans les cieux nuageux...

Je me suis empressée de téléphoner à Monique... qui n'en revenait pas. Ensemble, nous avons communiqué avec lui lors de son passage à Paris. Quelle émotion de dialoguer enfin avec l'énergie qui vous accompagne depuis votre naissance ! Personne ne vous connaît mieux qu'elle.

Depuis le départ de Monique pour les étoiles en 2006, le dialogue avec mon cher Ézéchiel ne s'est jamais interrompu. Grâce à Blima, notre amie commune, « porte-parole de l'invisible » elle aussi, et qui a bien voulu, malgré la difficulté de la tâche, poursuivre ce que nous avions commencé. Notre complicité est toujours exceptionnelle, et depuis le décès de mon amoureux, il me soutient quand je vacille ou m'écroule.

Il m'arrive parfois, seule, de l'entendre. On ne choisit pas ces moments, car de l'autre côté du voile, les énergies changent, évoluent, et ces rendez-vous peuvent tomber à des moments particuliers, donnant lieu à des situations cocasses. Comme cette fois où j'étais à Toulouse pour une interview. Le temps n'était pas au beau fixe mais le ciel n'était pas menaçant. Quand je suis sortie de mon rendez-vous, il s'est mis à tomber des cordes. J'ai commencé à râler après mes anges, et alors que je pensais : « Vous auriez pu retenir la pluie le temps que je rentre », j'ai aperçu un parapluie abandonné sur le trottoir. « C'est une blague ! » me suis-je dit. Certes, il manquait une baleine, mais j'ai pu rentrer presque sèche à mon hôtel.

La dernière fois qu'Ézéchiel s'est manifesté, j'étais effondrée, je me sentais très seule, quand je l'ai entendu rouspéter : « Non, on est deux ! » Immédiatement, étonnée, j'ai relevé la tête et la joie s'est réinstallée dans mon cœur. Alors je n'oublie pas que mon ange est là, à mes côtés.

13

Un douloureux retour sur soi

Quand nous ne sommes plus en mesure de changer une situation, nous sommes mis au défi de nous changer nous-même.

Viktor Frankl,
Découvrir un sens à sa vie,
J'ai Lu, 2013.

Au moment où j'écris ce passage me revient la communication que j'ai eue le lendemain de ce bref échange avec Ézéchiel. C'était au printemps. Nous avions dû reporter de deux jours notre rendez-vous avec Blima. Dès le début de la séance, mon ange gardien m'a indiqué que je ne devais jamais oublier que nous étions deux… ça m'a bluffée ! D'autant que je n'en avais rien dit à mon amie. Le doute qui me titillait se dissipait lentement.

Alors que je rédige ces lignes, j'ai envie de réécouter ce passage et je me mets donc à chercher l'enregistrement de cet échange dans mon ancien ordinateur. Je ne trouve rien et commence à m'impatienter. J'appelle saint Antoine de Padoue que j'invoque souvent pour retrouver mes objets perdus, mais cette fois, rien à faire. Mon regard est attiré par une date… Celle d'une communication avec Ézéchiel qui remonte à quelques jours après la mort de mon amoureux. Mais je n'ai pas la force de la réécouter. Je viens de rentrer de Corse où j'ai réussi à passer quelques jours de vacances sur « notre » lieu, celui qui évoque autant l'apocalypse que la magie, je ne veux pas altérer cet état de bien-être que je ressens depuis que je me suis installée en Normandie pour écrire cet ouvrage. Et puis, le médecin qui me suit pour des troubles du sommeil me l'a bien dit : je dois prendre soin de moi.

Après mes vertiges et mes hausses de tension de l'automne 2022 en raison du stress post-traumatique que j'ai vécu sur l'île de Beauté – atténués après quelques mois de prise en charge –, c'est la qualité de mon sommeil qui a commencé à se détériorer. À tel point que le docteur Brescia, de Radio France, inquiet, m'a invitée à prendre rendez-vous au pôle de recherche du sommeil de l'Hôtel-Dieu. Cette perspective me réjouissait car au-delà des insomnies et des angoisses, ce qui me souciait surtout, c'était de ne plus faire aucun rêve, ce qui me donnait la terrible impression d'avoir perdu une partie de mon âme. Peut-être qu'on allait enfin pouvoir me rendre mes songes !

J'ai donc rencontré le docteur Élisabeth Prévot en octobre 2023, tout juste un an après mon stress post-traumatique – elle me suit d'ailleurs toujours. Grâce à une polysomnographie, un examen qui analyse le sommeil à l'aide de capteurs disposés sur la tête et sur différentes parties du corps, elle m'a confirmé que je me réveillais la nuit au moment du sommeil paradoxal, ce qui expliquait que je ne rêvais plus, car c'est dans cette phase paradoxale du sommeil que viennent les songes. C'est elle aussi qui m'a fait prendre conscience que j'étais loin d'avoir réglé mes symptômes de stress post-traumatique et qu'il était peut-être temps de m'en préoccuper.

Il est vrai que lors de notre rencontre à l'Hôtel-Dieu, elle m'avait vu réagir à une explosion en bas de son bureau, à quelques mètres de Notre-Dame de Paris : prenant immédiatement cette détonation pour un attentat, j'avais sursauté exagérément… Cela m'arrivait au moindre choc, au moindre bruit qui ressemblait à une déflagration ; mes vertiges, quant à eux, se ravivaient lors de tout événement inquiétant médiatisé, comme l'attentat du pont Bir-Hakeim, tout près de mon domicile. Bref, au fil de nos rendez-vous, le docteur Prévot m'a fait remarquer gentiment que je minimisais mes symptômes : « Je vous rappelle que vous avez eu peur de mourir… Peut-être serait-il temps de consulter un psychiatre qui pratique l'EMDR pour dépasser les vécus traumatiques non digérés responsables de vos symptômes. Tant qu'un possible SPT continue d'évoluer chez vous, m'a-t-elle expliqué, je ne pourrai pas correctement prendre en charge la désynchronisation des rythmes de votre sommeil. »

J'étais encore dans le déni ; il était temps de prendre tout cela en main. J'avais donc entamé ce travail par des séances de Tipi (technique d'identification sensorielle des peurs inconscientes) avec le docteur Christine Barois, formée par David Servan-Schreiber, le spécialiste des neurosciences cognitives, qui avait importé des États-Unis la technique révolutionnaire de l'EMDR. Je l'avais interviewé à la sortie de son premier livre et *best-seller*, *Guérir*[1] : j'étais entre de bonnes mains. Grâce à ses conseils et à sa méthode, j'ai appris à écouter mon corps lorsque certaines émotions me bousculent plus que d'autres et je fais davantage attention aujourd'hui à prendre soin de moi. Nos rendez-vous m'ont permis de passer un cap et de retourner sur ce lieu de vacances dans lequel je me livre aujourd'hui dans ces pages.

C'est pour ces raisons, et à cause de la fragilité qui m'envahit encore que j'hésite à réécouter cet échange avec Blima et mon ange gardien. Je sais qu'il va me replonger dans une période trop difficile. Je dois me préparer et sentir le bon moment pour le faire.

Alors je m'offre des balades inspirantes au bord de la mer et avant de reprendre le fil du passé. Mais quelques jours plus tard, je me rends compte que quand je me serai remémoré ces beaux moments qui ont permis mon éveil, ma lune de miel se terminera pour m'amener à mon réveil et aux épreuves qui l'accompagnent. J'identifie ce qui se profile : il me faudra prendre à bras-le-corps ce « sacré » tournant de ma vie, entre 1997 et 1998 où, disons, les choses sérieuses ont commencé…

---

1. David Servan-Schreiber, *Guérir*, Robert Laffont, 2003.

Au-delà de cette pause et du temps que je m'accorde avant d'écouter cette communication avec mon ange gardien, j'observe en moi d'autres résistances. Mon inspiration, notamment, est moins fluide. Que se passe-t-il ? C'est sûrement parce que ce qui m'attend est costaud, comme une autre forme de deuil. D'ailleurs, à mon retour de la plage me saute aux yeux et à la conscience le fait que je réside, en cette retraite estivale normande, dans la « rue des banques »... un mot qui me fait immédiatement penser à une autre banque, celle du karma et des annales akashiques, qu'on appelle aussi les archives ou la bibliothèque akashique. C'est un lieu énergétique dans l'Univers, où chaque être humain aurait son « livre personnel », où seraient enregistrés les actes de toutes ses vies... Bien sûr ! J'ai si souvent entendu les spiritualistes parler du karma comme d'une loi de cause à effet dans laquelle chaque action, chaque pensée a des conséquences sur notre vie. Lorsqu'elles sont positives, on est crédité, comme à la banque, et en cas d'actions négatives, c'est le débit assuré.

En faisant cette association, j'ai la certitude intuitive que je ne suis pas seulement dans ce lieu pour me reposer mais aussi pour régler un karma. Ou en tout cas pour soulever la pierre qui couvre un dossier non résolu dans son ensemble. Une sorte de *cold case* personnel. C'est exactement ça ! D'ailleurs, au moment même où je pose ces mots sur le papier, je suis envahie d'une émotion immense. Alors de fil en aiguille, j'arrive à identifier ce dossier et je m'approche doucement mais sûrement d'une période précise au cours de laquelle j'ai vécu un ascenseur émotionnel très éprouvant. Je me souviens que je ne savais pas par quel bout le prendre.

Quelle introspection difficile. Ce retour sur soi n'est pas aussi simple que je le pensais. Je sais pourtant qu'il me faut retraverser cette expérience douloureuse, très délicate, pour en tirer le meilleur et ne pas rester sur une déception. Une bonne fois pour toutes, je dois me confronter à cette période de mon existence qui, je le sais, m'a amenée à vivre la révolution que je suis en train de vivre, à me dévoiler, à révéler mes mémoires d'âme de sorcière.

14

Vers un *cold case* enfin identifié

Il y a une fissure dans toute chose ; c'est ainsi qu'entre la lumière.

Leonard Cohen,
« Anthem », *The Future*, 1992.

Retour en 1997, j'étais en pleine lune de miel avec mes anges, mes amies spirituelles Monique et Danièle, et mon ami Jean-Claude, le dernier des troubadours. Dans son restaurant de la Rive gauche où il interprétait ses propres compositions – qui nous envoyaient dans je ne sais quelle dimension –, guitare en bandoulière et charentaises aux pieds, se retrouvaient des illuminés en tout genre et nous passions ensemble des moments inouïs. Jusqu'à la fermeture de son établissement en 2000, nous aimions nous y retrouver.

Même si elle était difficile sur le plan amoureux, je vivais alors une époque géniale, je m'éclatais dans ma recherche spirituelle et dans l'émission de nuit que m'avait confiée Pierre Bouteiller en septembre. « Vous animerez des rediffusions entre 2 heures et 4 heures et vous produirez vous-même la dernière heure, vous avez carte blanche », m'avait-il dit. Le moment que j'attendais était donc arrivé ! Avec les magnifiques synchronicités que j'avais vécues plus tôt, ces événements décisifs qui m'avaient conduite à devenir l'une des plus jeunes productrices de France Inter, je commençais à saisir le sens de mon parcours. C'est surtout grâce au livre de James Redfield, *La Prophétie des Andes*[1] que tout cela a pris sens, notamment avec ces mots : « Nous ne sommes pas dans cette vie sur terre par accident, en train de jouer un rôle qui n'aurait aucun sens. Nos vies ont un dessein supérieur, une finalité. Nous avons le sentiment d'être guidés par une mystérieuse providence et cet éveil aux coïncidences sera décisif puisqu'il nous ouvrira au sens réel de la vie humaine sur cette planète et la vraie nature de notre Univers. Une révolution pacifique commencera grâce à ces synchronicités qui permettront aux humains d'élever leurs vibrations et leur conscience pour un monde plus spirituel. Quand nous saisissons l'importance historique de l'éveil aux coïncidences, nous comprenons que nous sommes à un tournant de l'histoire de l'humanité, à l'aube d'une nouvelle vision du monde, plus mystérieuse et spirituelle. »

J'avais bien saisi le sens de cet éveil et je savais que ma petite part de colibri était de communiquer sur ces méthodes qui apportaient davantage de conscience et

1. James Redfield, *La Prophétie des Andes*, Robert Laffont, 1995.

d'élévation. La proposition de Pierre Bouteiller était pour moi le feu vert de l'Univers : j'allais pouvoir mettre en place cette émission dont je rêvais depuis tant d'années, faisant la part belle aux méthodes qui m'avaient aidée à changer ma vie, à améliorer mon bien-être. J'avais remarqué que je ne trouvais nulle part les informations qui m'intéressaient, sauf dans des milieux très confidentiels. Il était évident que je devais les partager.

C'est comme ça qu'est né mon projet au sein de l'émission *À pas de velours*, diffusée dans la nuit du vendredi au samedi, *Vivre mieux, vivre autrement*, de 4 heures à 5 heures. J'allais pouvoir rencontrer celles et ceux qui vivaient autrement, pensaient, mangeaient, se soignaient autrement, leur donner la parole et me lancer en les interviewant. Toutes les méthodes alternatives pour se sentir mieux ont été abordées les unes après les autres : yoga, sophrologie, aromathérapie et philosophies diverses qui sont aujourd'hui accessibles à tous. Nous parlions des énergies, des anges… J'étais heureuse, je me sentais investie corps et âme.

J'ai même réussi, grâce à la complicité de Ruggero de Pas, journaliste italien de France Inter, à rencontrer à Turin Mario Trematore, l'architecte pompier qui avait sauvé le Saint-Suaire en avril 1997 de l'incendie du Palais-Royal et de la chapelle de Guarino Guarini où se trouvait la relique. Quelle émotion de découvrir à ses côtés le linceul de Jésus. C'est à cette époque aussi que j'ai fait la connaissance de Paolo Coelho, avec la complicité de son éditrice, Anne Carrière. Son livre *L'Alchimiste* m'avait permis de trouver ma légende personnelle, m'amenant à imaginer cette émission. J'ai pu rencontrer également la grande navigatrice France Guillain, autrice de nombreux *best-sellers* qui, après vingt-deux années à explorer les modes alimentaires autour du monde, a conclu à l'existence d'une alimentation universelle et naturelle, la plus bénéfique et économique pour la femme et pour l'homme qu'elle détaille dans *La Méthode France Guillain*[1]. Et je me souviens encore très précisément de ma rencontre incroyable avec Alejandro Jodorowsky au moment de la sortie du *Théâtre de la guérison*[2] dans lequel il entraîne le lecteur dans le périple magique de sa vie ; entre chamanisme et psychomagie. Quelle chanceuse j'ai été de rencontrer ce cinéaste hors norme !

Enfin je me sentais à ma place, tout faisait sens. Comme je le disais alors, je semais des graines…

Pourtant, l'aventure s'est brutalement arrêtée. Décision du nouveau directeur après deux ans d'antenne. Quelle déception. Quelle tristesse en pensant à ces courriers d'auditeurs qui me demandaient une cassette de l'enregistrement de telle ou telle émission car ils s'étaient réveillés tôt pour prendre un train ou un avion pour partir en week-end et qu'ils avaient raté le début

1. France Guillain, *La Méthode France Guillain*, Le Rocher, 2009.

2. Alejandro Jodorowsky, *Théâtre de la guérison*, Albin Michel, 2001.

de leur rendez-vous… À l'époque bien sûr, les podcasts n'existaient pas. Aujourd'hui, je ferais un tabac avec tous ces invités précurseurs !

Je savais bien que tout était remis en jeu à chaque renouvellement des programmes. En contrepartie de la fin de mon émission, le directeur m'a attribué la chronique du dimanche matin, *Embarquement immédiat*, à 6 h 05, pour y parler voyages. Ce n'était pas la première fois que je vivais un tel retournement, alors pourquoi vivais-je si mal cette situation ? Quelque chose ne passait pas : mon *ego* était furax. Je ne comprenais pas pourquoi la vie m'interrompait dans mon élan. J'étais au service du ciel, de Dieu, de la Source, que j'ai toujours considéré comme mon premier patron. Alors pourquoi ce coup ?

Qu'est-ce que j'ai pu râler contre cette « injustice » ! Mais au fond, je savais que ce sentiment avait un petit lien avec ce qu'on appelle le karma… On y vient ! Alors avec un peu de sagesse sous le bras, calmant ma colère, ma déception et la tristesse qui les accompagnait, j'ai commencé à me remettre en question. À reconnaître que la fougue qui m'habitait m'avait emmenée trop loin, trop tôt, en donnant la parole à des personnes qui, comme moi, étaient un peu trop en avance. C'est le défaut des précurseurs. Comme le dit la chanson de Guy Béart, « le premier qui dit la vérité, il doit être exécuté ».

J'avais appris à cette époque, par l'intermédiaire de Monique et de mon ange gardien, que Jacques de Molay, le dernier grand maître des Templiers, était mon guide et qu'il venait m'aider dans cette nouvelle épreuve. J'avais donc eu une vie de Templier, mais aussi une existence de sorcière qui s'était mal terminée parce que j'avais été bannie, rejetée. Je revivais donc ces situations violentes pour libérer mes mémoires d'âme en souffrance ; heureusement il n'y avait plus de bûcher ! Ces informations m'ont aidé à accueillir ce revers de médaille et j'ai assez vite retourné la situation en me disant qu'un jour reviendrait pour moi l'occasion de traiter des sujets qui me passionnaient et qu'en attendant, je devais trouver ma voie radiophonique et de nouveaux thèmes. J'avais compris la leçon et je ne parlais plus de ces sujets qui me tenaient à cœur. Mais avec le recul, je comprends à quel point j'ai minimisé l'impact qu'a eu sur moi l'arrêt brutal de mon émission. Quelle claque… Au vu de ma difficulté à revenir sur cet événement, on peut dire que le ciel m'était, là aussi, un peu tombé sur la tête.

À l'époque, je me suis consolée avec cette loi initiatique selon laquelle ne te sera jamais donnée une épreuve que tu ne peux surmonter. J'ai décidé de voyager incognito, revêtue de ma cape d'invisibilité. Ma motivation était immense, car j'avais appris que derrière chaque épreuve, il y a un cadeau.

Ce clin d'œil du ciel ne s'est pas trop fait attendre.

Avant que l'émission s'arrête, j'avais eu la chance de rencontrer l'essayiste Dominique Aubier, spécialiste de Don Quichotte et de la Kabbale, que j'avais interviewée au sujet de son ouvrage de référence *La*

Face cachée du cerveau[1], qui propose d'interpréter sa propre vie à travers une grille de lecture spécifique liée aux découvertes scientifiques ayant trait au cerveau, mais aussi aux différentes religions et traditions, au chamanisme, au symbolisme et à la mythologie, afin de « décrocher sa timbale de destin[2] ». En d'autres termes, elle suggère que nous avons le pouvoir de façonner notre destin en explorant notre potentiel afin d'atteindre nos aspirations. Ces notions m'ont permis de sortir d'un labyrinthe et d'entrer dans un autre niveau de conscience et de vie et qui m'ont beaucoup appris.

Une autre des spécificités de Dominique était de décoder les symboles du destin glissés dans certains films hollywoodiens, comme celui du labyrinthe, traité dans *Les Passagers de la nuit* avec Lauren Bacall et Humphrey Bogart. Passionnée de cinéma, j'adorais cette nouvelle idée !

J'ai aussi pu suivre la Coupe du monde de football 1998 sous un nouvel éclairage, car si j'avais appris les règles de ce sport grâce aux créneaux du week-end que m'avait confiés Gilbert Denoyan qui avait créé Radio France 98 pour cet événement mondial, la lecture initiatique et les interprétations qu'en faisait Dominique Aubier me passionnaient. Elle était pleine

1. Dominique Aubier, *La Face cachée du cerveau*, Dervy Livres, 1990.

2. Dominique Aubier, *Lire sa vie et décrocher sa timbale de destin*, MLL, 2000.

de symboles et de rebondissements. J'ai passé avec elle et son neveu Dominique, à Damville, des moments formidables. J'avais en quelque sorte trouvé en elle une mamie, et je me sentais plus intelligente grâce à sa façon d'appréhender le monde.

Sa grille de lecture m'a fait comprendre que l'interruption de cette émission était un STOP de l'Univers ; j'entrais dans un labyrinthe à la sortie duquel m'attendait certainement un cadeau, une belle évolution, si j'étais attentive aux signes. En attendant, l'essentiel était de me montrer plus discrète dans mon approche « différente » de l'existence.

15

Robert Laffont en personne

Même les rencontres de hasard sont dues à des liens noués dans des vies antérieures.

Haruki Murakami,
Kafka sur le rivage, 10/18, 2011.

Depuis septembre 1998, je voyageais régulièrement grâce à ma chronique et visitais de nouvelles contrées, ce qui comblait mon exploratrice intérieure. En mai 1999, je venais d'apprendre que j'étais de nouveau chargée de remplacer Nicolas Stoufflet pour l'été de 5 heures à 7 heures. Dans le taxi en direction d'Orly, prête à m'envoler pour la Martinique où je devais réaliser des reportages pour ma chronique du dimanche matin, j'étais en train de réfléchir à de nouvelles idées pour cette mission quand j'ai entendu une chanson de Cher que j'adore, *Believe*...

Ce verbe, qui se traduit par « croire », m'a percuté le cœur comme un éclair ; chanté par une star américaine très spirituelle, tout à coup ce titre a fait sens, et comme dans un dessin animé, une lumière s'est allumée au-dessus de ma tête : j'ai senti qu'on me soufflait une nouvelle idée. L'Idée avec un grand I. Comme si l'Univers me chuchotait : « Vous avez un nouveau message. » Attentive, j'ai réceptionné le contenu : mais oui, c'était ça, je devais « y croire », comme le recommande le titre de cette chanson. Je percevais surtout l'intention de ce souffle venu d'ailleurs. Bien sûr, puisque je ne pouvais plus parler de ces sujets personnellement, j'interviewerais des personnalités ayant un lien avec le divin et à qui je demanderais : « Quel est pour vous le sens de la vie ? » Ainsi, je recueillerais des réponses spirituelles et, pour équilibrer le débat, je rencontrerais également des scientifiques, philosophes, écrivains qui proposeraient une approche plus rationnelle, grâce à cela, je pourrais créer un noyau de réflexion autour de la question fondamentale du sens de la vie. Je mènerais une enquête autour de ce thème. « Qu'est-ce qu'on fait là ? Pourquoi nous incarnons-nous sur cette planète ? » En lui donnant le sens qu'ils souhaitent. Merci, mes anges, pour cette inspiration ! J'ai compris que ce ne serait plus à moi de parler mais à mes invités, et ça changerait tout.

Cette idée de chronique a été validée par le directeur de la rédaction dès mon retour, comme celle de *Vivre autrement* – et d'autres qui suivraient. J'étais à nouveau la plus heureuse du monde. Cela faisait sens et c'était l'essentiel (les sens ciel). J'étais sur mon nuage.

À cette époque, Adèle, ma réalisatrice, m'avait offert le livre de Satprem *La Clé des contes*, paru en 1998 dans la nouvelle collection « Aider la vie » lancée par Robert Laffont. Encore lui… Alors que je préparais ma liste d'invités, il m'a semblé évident que j'allais rencontrer ce grand monsieur de l'édition, l'interviewer, et surtout le remercier pour tout ce qu'il m'avait apporté. Le rendez-vous a été pris. Enfin, la vie me permettait de rencontrer celui qui m'avait ouvert l'esprit à d'autres dimensions. Au-delà de la joie que cet entretien me promettait, j'y voyais un cadeau après l'épreuve. J'étais loin d'imaginer que j'allais devenir son amie et sa confidente pour les dernières années de sa vie. Comment aurais-je pu envisager un tel scénario ? C'était merveilleux – oui, oui, je m'émerveille, j'ai conservé pour ça mon âme d'enfant.

Quelle émotion en entrant pour la première fois dans son bureau, rue Jacob ! Je me souviens de tout ce qui s'est dit ce jour-là.

À peine avais-je franchi la porte qu'il m'a demandé : « Est-ce que vous êtes la fille de Pierre Planchon ?

— Oui, je suis bien la fille de Pierre Planchon, mais je ne pense pas que ce soit le même… » ai-je répondu, étonnée – la dernière fois qu'on m'avait interrogée sur ma filiation avait donné lieu à une histoire surprenante sur laquelle je reviendrai.

Effectivement, il s'agissait d'un homonyme. Robert a enchaîné : « Pourquoi vous intéressez-vous à un vieux monsieur comme moi !? Je n'ai rien d'intéressant !

— Ah non ! avec tout ce que vous faites, vous n'êtes pas vieux. »

Et très naturellement, je lui ai raconté les premières lectures qui m'avaient initiée à des mondes étranges et lui ai parlé de mon intérêt pour la vie après la vie.

Je l'ai informé du cadeau de ma chère Adèle, ce titre issu de sa nouvelle collection, « Aider la vie », raison précise de ma présence dans son bureau. Il m'a fixée intensément et m'a dit, visiblement très ému, en me montrant une feuille sur son bureau : « Vous voyez cette lettre écrite à la main sur du papier bleu ? Vous n'allez pas me croire, je l'ai reçue d'Inde ce matin, c'est une lettre de Satprem, mon frère d'âme. Je commençais à la lire quand vous êtes entrée. »

Nous sommes restés muets quelques instants, à l'écoute de ce moment sacré, de cette coïncidence. Notre rencontre n'était pas anodine, nous le savions ; c'était signé. S'est alors engagé un dialogue qui ne s'est jamais interrompu jusqu'à la fin de sa vie terrestre. « Après ma mort, je viendrai te faire des coucous », me disait-il !

Nous déjeunions ensemble plusieurs fois par an – ce qui intriguait son entourage… nous étions conscients que ça faisait jaser, comme on dit – et nous aimions évoquer des questions existentielles sur la vie après la mort, la formation de l'Univers et ses mystères, ce qui pouvait bien se passer dans l'Au-Delà. J'adorais ces moments hors du temps, où je lui faisais part de mes découvertes sur nos sujets favoris.

Robert avait perdu sa maman à l'âge de cinq ans et cette tragédie constituait l'événement fondateur de sa vie. Nous avions tous les deux la même blessure et nous étions passionnés par la même quête : comprendre l'Univers et ses mystères. Y avait-il une vie après la mort ? L'âme survivait-elle après la mort physique ?

Conscient de notre lien d'âme, preuve que nous nous étions connus dans une autre vie, nous avions la sensation de faire partie de la même famille. Un jour, il m'a dit : « Peut-être nous nous sommes trompés d'époque et d'aiguillage. Je suis descendu trop tôt ou tu t'es incarnée trop tard ! » et nous en avons beaucoup ri. Nous étions dans une magnifique transparence l'un avec l'autre et cette complicité m'offrait un père de substitution.

Pendant plusieurs années, chacun de nos déjeuners a été l'occasion de faire le point sur nos vies, et pour moi d'avoir la sensation de passer un moment avec mon père. Je lui ai même montré sa photo pour qu'il se rende compte de leur étrange ressemblance. Ainsi, par projection, je réparais consciemment une blessure d'enfant et d'adolescente dont la cicatrice avait du mal à se refermer. Grâce à Robert, j'ai pu faire la paix avec mon papa. Par ailleurs, je lui ai organisé une rencontre avec Monique, mon amie médium. Malgré ses doutes, il désirait de toute son âme dialoguer avec sa mère et ce moment a été une étape dans son approche de la mort.

Régulièrement, il me parlait de la mort et de l'après. Et un jour, il s'en est allé… Vous vous demandez si Robert m'a envoyé des signes depuis qu'il a rejoint les étoiles ? Eh bien, plus d'une semaine après son enterrement, j'étais à la radio en quête d'un article pour mon émission. Je feuilletais les journaux de la rédaction sans succès. Au moment de reprendre l'ascenseur, mon regard a été attiré par quelques magazines éparpillés au-dessus des casiers des journalistes. Ils y entreposent de vieux numéros. J'ai ressenti un appel, quelque chose qui me disait : « Va voir ! », alors j'ai attrapé *Le Monde*, posé là. En le retournant pour le plier, j'ai découvert le portrait de Robert sur la dernière page. L'édition lui offrait cet hommage. J'ai été surprise et très émue. C'était saisissant.

Une autre fois, trois ans après sa mort, il m'a adressé un clin d'œil très fort. Lors de nos discussions, il évoquait souvent son fils, Olivier, dont il avait reçu un signe, quelques mois après son décès. Alors qu'il était assis sur un banc du jardin du Luxembourg, songeant à la disparition de ce dernier, une mésange s'était posée sur son épaule, y restant un moment – plutôt inouï pour un oiseau ! Il m'avait confié avec émotion que depuis lors un dialogue s'était instauré à plusieurs reprises entre le père et l'oiseau du Luxembourg. J'adorais quand il me racontait ce souvenir émouvant. Il en était toujours émerveillé. Lui aussi avait conservé son âme d'enfant. Cet après-midi-là, comme je venais de m'installer dans un nouvel appartement avec Sahbi, j'étais dans mon salon où m'attendaient des montagnes de documents à ranger, quand j'ai entendu gazouiller dans l'arbuste qui se trouvait au coin de la fenêtre. À ma grande surprise, il s'agissait de deux mésanges qui s'amusaient à sauter de branche en branche. C'était la première fois que je les entendais et que je les voyais. Après cette scène amusante, j'ai repris mon rangement quand une feuille a glissé de ma pile de papiers et est tombée sur le parquet. Il s'agissait d'un article sur Robert avec une photo de lui que j'avais gardée en souvenir.

Depuis, des mésanges viennent régulièrement me taquiner !

16

Mer agitée

Je suis de mon enfance comme d'un pays.

Antoine de Saint-Exupéry,
Pilote de guerre, Gallimard, 1942.

À la fin des années 1990, une fois la notion de loi du karma implantée dans ma logique, j'ai réfléchi à l'influence de la météo marine puis de la météo en général. Je me suis demandé pourquoi ces éléments avaient une telle importance dans ma vie. Pourquoi étais-je si intimement reliée à la mer et aux marins – par la même occasion ? Il y avait une évidence : j'adorais la mer, véritable source de bien-être pour moi. En effet, j'étais une fille de bord de mer… Même si c'est sur un lac que j'avais appris à naviguer et que je n'ai jamais osé m'aventurer, depuis, sur une mer agitée, ma connexion avec les éléments et ma passion pour l'eau étaient indéniables, et elles formaient une part essentielle de qui j'étais.

Longtemps je me suis interrogée sur les raisons de cette attraction. Lorsque Françoise Morasso m'a passé le flambeau pour ma première météo marine du samedi soir, me transmettant par la même occasion la responsabilité du bulletin, j'ai compris à quel point ces informations étaient un repère incontournable pour les marins, les planchistes et autres adeptes de jeux marins alors en vogue. J'avais bien en tête le sérieux de cet exercice. Mais j'en avais également saisi la « poésie ésotérique », pour reprendre les mots qu'avait eus pour me remercier l'académicien Jean-François Deniau, bien des années plus tard. Pourquoi Françoise, productrice et journaliste, qui recevait chaque dimanche matin les hommes et femmes politiques français dans *L'Oreille en coin*, se déplaçait-elle le week-end à 20 heures pour cette étonnante météo ? « Le plaisir », m'a-t-elle dit. Je ne l'ai jamais oublié…

Avec les années, cette question me taraudait toujours… Et puis un soir, alors que j'allais commencer mon bulletin, le chanteur Jean-Louis Murat est entré dans le studio, s'est écrié : « Ah ma sirène ! » et m'a enlacée avec fougue. Gérard Lefort, Marie Colmant et les autres étaient babas… moi avec. Plongeant dans les yeux bleu mer du Sud du chanteur, j'ai accueilli avec bonheur ses compliments. Cet homme qui vivait « dans sa tanière auvergnate », m'avait-il dit, j'éprouvais une certaine fierté à l'avoir envoûté, en quelque sorte. Et c'est sur ces mots et dans la grâce de ce moment inouï que mon enquête sur la trace des sirènes a débuté.

Je commençais alors à me passionner pour les vies antérieures et pour la réincarnation, et un article intitulé « La fiancée de Neptune » m'est revenu à l'esprit. C'était celui du journaliste Michel Malgouzou qui était venu interviewer la « sirène de France Inter », comme il m'appelait, parce qu'au moment de notre rencontre, j'étais tombée par hasard sur un article évoquant justement la mythologie et les sirènes et que j'en avais déduit une évidence : ce bulletin quotidien me permettait de guider à bon port les marins plutôt que de les ensorceler et les faire dévier de leur route, comme je l'avais probablement fait dans d'autres existences. Dans ce nouveau rôle, j'utilisais ma voix à bon escient et ne charmais plus les navigateurs mais je les guidais, réparant ainsi les méfaits du passé et accomplissant une nouvelle route maritime. Mais je me doutais que ce n'était qu'un début de réponse et j'attendais patiemment la suite.

En replongeant dans des albums de notre enfance avec ma mère, j'ai bien ri en nous découvrant toutes les trois, elle, ma sœur et moi, sur plusieurs photos, habillées en robe à col marin, en marinière… tout l'éventail possible ! Il est vrai que nous vivions à quelques kilomètres de la baie de Somme et des plages sauvages picardes, et que cette atmosphère s'est immiscée jusque dans notre personnalité. J'aime d'ailleurs dire que je suis une fille de la mer.

La maison tout entière respirait la mer et nous avions l'impression de vivre dans un bateau : l'imprimé des doubles rideaux représentait des caravelles, de la salle à manger à nos chambres, l'horloge était en corde de marin comme les appliques, et bien sûr, trônait dans les lieux un baromètre qui nous annonçait les changements de temps !

La mer omniprésente venait également m'interroger sur la mémoire d'âme de la mienne, de mère, à qui j'ai fait remarquer un jour que pour quelqu'un qui adorait la mer et qui vivait si près d'elle, c'était curieux de n'avoir jamais pu apprendre à nager car… elle ne supportait pas d'avoir de l'eau au-dessus de la taille, elle se sentait oppressée. Pour moi, elle avait dû être marin dans une autre vie et mourir noyée. Oui, c'était une évidence. D'ailleurs, elle avait tenu à ce que ma sœur et moi apprenions à nager très jeunes et je me souviens qu'elle nous conduisait à Abbeville, à vingt kilomètres de la maison, pour y prendre nos leçons. C'était pour elle un tel regret d'aimer autant la mer et de suffoquer dans l'eau. Un événement traumatisant du passé expliquait forcément cette impossibilité à laquelle elle a d'ailleurs tenté de remédier en apprenant à nager, une fois venu l'âge de la retraite, avec quelques bouées et quelques difficultés…

Par ailleurs, la météo a toujours été un sujet récurrent à la maison, car notre mère était perpétuellement inquiète du temps qu'il allait faire : les chiffres de sa boutique de vêtements pour enfants en dépendaient énormément. Ainsi, petite, j'avais déjà appris à interpréter la direction du coq placé au-dessus de l'église et à traduire *sud* par *pluie*, *nord* et *est* par *froid*, et *ouest* par *vent* ! Avec le recul, on pourrait dire qu'il y avait là une sorte de prédestination. Grâce à mon lien inné avec la météo, je reconnais que j'ai ce qu'on pourrait appeler une « mémoire météorologique » : pas mal d'événements importants de ma vie sont liés, dans mon souvenir, à des phénomènes météo. D'ailleurs, alors que je n'ai pas gardé beaucoup de souvenirs de mon enfance, le premier qui me revient est lié à l'orage. Je devais avoir trois ou quatre ans. Nous revenions du petit village où ma sœur cadette était gardée en nourrice et j'étais sur le siège arrière de la DS de mon père quand les éclairs étaient devenus si forts que j'étais terrorisée, alors ma mère m'a proposé de m'accroupir contre ses jambes, sous la boîte à gants…

C'est vrai que cette météo marine m'allait comme un gant ! Chaque bulletin m'offrait un moment d'évasion et, au fil des années, malgré mes émissions en tant que productrice, je continuais à savourer ces « espaces méditatifs » comme j'avais fini par les appeler. J'avais d'ailleurs remarqué qu'il me suffisait de prononcer les premiers mots, « la situation générale et l'évolution, pour toutes les zones de la mer du Nord… » pour que je décolle. J'embarquais immédiatement pour je ne sais quelle contrée imaginaire et réatterrissais seulement à la fin du bulletin. Ça m'impressionnait parfois de fonctionner à ce point en pilotage automatique ; il m'arrivait d'avoir peur de ne pas revenir sur terre et de rater la fin. Ce phénomène m'intriguait vraiment, jusqu'à ce que Stéphane Lepoittevin, journaliste au *Parisien* à l'époque, m'interroge pour une interview sur la « poésie marine », titre qu'il a donné à son article. Il m'a raconté qu'il vivait l'expérience d'une séance de sophrologie chaque fois qu'il m'écoutait, et que ce moment radiophonique lui apportait une certaine détente, lui faisait l'effet d'une relaxation. Je l'avais remercié de m'avoir livré cette confidence, et j'avais osé lui dire que je ne croyais pas au hasard, parce que je me rendais compte que je vivais la même expérience en « décollant » chaque soir et qu'il se passait quelque chose qui me dépassait vraiment. Je ne contrôlais pas le phénomène.

En relisant cet article aujourd'hui, je retrouve les propos d'un auditeur qui m'avait écrit à cette époque : « Vous parlez aux anges. » Peut-être. En tout cas, ce phénomène m'arrivait régulièrement et me dépassait, et il m'était essentiel de comprendre ce qui se produisait en moi et qui prenait les rênes pendant ces épisodes. Aujourd'hui je sais que je n'étais pas seule : les anges utilisent parfois ma voix pour apporter un peu de soleil et de chaleur dans ce monde de plus en plus fou.

Mais mes aventures marines ne s'arrêtent pas là ! Alors que je faisais un soin énergétique pour régler un problème physique en complément d'un traitement médical, la thérapeute qui ne me connaissait pas m'a demandé si j'avais un lien avec le *Titanic*. « Non, je ne pense pas. La seule chose qui me vienne à l'esprit, c'est qu'après avoir vu le film de James Cameron, j'ai fait un épanchement de synovie ; comme si je coulais émotionnellement avec ces pauvres naufragés… » Il faut dire que je suis experte en matière de somatisation. Je réagis en premier par le corps quand d'autres sont percutés d'abord par l'esprit, et d'autres encore par le cœur. Je l'ai appris grâce à mon amie Monique.

Bref. De fil en aiguille, après cette question surprenante et le lien que j'avais établi avec mon épanchement de synovie, j'ai appris un peu plus tard, lors d'une communication avec mon ange gardien, qu'à l'époque du fameux naufrage, bien avant que je ne m'incarne, j'étais une âme guidant le capitaine du *Titanic*. Et je n'avais pas réussi à obtenir qu'il accepte de changer la route de navigation pour éviter l'iceberg. Je suis restée perplexe face à ces révélations d'Ézéchiel. Mais aujourd'hui, je doute un peu moins… vous allez comprendre pourquoi.

Au mois d'avril 2024, alors que la cinémathèque propose l'exposition « L'art de James Cameron », le réalisateur est invité au micro de France Inter pour la matinale. Je suis comme une folle à l'idée de rencontrer mon idole. Oui, je suis fan, absolument ! Pour l'occasion, j'ai même enfilé mon pull « bleu Avatar » et j'espère bien pouvoir lui glisser à l'oreille un petit mot – que j'ai appris par cœur – quand il s'installera en studio. Mais les choses ne se passent pas du tout comme prévu et tout est bizarre, ce matin-là. Ce genre de situation n'arrive jamais…

Pour commencer, James Cameron entre en parlant très fort au moment même où je donne en direct mon bulletin. Alors j'annonce son arrivée, trop fière ! Ensuite, il s'assied, et j'en profite pour essayer de lui faire mon laïus en anglais, mais il m'est impossible de l'approcher car son attachée de presse qui vient lui parler me barre le passage. Trop tard, la pub est passée. « Ce n'est pas grave, me dis-je comme une midinette, j'aurai ma photo prise par Grégoire, l'assistant du matin, c'est déjà pas mal. Et je pourrai peut-être tenter ma chance à nouveau à la sortie du studio. » Nouvel échec, son armada l'entoure, impossible de l'approcher. Mais je décide de rester, car il donne une interview à quelques bureaux de là, et je m'encourage comme je peux en me disant que je vais finir par y arriver. Et j'attends. Je finis par laisser tomber et je m'en vais en me disant : « Quand ça veut pas, ça veut pas ! », au même moment, j'entends mon ange me dire très fermement : « Mais tu es certaine de voir grand ? » Oui, quand même ! Alors je comprends qu'il vient me chercher dans mes retranchements et que je ne dois surtout pas lâcher. Je tente donc une dernière approche dans le couloir, mais le cinéaste est entouré de son équipe qui fait barrage. Et je décide de m'éloigner. Je passe par les toilettes avant de rentrer, et quand je m'apprête à sortir, la porte vient buter dans le dos de quelqu'un. « Oh, pardon ! » L'homme se retourne, je suis bloquée par le battant et je vous le donne en mille : c'est James Cameron ! Je bafouille, toute gênée : « *I'm sorry* » quand il me tend spontanément la main. Là, pendant un temps d'arrêt, il me regarde droit dans les yeux et ce que je ressens est indescriptible. Sa poignée de main vient de valider quelque chose ; comme un clap de fin en même temps qu'un clap de début. J'ai uniquement le temps de lui glisser ce que je voulais lui dire sans être interrompue pendant qu'il m'écoute attentivement, puis l'ascenseur arrive et la troupe s'y engouffre.

En attendant le suivant, seule dans le couloir, je me demande si je n'ai pas rêvé quand l'image du *Titanic* apparaît au seuil de ma mémoire : mais oui, j'ai un lien avec ce navire et lui aussi… Combien de chances avais-je de vivre cette scène incroyable ? Je venais de m'entretenir avec le réalisateur d'un film mythique aux onze oscars et qui, comme le rappelait *Courrier international* en 2022, vingt-cinq ans après sa sortie, était la parfaite métaphore du changement climatique : nous sommes tous dans le même bateau, nous sommes tous Jack et Rose.

Je remercie encore mes anges du fond du cœur de m'avoir fait croiser la route de ce réalisateur visionnaire. Avec lui, j'ai pu clore le dossier « karma *Titanic* et marins égarés ». Pourtant je sais que l'histoire n'est pas finie puisque j'ai ressenti après ce clap de fin une énergie de renouveau marquant une ouverture disant : « Moteur ! »

Une nouvelle aventure commence parce que je sais depuis longtemps que je suis reliée à la force des éléments, à *Avatar* et à *Abyss*, qui évoquent une nouvelle et mystérieuse forme de vie au fond des océans. Avec le recul, je comprends pourquoi j'ai tant aimé les films de James Cameron, j'ai appris que ses rêves lui transmettent son inspiration et qu'il alerte sur notre futur et sur celui de la Terre-Mère… Il y a en quelque sorte entre nous « un petit air de famille d'âme ».

17

De spi à psy

La psychanalyse, c'est aider les gens à devenir ce qu'ils sont.

Françoise Dolto,
Lorsque l'enfant paraît, Seuil, 1977.

En cette fin d'année 1998, j'étais déçue. Depuis un an, rien ne s'était déroulé comme ma *team* invisible me l'avait annoncé. Rien ne fonctionnait, je ne savais plus à quel saint ni à quel ange me vouer. Je me sentais perdue, je n'y comprenais plus rien. Grâce à mon ami bouddhiste Jean-François, j'ai fait la connaissance de la philosophe Arouna Lipschitz qui m'a raconté ses années passées au Canada où elle s'est enfin libérée de la robe orange de *swami* qu'elle portait en Inde pour embrasser son incarnation après avoir guéri d'une maladie auto-immune. Elle m'a expliqué comment elle avait guéri de ce qu'elle a appelé la « nostalgie de l'ailleurs » et de sa quête de sens dans les relations amoureuses. C'est le parcours qu'elle avait livré, m'a-t-elle raconté, dans son ouvrage *Dis-moi si je m'approche. L'initiation d'une femme moderne en quête d'amour et de spiritualité*[1] paru l'année précédente. Ça me disait quelque chose… « Je crois que j'ai reçu votre livre, je vais le chercher en rentrant », lui ai-je lancé, sentant que son parcours de guérison pourrait faire l'objet d'une belle émission.

Chez moi, je me suis précipitée sur la pile des ouvrages que je souhaitais aborder dans mes futures émissions et j'y ai découvert le sien. Je l'ai lu dans la nuit et y ai trouvé beaucoup de réponses à mes propres questionnements sur la recherche d'absolu dans nos amours, la quête de notre « moitié d'orange » chère à Platon. Cette découverte m'a rassurée mais j'allais de plus en plus mal et Marie, mon amie et complice à la radio, qui ne me voyait plus rire depuis longtemps, s'inquiétait d'une probable dépression et me recommandait, comme elle le faisait régulièrement, de me faire suivre par un psy.

Il est vrai que depuis le retour de Sahbi, en février, la situation était complexe. Nous vivions chacun chez soi car j'avais pris un peu de distance, sachant qu'il ne pouvait m'offrir ce que je souhaitais même si nous avions viscéralement besoin l'un de l'autre. En continuant de nous voir, je pensais qu'il m'aiderait à cautériser une plaie qui ne se refermait pas. Nous étions les meilleurs amis du monde, nous voulions toujours le meilleur pour l'autre, ne jamais nous faire de mal, mais

1. Arouna Lipschitz, *Dis-moi si je m'approche. L'initiation d'une femme moderne en quête d'amour et de spiritualité*, Altess, 1997 ; J'ai lu, 2006.

cela ne me rendait pas heureuse. Quant à Jean-Charles – dont je n'avais toujours pas dit un mot à mon grand amour –, il avait décidé de me quitter pour tracer une autre route… Tiraillée entre ces deux hommes, j'étais consciente, au fond de moi, que je n'allais pas bien. Il fallait vraiment que je fasse quelque chose.

J'avais commencé à suivre les ateliers d'Arouna Lipschitz, depuis notre rencontre, et je trouvais ses enseignements sur la relation amoureuse innovants et passionnants. Je découvrais en même temps l'Arbre de vie qui représente symboliquement, dans la Kabbale, les lois de l'Univers, et m'apportait une structure qui me manquait. J'avais l'impression de connaître ce symbole de la mystique juive et j'avais la merveilleuse sensation d'être rentrée à la maison ! J'ai compris plus tard qu'à ce moment-là je me reconnectais à une de mes lignées.

J'avais noté que le jour même de notre première rencontre, ma mère retrouvait enfin la trace de son père et de sa famille disparue pendant la Seconde Guerre mondiale. Le soir de cette interview, nous nous étions donné rendez-vous au Petit Caoua. À chacune de ses venues à Paris, ma mère passait des heures aux archives, où je l'avais souvent accompagnée, à chercher nos aïeux dans les listes des wagons de déportés juifs pendant la guerre. Ma mère avait mis des années à comprendre que son père était d'origine juive, car ma grand-mère lui avait toujours dit qu'il était russe blanc. Ce soir-là, elle était entrée dans le restaurant, le sourire aux lèvres : au moment même où j'interviewais Arouna Lipschitz, un des archivistes lui expliquait que les personnes chargées de relever les informations pendant la rafle du Vél' d'hiv' savaient souvent à peine lire et écrire, et qu'Albert Sachs avait pu être enregistré sous le nom « Zachs », avec un Z. En opérant ce changement de consonne, cet homme avait enfin retrouvé le nom de mon grand-père maternel et de sa femme, Hélena Feldblum. Ils avaient été arrêtés en juillet 1942 et déportés à Auschwitz dans le convoi numéro 9 et assassinés le 3 septembre 1942. Nous étions soulagées d'avoir enfin un début de piste sérieuse. Les vraies recherches allaient pouvoir commencer.

C'est à ce moment-là que j'ai eu envie d'enquêter sur mon histoire familiale et sur les loyautés héritées de mes ancêtres, avec des séances de psychogénéalogie et de transgénéalogie. Entre un grand-père paternel tué dès le début de la Première Guerre mondiale, un grand-père assassiné pendant la Seconde, des arrière-grands-mères et des grands-mères sans mari... qu'avais-je à comprendre de mon histoire familiale ?

Il était clair, au regard de mon arbre, que dans ma famille, il n'y avait pratiquement pas d'hommes, que beaucoup de femmes ne s'étaient jamais mariées. Le masculin y était peu représenté ou disparaissait très vite. Il y avait donc un problème. Je savais qu'il existe dans chaque famille un être qui prend en charge de délivrer les fantômes généalogiques qui encombrent nos vies : c'était donc tombé sur ma pomme. J'en ai ri, car j'avais vraiment choisi cette voie...

Mais ce n'est pas tout... accrochez-vous bien ! Ma mère ne portait pas le nom de son père, mais celui de son beau-père, tout comme ma grand-mère maternelle. Quant à mon père, il a eu cinq enfants de trois femmes différentes. Ainsi, ma petite sœur et moi avons rencontré un problème de patronyme, car nous étions des enfants illégitimes. Étant donné que notre père n'était pas divorcé, il ne pouvait pas nous reconnaître. Il avait l'intention d'engager une procédure de reconnaissance grâce à la loi adoptée en 1972 qui permettait la reconnaissance d'un enfant naturel. Malheureusement, la vie ne lui en a pas laissé le temps.

Nous étions donc, ma sœur et moi, un cas d'école, mais j'étais consciente que le temps de l'éclaircissement et de la pacification était venu. Et j'étais fière d'être la descendante d'une lignée de femme libres et modernes pour leur époque.

Ces informations en poche, j'ai voulu écouter Marie et frapper enfin à la porte d'un psy. Comme l'Univers sait nous faire signe, au moment où je décidais de me lancer dans cette première thérapie, ma grande amie Michelle, que je voyais depuis plusieurs années pour des massages qui me libéraient le corps, m'a parlé d'une personne qu'elle consultait pour apaiser un traumatisme qu'elle avait subi dans sa jeunesse. J'ai tout de suite émis des réticences en lui disant que je ne voulais pas m'allonger, que je souhaitais « échanger » avec quelqu'un. Elle m'a rassurée : avec Nicole Couppé, les séances se déroulaient en face à face. J'étais coincée. Plus d'échappatoire possible…

Quand Nicole m'a ouvert la porte, j'ai été immédiatement conquise par cette petite dame très jolie au sourire angélique. Je savais que j'étais au bon endroit. Et au fil de nos séances, ma parole s'est libérée et tout un monde s'est éclairé. Il me fallait remettre de l'ordre dans cette lignée de femmes et de filles non reconnues et donc illégitimes.

Nous avons entrepris ensemble un long travail sur ma relation avec mon père, décédé en décembre 1972. Ma sœur et moi étions des enfants adultérins, nous portions donc le nom de notre mère, Jolly. En 1974, grâce à Gisèle Halimi, notre avocate, nous avons engagé une procédure de reconnaissance conformément à la nouvelle loi. Ainsi, en 1977, soit cinq ans après la mort de notre père, nous avons été officiellement reconnues et avons pu porter fièrement le nom Planchon. Malgré cette reconnaissance, nous éprouvions un manque au niveau paternel et des regrets concernant nos deux demi-frères. Heureusement, quelques mois avant son décès, notre père nous avait présenté Marie-Françoise, notre demi-sœur, avec qui nous avons pu développer une complicité sororale.

Au fil du temps, ma plus jeune sœur, Annie-Pierre, et moi avons choisi la réconciliation familiale, qui s'est concrétisée grâce à son mariage. Cette cérémonie a été le point d'orgue de notre réconciliation et l'aboutissement de ma première cure. Voir Claude, notre frère aîné, conduire ma sœur à l'autel s'est avéré un moment inouï car il était le parfait portrait de notre père ; c'était doublement émouvant. Lors du dîner, j'étais assise à côté d'Alain, mon frère cadet, et nous avons fait connaissance. C'était très troublant de me retrouver à côté de mon frère que je ne connaissais pas ; j'avais trente-neuf ans, lui, cinquante. Nous nous sommes raconté nos vies et, au fil de nos échanges, nous avons pris conscience que nous n'avions pas eu tout à fait le même père. Je dois dire que sa gentillesse à mon égard s'est révélée réconfortante, et j'ai eu la sensation de le connaître depuis toujours.

Petite, je rêvais souvent de rencontrer ces frères. J'évoquais ce rêve régulièrement avec ma psy et j'ai pu ainsi prendre conscience que je me sentais responsable de la mort de mon père, parce que je culpabilisais de lui avoir demandé sans cesse à quel moment il allait nous présenter nos demi-frères, ce qui l'embarrassait toujours. Grâce à nos séances et à mes rencontres amicales avec Robert Laffont, que j'ai accueilli comme un père de transfert, j'ai pu sortir du déni et de la colère que j'avais accumulés contre mon père pour être parti si tôt.

Après tant d'années, ce mariage faisait de mon rêve une réalité. Claude m'a invitée à danser sur la chanson d'Henri Salvador *Jardin d'hiver*. Je n'oublierai jamais ce moment suspendu. Quelque chose de spécial s'est alors passé. Lorsque Claude m'a enlacée, j'ai ressenti une bulle d'amour intense nous envelopper, une énergie que je ne connaissais pas. J'ai eu la grâce d'éprouver cet amour pendant une semaine. J'étais sur un nuage. J'avais attendu trente ans ce moment, mais il en valait la peine.

Oubliant les rancœurs, nous avons pu tisser des liens fraternels et complices, et Alain et Ariane, son épouse, m'ont invitée à passer le week-end chez eux pour continuer à faire connaissance. Je suis allée régulièrement chez Claude et sa femme Agnès qui a su prendre soin de notre relation naissante. Cette réconciliation était nécessaire pour ma vie de femme.

J'ai pris conscience, comme le décrit Arouna Lipschitz dans son livre, puis dans « La voie de l'amoureux[1] », son école en ligne, de l'importance de la psychanalyse dans un chemin spirituel. Le psy et le spi ne sont pas incompatibles, bien au contraire. Cet outil de connaissance de soi me permettait enfin de me conduire différemment, de repérer mes crises d'*ego*, celles de mon mental qui veut prendre le dessus et avoir raison… Entre psychanalyse et spiritualité, j'allais pouvoir continuer à défaire des nœuds karmiques et m'alléger des pesanteurs familiales terrestres pour gagner en liberté et me rapprocher un peu de celle que j'étais vraiment, m'accordant un pas de plus vers ma légitimité et laissant mon âme s'exprimer pour laisser faire la magie (l'âme agit) de la vie.

À mon corps défendant, ma route du Soi commençait !

---

1. Site web : www.lavoiedelamoureux.com.

18

Y a du Planchon dans l'air

La vie est le plus grand scénariste du monde !

Claude Lelouch

À la lumière de la nouvelle grille de lecture que m'avait proposée Dominique Aubier, je commençais à décoder ma vie et ses rebondissements. Intuitivement, je me doutais que ma première thérapie était un « bip », comme elle appelait certaines informations signifiantes qui arrivent dans les premiers temps de notre évolution, qui souvent nous ébranlent et nous font même parfois frissonner, et qui se représenteront dans un deuxième temps, sous forme de « bop », avant de nécessiter – souvent – une vérification dans un troisième temps. Le fameux « jamais deux sans trois » ! Je n'étais pas dupe : je savais pertinemment qu'il y aurait une deuxième, voire une troisième cure thérapeutique.

Vers la fin de ma première cure, deux événements marquants posaient déjà quelques indices pour les épisodes suivants. Le premier semble insignifiant, et pourtant… Alors que Monique et mes amis lyonnais étaient à Paris pour le week-end, nous avions dîné au restaurant et la joyeuse bande me raccompagnait chez moi, rue Saint-Dominique. Nous étions vendredi soir et il était très tard. De loin, j'ai aperçu Sahbi faire les cent pas devant la porte de mon immeuble. Il n'avait pas la clé car je tenais à ma liberté – ou plutôt, je jouais ce rôle – et au début des années 2000, nous n'avions pas tous des téléphones portables – autre moyen de garder sa liberté, mais après cet épisode, il s'en est procuré un. Il semblait bizarre, inquiet, et dès que nos amis ont disparu dans la nuit, il m'a expliqué ce qui l'avait poussé à venir me voir.

Il descendait l'escalier pour attraper le dernier métro et rentrer chez lui quand il avait eu un pressentiment : j'étais en danger et il devait venir me retrouver, même s'il fallait pour ça qu'il attende une bonne partie de la nuit. Soulagé de m'avoir retrouvée, il m'a aussitôt rappelé : « N'oublie pas que je suis un marabout, comme on dit chez nous ! » – sa mère avait également ce don de soigner et de ressentir les choses. Il était apaisé, heureux de me voir « en vie », et nous avons passé une très belle nuit.

Le lendemain, j'avais prévu ma communication en Wi-Fi cosmique avec Ézéchiel grâce à Monique. Encore intriguée par ce qui s'était déroulé la veille au soir, j'ai entendu mon ange gardien me dire que Sahbi avait été un véritable ange gardien terrestre, parce que bien que je n'en ai pas eu conscience, j'avais réellement échappé à un danger. J'étais, m'a-t-il expliqué, sur une ligne temporelle qu'on appelle « point de mort ». Waouh !

Qu'est-ce que c'est ? J'ai ainsi appris que selon la loi divine, nous ne décidons pas de notre départ ; c'est le plan divin qui donne son autorisation à l'âme de prendre son envol. Nous en avons toutefois la possibilité grâce à certaines portes « de sortie ». Ces points de mort nous autorisent à partir dans le cas où la vie nous semble trop dure, et sans engendrer de karma. J'étais interloquée car je n'avais pas conscience de mon état. En échangeant ensuite avec mes amis, j'ai pourtant constaté que, malgré les apparences, je n'étais pas « si bien que j'en avais l'air ».

Ce jour-là, j'ai pris conscience que Sahbi et moi étions connectés. C'était plus fort que nous. Malgré nos tentatives d'éloignement – physique, au moins –, nous restions très attachés l'un à l'autre, et ce n'était pas simple à vivre. Je n'allais pas aussi bien que je le laissais paraître et cet accident me troublait parce qu'il me démasquait.

Le deuxième événement signifiant s'est déroulé à peu près au même moment. Depuis son mariage, je voyais régulièrement ma sœur Annie-Pierre, sa nouvelle orientation professionnelle l'obligeant à passer la semaine à Paris. C'était pour nous l'occasion de nous rapprocher et de partager de délicieux moments, comme ce soir-là, où elle était venue me retrouver à la radio après ma météo marine. Alors que nous sortions de la station du RER C au pont de l'Alma, j'ai aperçu juste devant nous Roger Planchon qui attendait pour traverser. Depuis le temps que je rêvais de rencontrer ce grand homme de théâtre ! J'étais chez France Inter depuis une quinzaine d'années et jamais nous n'en avions eu l'occasion, je l'avais toujours raté. Je n'en croyais pas mes yeux. La vie ne l'avait pas entendu de cette oreille et avait choisi une bien drôle de rencontre. Pas question de rater cette occasion en or ! Tout est allé très vite. Me sentant pousser des ailes, j'ai pris ma sœur par le bras et mon courage à quatre mains – c'est ce que je dis dans ces moments de grâce où je me sais portée – et accéléré le pas pour arriver à ses côtés : « Excusez-moi, monsieur Planchon, mais à côté de vous, voilà deux autres Planchon ! » J'avais l'impression que ce n'était pas moi qui parlais. Je suis vraiment timide, mais parfois il m'arrive de faire « des trucs de ouf », comme disent les jeunes. Je me suis dépêchée de me présenter et il nous a proposé de faire un petit bout de chemin ensemble puisque nous étions « pratiquement voisins » ! Il nous a demandé de quelle région nous étions et nous avons appris qu'il était originaire d'Auvergne, je lui ai raconté que notre père était normand et picard et qu'il lui ressemblait énormément. Bref, après quelques minutes, nous nous sommes quittés en nous souhaitant le plaisir de nous revoir. Folle de joie, je savais, au fond de moi, que cette rencontre n'avait rien d'anodin : nous aurions d'autres occasions de nous croiser.

Quelques semaines plus tard, la vie m'a donné raison. Alors que j'étais au studio 135, attendant de donner mon bulletin de météo marine, et que je savais que Roger Planchon était l'invité de Kathleen Evin pour son émission *L'Humeur vagabonde*, je racontais à un ami technicien ma rencontre improbable au pont de l'Alma avec ce grand homme de théâtre. Je lui expliquais que l'origine de mon intérêt pour ce monsieur datait de mon oral pour le concours d'entrée aux beaux-arts de Tourcoing, en 1981 : « Tout s'est bien passé ce jour-là jusqu'au moment de sortir de la salle. Alors que je posais la main sur la poignée de la porte, le président du jury m'a interpellée : “Mademoiselle Planchon ?” J'ai sursauté en me retournant, perplexe. “Ne vous inquiétez pas, nous voulions simplement vous poser une question personnelle : est-ce que vous êtes la fille de Roger Planchon ?” » Au moment même où je prononçais cette phrase, j'ai entendu derrière moi une voix d'homme répondre : « J'espère que vous avez dit oui ! » Roger Planchon venait d'entrer en régie, un peu en avance. Interloquée, j'ai balbutié : « Euh, non… » et avec un large sourire, il a enchaîné : « Laissez-moi vous raconter une histoire. Quand j'étais jeune, je ressemblais énormément à Eugène Ionesco, et une rumeur circulait dans le milieu théâtral que j'étais le fils caché du dramaturge. Un jour, alors que ce ragot lui était revenu aux oreilles, il m'a contacté et a organisé une rencontre pour me recommander, à chaque fois qu'on me demanderait si j'étais bien son fils, de répondre oui ! Alors, à partir d'aujourd'hui, mademoiselle Planchon, à chaque fois que l'on vous posera la question, vous direz que vous êtes la fille de Roger Planchon ! »

Je suis restée sans voix : je venais d'être doublement reconnue, et officiellement, en prime ! Que demander de plus ? De fait, je suis la petite-fille de Ionesco, me suis-je alors dit !

À cette époque, sur le plan professionnel, la vie m'a largement gâtée. Ma chronique *Le Sens de la vie* me permettait de rencontrer des femmes et des hommes passionnants et l'aube des années 2000 a été pour moi un véritable feu d'artifice. J'ai eu la chance d'approcher les plus grandes « stars » de la spiritualité comme Deepak Chopra, roi de la méditation et guru des personnalités américaines, Neal Donald Walsch, auteur des célèbres *Conversations avec Dieu*[1], et surtout mon chouchou, James Redfield, qui m'a fait le grand honneur d'une rencontre en toute intimité.

Je voyageais, j'étudiais, j'expérimentais la liberté... c'était le rêve. Pourtant, je sentais bien que mon travail d'introspection n'était pas terminé, car une part de mon être ne semblait pas en paix. La quarantaine approchait grandement (grondement ?), et en l'absence d'enfants, le tic-tac de la fameuse horloge biologique commençait à se faire entendre...

J'avais entrepris un travail sur mon père grâce à la transgénéalogie et je rassemblais des informations pour remplir mon arbre généalogique bien qu'il lui reste encore quelques cases vides. Parallèlement, je participais à des ateliers et à des conférences animés par Arouna Lipschitz sur les relations et sur notre couple intérieur, féminin-masculin, qui reflètent nos relations

1. Écrite entre 1997 et 1999, la trilogie est aujourd'hui disponible chez J'ai Lu.

amoureuses. J'explorais spirituellement ma vie relationnelle, et je prenais conscience, comme l'explique James Redfield dans la sixième révélation de sa *Prophétie des Andes*, combien il est essentiel de clarifier son passé pour avancer, car des zones d'ombre planaient sur mes fonctionnements amoureux. J'allais donc revisiter ce passé encombrant et suivre son conseil, c'est-à-dire « essayer de débusquer comment, dans la petite enfance, notre situation familiale nous a amenés à installer des techniques de manipulation et à entrer en lutte de pouvoir avec les membres de notre famille ». Nous pouvons, comme il l'explique également, pour passer à l'étape suivante, « identifier les raisons d'ordre spirituel qui ont été la source de cette expérience. Ensuite observer les modes de vie de chacun de nos parents, puis prendre conscience de ce qu'ils ont accompli. C'est à partir du point où ils se sont arrêtés que nous pouvons atteindre notre but le plus élevé sur Terre. En conciliant ce qu'ils nous ont donné et ce qu'ils nous ont laissé à résoudre, nous pouvons obtenir une image claire de ce que nous sommes et de ce que nous sommes appelés à faire. »

En effectuant ce pas en arrière pour éclaircir le nuage paternel, j'avais conscience que si je voulais accéder à mon féminin sacré, le temps était venu pour moi de regarder en face le nuage maternel. J'avais à ce propos une image bien précise en tête que mon amie tunisienne m'avait donnée, tout droit issue du Coran : le féminin d'une fille est coincé sous le talon de la mère. J'avais donc envie d'explorer ce nouveau « continent » et de m'interroger sur le sens qu'avait donné ma mère à sa vie. Qu'est-ce qui était important pour elle ? Qu'avait-elle à accomplir dans ce monde, indépendamment de sa réussite ? À la lumière de cette analyse, j'allais pouvoir percevoir le contexte de ma naissance puisque James Redfield nous dit : « Nous sommes nés au centre de deux visions du monde que nous tenions à assimiler dès le début de notre vie pour les mener à un niveau supérieur. Il s'agit là du travail spirituel par lequel une génération fait évoluer les données de la génération précédente et avance vers plus de vérité. »

Puisque j'avais compris que les femmes de ma lignée étaient des filles illégitimes, veuves ou non mariées, souvent sans enfant, et que les hommes manquaient à l'appel dans mon arbre généalogique, il était temps pour moi de débusquer les schémas répétitifs, les loyautés familiales déposés au fond de mon être si je voulais me sentir mieux. Et comme j'avais admis que la spiritualité ne suffisait pas et intégré l'importance de décoder mon inconscient, j'ai pris la décision d'entamer une deuxième cure.

19

En thérapie, deuxième saison

Tant que vous n'aurez pas rendu l'inconscient conscient, il dirigera votre vie et vous appellerez cela le destin.

Carl Gustav Jung

C'est à mes anges que je m'en suis officiellement remise pour mettre sur ma route un ou une professionnelle qui m'accompagnerait dans la suite de mon travail thérapeutique, et me permettrait, j'en étais convaincue, de me révéler davantage et d'avancer vers un peu plus de clarté. L'approche jungienne de Nicole m'avait aidée à décoder mes films nocturnes et, au fil des années, j'avais découvert les différentes façons d'aborder l'inconscient et je commençais à capter des messages de l'invisible. Souvent réveillée vers trois heures du matin, cette fameuse heure des anges, je me levais, attrapais un crayon et notais ce qui me venait, dans cet état, disons… un peu second. Il me fallait un cadre plus conventionnel pour garder les pieds sur Terre. Je pourrais toujours parler de mes messages divins avec Monique et continuer d'aborder avec elle ma spiritualité comme je le faisais régulièrement en petit groupe dans des conditions de bienveillance, dans ma quête d'amour-amitié. Dans ce nouveau cadre thérapeutique que je recherchais, après deux ans de pause, j'avais envie d'explorer ma relation fusionnelle avec ma mère. C'est au moment où je m'y attendais le moins que l'Univers m'a répondu.

Un soir, en studio, j'ai fait la connaissance d'une jeune assistante sympathique qui, trouvant une oreille attentive, s'est confiée à moi comme à une amie. Elle avait subi un inceste et, la sentant complètement perdue, je lui ai conseillé d'aller voir quelqu'un. Ce qu'elle portait était bien trop lourd, elle avait besoin d'aide. Je lui ai fait part de mes propres réticences mais lui ai expliqué combien cela m'avait été bénéfique. Neuf mois plus tard, alors que nous ne nous étions plus jamais croisées, au détour d'un couloir de la Maison de la Radio, j'ai vu arriver cette jeune femme métamorphosée : allégée d'une dizaine de kilos, elle était rayonnante et joyeuse. Curieuse, je l'ai interrogée sur cette transformation, quand elle m'a répondu tout de go : « J'ai suivi ton conseil, je suis allée voir quelqu'un. » Incroyable ! Je me suis empressée de lui demander qui elle avait rencontré, et elle m'a parlé du docteur Bréant, sa psychiatre. Ça ne faisait aucun doute, je devais aller voir cette femme. J'ai pris rendez-vous immédiatement.

Je me souviendrai toujours de notre premier échange et de l'énergie de cette jeune femme, que l'on qualifierait aujourd'hui de « femme puissante ». Je lui ai déroulé mon laïus sur mon père, ma réconciliation avec mes frères, ma vie sentimentale qui ne menait nulle part, et lui ai concédé que le moment était sans doute venu de travailler sur ma mère. Je me souviens qu'elle a interrompu ce très long monologue avec une délicatesse exceptionnelle, tout doucement et avec un large sourire : « Je ne veux pas vous contredire, mais je pense que le travail sur le père n'est pas tout à fait terminé… »

Intérieurement, je me suis mise à bouillir. Mais qu'est-ce qu'elle me racontait ? Pourtant, si je réagissais aussi violemment, c'est que son analyse était juste et qu'elle avait sans doute raison. J'étais donc au bon endroit, prête à découvrir avec elle ce qu'il restait à dévoiler sur mon papa, et avec au cœur l'espoir d'entrouvrir aussi le « dossier maman ». Au fil des mois, le diagnostic du docteur Bréant s'est révélé tellement juste !

Au sujet de mon père, c'est elle qui m'a d'ailleurs fait remarquer que lorsque je rencontrais Roger Planchon au supermarché à côté de chez moi – ce qui m'était arrivé plusieurs fois à cette époque alors que je ne l'avais jamais croisé auparavant –, je lui demandais systématiquement s'il me reconnaissait. C'était bien la preuve que j'avais encore besoin d'être reconnue par le « père ». Qui m'a d'ailleurs fait un très beau cadeau.

Le 17 décembre 2004, date anniversaire de la mort de notre père, j'avais passé la journée chez moi en mode *cocooning*, nostalgique et pas très joyeuse, quand en fin d'après-midi j'ai décidé de réagir : ce soir-là, ma sœur allait rentrer avec son diplôme d'art-thérapeute, il fallait fêter cet événement et transmuter ce retour en un moment festif. Alors j'ai décidé de changer d'énergie, de m'habiller et de descendre acheter du champagne en bas de chez moi. À peine franchie la porte de l'immeuble, j'ai aperçu Roger Planchon devant le supermarché. La tête en l'air, il était en train de regarder l'immeuble d'en face. Il ne bougeait pas. On aurait dit qu'il était sur pause. Je l'observais, et émue, je n'osais plus avancer : c'était dingue de le croiser en bas de chez moi ce jour-là ! Il ne bougeait toujours pas. J'hésitais à le rejoindre : qu'allait-il penser ? Au moment même où je me décidais à m'approcher de lui pour le saluer, comme si nos deux cerveaux étaient connectés, il s'est retourné et a avancé dans ma direction. Nous nous sommes pratiquement croisés devant mon immeuble. Bien sûr, je me suis gardée, cette fois, de lui demander s'il me reconnaissait ! Il m'a saluée et je me suis décidée à lui avouer que je trouvais notre rencontre très étrange en ce jour anniversaire. Il n'en revenait pas lui-même. Nous avons conversé sur le trottoir et il m'a invitée à assister à *Oncle Vania*, la nouvelle pièce qu'il allait jouer à Saint-Denis en janvier. Quand on s'est quittés, j'étais heureuse.

Ce moment improbable nous a donné, à ma sœur et moi, deux bonnes raisons de nous réjouir lorsque nous avons ouvert ce soir-là le champagne. Un signe, c'était sûr, de notre cher papa. Quant à l'invitation de Roger Planchon, je l'ai honorée avec grand plaisir le mois suivant, et je dois dire qu'au moment de me procurer mes billets au guichet, lorsque les attachées de presse m'ont dit que M. Planchon les avait bien averties que « ces places étaient pour sa fille », dans un demi-sourire, je l'ai remercié pour ce joli clin d'œil : ma reconnaissance était définitivement validée.

Pendant des années, nous nous sommes ainsi croisés de temps à autre dans notre quartier. On pourrait penser que j'exagère, mais j'ai encore une anecdote à raconter. En juin 2006, c'est en attendant son taxi devant la Maison de la Radio qu'il m'a confié qu'il partait en Russie jouer sa dernière pièce. Il me préviendrait de ses prochaines dates. Une semaine plus tard, c'était mon tour de quitter la capitale. Je partais à Nîmes interviewer Marie-Josée Nat et Serge Rezvani pour ma nouvelle émission d'été, *Parler d'amour*. Je venais de faire un rapide repérage dans l'hôtel où devait avoir lieu notre rencontre le lendemain, l'endroit était parfait et intime ; j'ai décidé de visiter un peu la ville. Au moment où je m'apprêtais à sortir par la porte tambour, je suis tombée nez à nez avec Roger Planchon qui, faisant trois tours dans la porte, est venu s'agenouiller tel un chevalier devant moi en me disant : « Je m'incline, je rends les armes, vous êtes trop forte !! »

Je ne comprenais plus rien… Il n'était pas en Russie ? Que faisait-il là ? Je n'avais pas eu le temps de parcourir le programme du festival Nîmes-Culture. Il y jouait dans une pièce. J'étais un peu gênée – qu'allait-il penser ? que je le pistais ? – et nous étions tous deux surpris par cette nouvelle rencontre. Nous avons toutefois beaucoup ri de la coïncidence…

Le témoignage de Marie-Josée Nat et Serge Rezvani qui devait clôturer ma série d'été *Parler d'amour*, sur le thème de l'amour et de la mort, était pour moi très important et avait une signification toute particulière. En effet, au cours de ma deuxième thérapie, j'avais compris que ma mère m'avait transmis la croyance qu'après la mort d'un grand amour, la porte du cœur se refermait. Elle avait quarante et un an lorsque notre père était mort, et chaque fois que je lui avais demandé, des années après : « Tu n'as pas envie de refaire ta vie ? », sa réponse avait toujours été la même. Notre père était exceptionnel et il lui était difficile d'entrevoir une autre relation amoureuse, à moins, ajoutait-elle : « Que je croise un homme tout aussi magnifique. » Mais elle ne croyait pas une seule seconde qu'il y avait la moindre chance que cela soit possible. Elle disait également, comme un détail, qu'elle avait tellement souffert de la présence d'un beau-père qui l'avait frappée parfois à coups de ceinturon, et qui l'avait empêchée d'étudier après son certificat d'études, qu'elle souhaitait nous épargner une situation qui l'avait profondément fait souffrir et qu'elle ne voulait pas reproduire ce schéma.

Avec ce dernier témoignage de *Parler d'amour*, j'ai inscrit de façon très prégnante dans mon esprit et dans celui des auditeurs qu'après la mort d'un être cher, il est réellement possible de rencontrer à nouveau l'amour ! C'était ma façon de dire à l'Univers, aux anges : « OK, j'ai compris et je conjure le sort. Je me libère de cette croyance. »

20

À ciel ouvert

Se transformer soi-même est un moyen de donner de la lumière au monde entier.

Ramana Maharshi

À ce moment précis de mon récit, me voilà incapable de poursuivre. Nous sommes le 10 août 2024, je suis arrivée en Normandie il y a trois semaines, juste après mon retour de Corse. Depuis plusieurs jours, je tourne en rond au point de déclencher une nouvelle poussée de vertiges. Je sais que ça bloque quelque part, car l'inspiration n'est plus au rendez-vous, pourtant, je ne dois pas forcer, je reconnais les symptômes du « stop ». Je repense alors à la grille de lecture de Dominique Aubier et me souviens de ce genre d'alerte, « entrée dans le labyrinthe ». Dans une telle situation, il est essentiel de se laisser guider par l'intuition du cerveau droit, celui qui sait, et non pas par l'action du cerveau gauche, celui qui fait. Se laisser guider par les anges terrestres et célestes, c'est la clé. D'accord, faisons confiance au processus de la méditation…

Il est vrai qu'un retour sur soi n'est jamais simple et nous conduit dans des lieux inexplorés de soi. Alors mieux vaut s'armer de patience et de sagesse. J'accueille ce temps de pause et de rêve. Dans cette parenthèse méditative, me revient le souvenir de nos réunions en petit comité. Monique et moi, au début des années 2000, nous avions formé, avec Anne-Marie, Arouna, Blima et Noël, nos amis spirituels, une joyeuse équipe prête à plonger dans nos propres profondeurs, à essayer de débusquer nos fonctionnements, toujours dans la bienveillance et sans perdre de vue la quête d'amour-amitié que nous avait enseignée Mayana, l'esprit de l'amour universel. En souvenir des moments où nous cherchions ensemble l'origine de nos blocages, je me branche sur cette fréquence, sur l'énergie angélique, et j'entrevois soudain une piste : voilà, c'est ça… en toile de fond résonne mon été 2022, et l'épisode de l'arcus.

Hasard du calendrier – qui fait bien les choses –, je me rends compte que je vais devoir reprendre la route pour rentrer à Paris après le pont du 15 août : sacré tournant dans ma grille de lecture initiatique, où je passe un pont pour aller vers quelque chose de nouveau. Déjà, mes antennes météo me titillent : les prévisions annoncent que la fin de l'ouragan Debby (que j'entends « débit » puisque le mien est à l'arrêt depuis des jours), rétrogradé en tempête tropicale, va revenir sur le nord-ouest de la France en fin de semaine, juste pour mon retour de vacances, à la même date qu'en ce fameux mois d'août 2022. *Bis repetita…*

Parmi les codes de lecture initiatique de l'existence[1], le « jamais deux sans trois » est infaillible pour vous assurer que ce qu'il y avait à révéler et à comprendre sur vous est bien conscientisé : il est hors de question que je revive une nouvelle tempête ! Et puis avec ce ciel d'un bleu azur, comment imaginer qu'une tempête tropicale terminera sa route sur l'Europe de l'Ouest, même aidée par le Jet-Stream, au milieu du mois d'août ? Je sais que ce pont, mon pont du 15 août, est un tournant intime très important. Et à voir les dégâts de cette tempête aux États-Unis et au Québec, je prie pour qu'elle perde de son intensité et que nous soyons épargnés de nouvelles inondations. Égoïstement, j'espère surtout rentrer sans encombre !

Pour éviter un nouveau coup de pied au derrière, pardonnez-moi l'expression, j'ai intérêt à conscientiser ce qui agit en mon for intérieur, ce que mon âme veut me dire avec cette crise de vertiges, notamment. Effectivement, après deux semaines passées en Corse sur le lieu de mon stress post-traumatique, étape cruciale plutôt vaincue avec adresse, depuis que je suis arrivée en Normandie, la ligne est un peu brouillée, la réception, inaudible... Allô ? Est-ce qu'il y a quelqu'un ? *Nada*. Je ne suis pas sur la bonne fréquence. À l'approche du 15 août, je me suis branchée inconsciemment sur la fréquence peur. Mais je pressens autre chose.

1. À retrouver dans *La Face cachée du cerveau* et *Lire sa vie et décrocher sa timbale de destin* de Dominque Aubier, *op. cit.*

J'ai consacré mes vacances à l'écriture de ce livre et je me rends compte que le ciel vient me chercher, me pousser dans mes retranchements. Pour y voir plus clair, je sollicite Blima, mais elle a un empêchement, alors, impossible de communiquer avec mon ange gardien. Je décide de me tourner vers Christelle, énergéticienne et géobiologue, une amie d'Isabelle grâce à qui je suis sur ce lieu divin et qui est, en l'occurrence, ma voisine estivale. Bien entourée comme je le suis et gâtée par le ciel, je ne comprends pas bien mon malaise et compte sur cette experte pour m'aider à sortir du brouillard énergétique qui impacte mon physique. J'ai hâte. En attendant, j'enfile un maillot de bain et pars nager sous le ciel clément.

Lors de notre séance, grâce à sa sensibilité et à son expertise, Christelle débusque certains nœuds énergétiques qui m'encombrent depuis vingt ans autour de l'oreille. Ce sont eux qui déclenchent les vertiges de Ménière que j'ai fini par transformer, malgré la gêne constante et les acouphènes, en un « gyrophare alerteur » de fatigue ou d'un manque d'alignement, de cohérence, entre mes actions et celle que je suis. Pour Christelle, ça ne fait aucun doute : le pot aux roses qui obstrue les portes de mon cœur, c'est le déni qui est le mien depuis l'annonce violente au téléphone du décès de mon grand amour, et ma culpabilité de ne pas avoir pu lui dire au revoir. L'émotion est telle que je ne peux plus résister, les larmes débordent…

Enfin, je conscientise ce qui bloque ! Il n'est plus question de faire semblant ou de refuser de voir. J'ai compris que je n'acceptais pas la mort de Sahbi, mais je ne suis pas allée plus loin car mon déni était encore bien ancré. J'ai repéré quelques pistes de travail et des « coucou, tu devrais regarder par là », mais là encore, quand on ne veut pas voir on ne voit pas, quels que soient les *warnings* ou les indices. Cette fois, j'ai demandé haut et fort de l'aide et un éclairage urgent : la force du désir est toujours entendue. Mon émotion est immense. Tout s'éclaire. Je commence à entrevoir (percevoir) l'origine du blocage dans l'écriture de mon récit…

Au fond de mon cœur, je sais que si je suis en vrac, c'est parce que je suis tombée quelques jours plus tôt sur un post Instagram qui m'a beaucoup émue. Le 6 août, exactement. Cette date, que je confie à Christelle, est celle de l'anniversaire de la mort de Daniel Lévi. Et ce post, une photo de mariage du chanteur avec, en fond sonore, la chanson *Dis-moi*, une reprise de Michel Legrand, dont les paroles, chargées de sens, sont éloquentes : « Tu le savais, je t'aime. C'est trop tard quand même. Dis-moi, j'aurais tout fait pour toi […]. Je ne savais pas que l'amour, c'était toi… » Un texte de son épouse, Sandrine, accompagne la vidéo et honore sa mémoire : « Chaque événement qu'Hachem décide a une raison incontestable. […] On pourrait dire que tu as quitté ce monde trop tôt, c'est une évidence, mais j'ai la ferme conviction que tu résides dans un monde meilleur, aux côtés des justes, œuvrant pour l'amour et la paix, des valeurs dont nous avons plus que jamais besoin aujourd'hui. »

Mon Dieu, quelle force ! C'est ce texte qui m'a bouleversée. Et le signe qu'il envoie est trop fort pour moi ; je n'en suis pas encore là. Intellectuellement et spirituellement, j'y suis, mais mon cœur et mon corps n'admettent toujours pas le départ de Sahbi. Je l'écris d'ailleurs ce soir-là : « Je me rends compte que je n'accepte pas ta mort totalement. J'ai beaucoup d'émotion, en lisant ces lignes. Et j'aimerais avoir plus de contact avec toi. Je sais que c'est compliqué, que ça vous demande beaucoup d'énergie pour vous adapter à nos vibrations, bien plus basses, et que c'est à nous de nous élever un peu plus… En fait, c'est en écrivant ces lignes que je comprends que c'est ce manque de contact qui me pousse à aller encore plus loin dans mon intériorité et dans l'exploration de ma conscience. Alors j'accueille ce moment en me disant que ça prendra le temps que ça prendra, et je me mets à rêver que pour la date anniversaire de ton départ vers les étoiles en septembre, peut-être que j'arriverai à faire le couscous dont tu m'as donné la recette sur la route de notre retour de Corse, le 8 août 2020. Le préparer et le déguster en ton honneur pourrait être un signe de guérison… » Guérison. Ce terme ne me plaît guère, comme le mot « deuil ». On ne fait pas son deuil, on vit avec la blessure accompagnée d'un variateur anesthésiant de chagrin. « Guérir » n'est pas le mot, je parlerais plutôt d'un « début d'acceptation », c'est plus juste pour moi. En prononçant ce terme, « acceptation », j'ai senti les larmes et l'émotion monter. Non, résolument non, je n'accepte pas encore. Je suis lucide, il me faut accepter au moins que ça prend du temps. Alors je pose cette question à mes anges et à mes guides : qu'est-ce qui peut m'aider à accepter ?

Je sais pourtant que je suis sur le chemin de la compréhension. Je vois bien que je suis guidée, car hier je suis tombée « par hasard », peu avant minuit, sur la fin du deuxième volet de *Mama mia*, quand la fille de Meryl Streep demande à sa grand-mère si sa mère sera là pour le baptême de son enfant. Je n'ai pas vu ce film, mais à cet instant précis je me doute que sa mère est morte... et ça ne loupe pas. Le fantôme de Meryl Streep apparaît dans la chapelle et chante : « Tu es mon amour, ma vie » avant de refermer sur elle les portes de l'église et de disparaître. Bien sûr que ce message m'est destiné ! Bien sûr que le texte de Sandrine Lévi est aussi un signe – d'autant qu'ici, je n'ai pas de réseau... c'est aussi pourquoi j'aime cet endroit, car il est un peu coupé du monde, du bruit, et permet de communier avec la nature que j'aime tant, et de remonter ainsi les énergies.

On dit qu'un signe fort se confirme toujours dans les quarante-huit heures... Le lendemain, le 7 août, mon amie Anne vient de Coutainville pour passer la journée avec moi. Au moment de repartir, voyant qu'elle est embêtée, je lui propose de sortir sa voiture du jardin en marche arrière, j'ai l'habitude. Je m'assieds, allume le contact, et au même moment, l'autoradio se lance comme si j'avais mis moi-même un CD. Dès les premières notes, je reconnais la chanson de Daniel Lévi entendue la veille. Sidérée par une telle synchronicité, je suis surtout émerveillée : il s'agissait bien d'un signe… et il se répétait, au cas où je n'aurais pas voulu le voir !

Alors je m'arrête, bouleversée. Mon amie s'approche, pensant que j'ai un problème. Mais j'écoute simplement la chanson… Elle comprend qu'il se passe quelque chose, et à la fin de la musique, je lui raconte ce que j'ai lu la veille. Elle enchaîne : « C'est un signe ! C'est évident. » Peut-être un de plus lorsque je découvre que c'est Michel Legrand, mon chouchou adoré, qui a écrit cette chanson pour le film *Un peu de soleil dans l'eau froide*.

Alors que je raconte cette série d'événements à Christelle, l'effet est immédiat, ma carapace se dissout pour laisser passer l'énergie du cœur. Je perçois bien la justesse de son diagnostic : pour survivre, pour pouvoir vivre sans mon chéri, j'ai réussi à enfouir au plus profond de mon être, de mon cœur – à mettre sous le tapis, comme on dit –, la colère qu'éveillait l'injustice de ce départ prématuré malgré ma croyance que tout ce qui arrive est juste.

La magie (l'âme qui agit) se poursuit pendant la séance, où j'accueille cette culpabilité, comme m'invitait à le faire Christelle, sans retenir mes larmes. Je sais qu'accueillir est la clé, mais la plaie est encore trop ouverte. Seule une âme bienveillante peut m'aider à soulever le tapis doucement mais sûrement. Il m'a fallu deux ans, depuis la mort de Sahbi, pour évoquer ce moment tragique, et mon désespoir enfoui au plus profond de ne jamais revoir sur terre mon amoureux.

Écrire ces lignes n'est pas chose aisée, mais je suis encouragée par les signes de la vie à me délivrer de cette douleur incommensurable.

À la fin de la séance, je suis soulagée d'avoir pu ressentir une deuxième fois la force du déni et cet éclairage va m'aider à sortir du brouillard et me permettre de retrouver une vibration plus haute pour récupérer le *flow* très inspiré de ma *team* de lumière et continuer à écrire.

En me couchant, il me vient à l'esprit que demain, nous serons le 11 août, date anniversaire de nos derniers instants ensemble, à Sahbi et moi. Mais une date « sucrée-salée », pour reprendre une de ses expressions favorites, car c'est aussi celle de ma conception ! Il est assez rare de la connaître et il est pour moi très compliqué de ne pas me sentir bien ce jour-là, de ne pas honorer comme il se doit le moment où je suis descendue sur Terre pour m'incarner. Alors quand je me réveille, je prie pour que cette journée soit heureuse. J'ai le désir de rendre cette date à nouveau joyeuse, en tout cas lumineuse.

J'ai accepté la veille l'invitation de mes deux amies à faire une balade sur cette plage, « notre plage d'amoureux, notre petit coin de paradis », comme l'appelait Sahbi, et à prendre un bain de mer. Plutôt que de me recoucher dans un moment de doute, je ne cède pas à la nostalgie et je pars, confiante, espérant de tout mon cœur que cette journée sera belle. La météo annonce un temps très chaud et un grand ciel bleu. Que demander de mieux ?

Je retrouve donc mes amies sur la plage et les remercie de célébrer avec moi cette date si particulière. Nous marchons ensemble plusieurs kilomètres, jusqu'à cette maison abandonnée que nous rêvions d'acheter si Sahbi et moi avions gagné au loto. Tiens, une nouvelle bâtisse est en construction… J'y vois immédiatement un signe de renouveau. Tout bouge, tout évolue. Et cette maison en bois ressemble à celle que nous aurions aimé faire construire.

Dans l'eau avec mes amies, je ne pense plus à ce jour si particulier pour nous deux. Puis après un petit café devant la mer enchantée, nous reprenons la route chacune de notre côté. C'est en cheminant vers ma voiture que je me rends compte que j'ai envie de dire tout haut ce qui reste encore bloqué entre le cœur et la parole. Alors pour m'aider, en rentrant, j'ouvre l'ordinateur et revois les images de nos derniers instants ; notre dernier câlin tendresse du matin, la route pour Orly que nous avons faite ensemble alors qu'il ne m'arrivait que très rarement de t'accompagner. Ce jour-là, j'ai senti qu'il fallait que j'y aille… Nous nous sommes dit au revoir devant l'aéroport. Nous nous sommes enlacés si fort. Tu t'es retourné comme d'habitude pour me faire signe. À cet instant, un plastique tombe du four à micro-ondes ; il n'y a aucun courant d'air. C'est toi qui te manifestes, je le sais. Merci de me faire comprendre que tu es là car mon cœur se déchire et les larmes coulent…

Je m'en veux d'avoir repris la route, toute fière de moi, ce jour-là. Mais j'appliquais seulement ce que j'avais compris un an auparavant, lorsque tu étais rentré en Tunisie retrouver ta famille. J'avais entendu ma petite voix me dire, après ton départ, que j'avais le choix entre pleurer de nostalgie et me réjouir de pouvoir expérimenter de nouveau la liberté. Et voilà, un an après, *bis repetita*. Après avoir déposé Sahbi à l'aéroport, je me revois sortir du parking au volant de ma voiture, dans la même situation, en me disant que j'allais profiter joyeusement de mes moments de liberté. En fait, grâce au soin de Christelle, je me rends compte à quel point je culpabilisais d'avoir éprouvé cette joie en quittant Orly car je ne savais… Ma petite voix m'interrompt et j'entends : « C'était un adieu terrestre mais un au revoir céleste ! »

Dans ce cheminement intérieur, je me libère aujourd'hui d'une partie de la lourdeur émotionnelle qui me paralysait depuis ton départ, mon amour. Je sais que nous vivrons d'autres chroniques du temps, sans connaître toutefois leur nature, j'accueille le cœur grand ouvert cette nouvelle étape terrestre et céleste. Je prépare un nouveau départ, une aventure qui commence avec toi à « ciel ouvert ».

21

Lettre à cœur ouvert

Les larmes sont une rivière qui conduit quelque part. Elles entourent de leur flot le bateau qui emporte la vie de notre âme, viennent le soulever et l'entraîner hors des rochers, hors du terrain sec, vers un lieu nouveau, un endroit meilleur.

Clarissa Pinkola Estés[1]

Depuis cette magnifique séance avec Christelle, le ciel normand s'est de nouveau éclairci, l'amour et la lumière descendent dans mon cœur. La fluidité revient, l'inspiration me cherche, je suis le *flow* mais je ressens encore quelques réticences à me remettre à écrire. Alors que je cherchais une feuille de papier dans un des cahiers où je compile mes inspirations spontanées et que j'ai emportés pour les vacances, surprise, je tombe par hasard sur mes notes du 1er octobre 2023. Oui, depuis des années, j'écris un journal de bord, mémoire de marin sans doute ! Dans ces notes, je suis en vrac et je m'adresse à mon chéri.

---

1. Psychanalyste et conteuse fascinée par les mythes et les légendes, Clarissa Pinkola Estés est notamment l'auteur du *best-seller Femmes qui courent avec les loups* (Livre de poche, 2001) dans lequel elle élabore le concept de la femme sauvage.

J'arrive dans la salle de bains, je suis oppressée. Je viens de manger deux esquimaux à la mangue. Ce n'est pas bon pour ce que j'ai. C'est plus fort que moi. J'ai froid. Je craque. Comment je fais ? Moi ici, toi de l'autre côté ? Bordel. Comment je fais ? Je veux rester sur cette Terre, bordel. Comment je fais ?

La chaleur alors m'envahit, je te ressens, oui. Mais je veux te voir, te toucher, te sentir ! SOS en détresse ; ça fait trois ans, mon amour ; comment je fais ? Montre-moi la route, éclaire mon chemin. Je comble le vide et ça suffit. Ce n'est pas juste… Oui, je suis en colère ; j'ai un feu qui me consume de l'intérieur. Ça me brûle depuis plus d'une semaine mais déjà alors que j'écris ces lignes ton énergie m'apaise. Oui je sais, le chemin est long et douloureux. Car le corps hurle ses mille et une douleurs. Tout revient… Tout à l'heure j'ai vu un post d'une retraite spirituelle sur l'île grecque de Patmos, qui m'a téléportée en 1987 dans une petite chapelle de cette île du Dodécanèse où je priais chaque jour pour que tu sois l'homme de ma vie. J'avais vingt-cinq ans, tu en avais vingt-neuf ; depuis une année, j'avais éloigné les hommes de ma vie car trop de déceptions, de lâcheté et de manque d'amour. Il faut dire que l'amour a été le soleil de ma vie… depuis mes quinze ans, où j'ai été éblouie par un Apollon.

La puissance de ton regard a balayé la forteresse que je m'étais construite pour éviter les assauts trop insistants. Oui, il a suffi d'un regard, le soleil a changé la couleur de tes yeux, ils sont devenus bleus… Je te pensais grec, ta moustache était assortie au décor de ton restaurant. Nous ne nous connaissions pas. Ce regard a changé nos vies. Au plus profond de mon être, je savais. C'est pourquoi pendant ces deux semaines sur l'île de Patmos, je ne pensais qu'à toi. À l'époque pas de portable, mais un répondeur où tu m'as laissé, à mon retour de Grèce, un message d'invitation pour ton anniversaire. Telle était ma condition. Ce message montrait ton désir. Malgré mon travail à Paris, j'ai pris le train, direction Le Tréport. Te retrouver. À peine étais-je arrivée que tu m'as emmenée au bord de la mer. Nous sommes descendus. Il s'est mis à tomber des bénédictions et tu m'as embrassée… sous la pluie. Nous nous sommes embrassés en tournoyant, comme dans *Un homme et une femme*. Nous avions des chabadabada dans nos cœurs… Et tout là-haut, sur la falaise, j'ai vu une fraction de seconde, en ouvrant les yeux, la statue de la Vierge Marie, et lui ai demandé de veiller sur nous. Te souviens-tu ?

Sahbi répond : « Tiens bon mon amour ; tu n'as pas besoin d'être triste pour écrire… juste un éclair. »

Ensuite j'ai écrit :

Mon crayon est mon nouveau compagnon de route. Est-ce que je me raconte des histoires ? Suis-je dans un film que j'aime me raconter ? J'ai la sensation de ne pas arriver à accoucher de notre livre. Peut-être dois-je faire autre chose… Tout me passe par la tête. Pourtant mon ami Bernard Werber m'incite à écrire sur notre histoire… Il est vrai que les doutes nous éloignent de notre potentiel.

Alors je prends le temps de relire mes notes, et j'ai toujours l'intention de suivre mon intuition et les signes. J'entends Sahbi me dire : « Ne sois pas dans l'attente, vis, vibre haut en couleur d'amour éternel ; je t'aime ma merveilleuse. Sois en paix ! »

Nous nous comprenions à l'unisson et cette complicité me manque terriblement. Je sais, à moi de devenir encore plus autonome. Facile à dire. J'ai déjà tellement appris depuis ton départ.

Les encouragements de mon chéri m'aident alors à reprendre la lecture de mes notes du 1er octobre 2023, et je tombe sur ce passage qui me fait l'effet d'un électrochoc :

> Je reçois de l'invisible une vibration toute particulière qui me transporte dans le souvenir de la petite fille que j'étais et qui ne voulait pas être différente et subir la jalousie des autres. J'en ai mis, du temps, à le comprendre…

Si je suis jalousée, c'est parce que j'ai quelque chose qu'ils n'ont pas et qu'ils aimeraient avoir ! Alors je décide de mettre ce « truc différent au service de qui je suis, et d'oser être qui je suis vraiment », comme m'a murmuré Monique un soir de pleine lune d'été à Nabeul en Tunisie : « Montre qui tu es ! » Merci, Monique, de m'avoir transmis ce message de l'au-delà, donné cette impulsion de vie magnifique et ce programme qu'il m'a fallu cinq ou six années à appliquer. Je ressens encore un peu de culpabilité d'avoir pris autant de temps, mais ne dit-on pas : mieux vaut tard que jamais ? Alors oui, aujourd'hui j'ose. J'ose être celle que je suis, avec mon ultra-sensibilité comme bagage pour traverser les tempêtes et admirer les aurores boréales des âmes en évolution ! Quel beau programme… Merci mon amour.

Depuis ton départ, en septembre 2020, j'ai continué à prendre des notes continuellement. Je me suis accrochée à ce crayon de toutes mes forces, pour ne pas oublier, mais aussi pour partager avec le plus grand nombre. Mais sans vraiment commencer… Je tiens bon, car mon analyste, Geneviève Delaisi de Parseval, que j'ai commencé à consulter à la fin des années 2000, m'encourage dans cette direction. Oui, j'ai poursuivi mes introspections dans une troisième cure ! Comme ma psy a bien les pieds sur terre, je sais que je ne me fourvoie pas dans des illusions perdues. Je ne vais pas me perdre dans cette météo intérieure – qu'elle m'encourage d'ailleurs à publier…

Mais je dois ajouter que ce premier jour d'octobre 2023, il se passe également quelque chose d'inattendu que j'ai raconté dans ce cahier. Je poursuis ma lecture et je lis ceci : « Mon corps s'exprime et je sens la force du désir ; écrire s'impose à moi. Aucune échappatoire. On y est, j'y suis… Les souvenirs remontent à ma conscience. Toi-même, mon amour, tu as exprimé ce souhait à plusieurs reprises. La première fois lors du premier confinement, où nous avons été les plus heureux du monde ; tu m'as confié : "Tu devrais raconter notre histoire"… Alors, encouragée par ces paroles dissolvant mes résistances, je note, je note… pour quand le moment sera venu. »

En ce 16 août 2024, nous y sommes. C'est le moment. Poussée par une force invisible, j'ouvre l'ordinateur pour reprendre enfin mon récit et je suis amenée par cette guidance de l'invisible à inclure ce passage que je redoutais tant, écrit le premier jour de ce mois d'octobre 2023… un peu oppressée encore, je le reconnais :

> Trois ans que tu as rejoint les étoiles, trois ans que j'essaye d'écrire, que je retarde, procrastine pour exprimer, raconter ce que je vis, ce que je ressens, ce qui m'attriste, ce qui me torture, ce qui m'émerveille, oui… C'est à la fois une torture et un émerveillement ! Et pourtant je ressens encore au fond de moi une réticence à me dévoiler car je suis titillée par cette mémoire de sorcière d'une vie passée qui a toujours peur quelque part d'être brûlée au bûcher. Je conscientise que j'ai encore une parcelle de mémoire souffrante à libérer ; j'espère pouvoir lâcher cette peur de passer pour une illuminée, et d'être éliminée.
>
> Je ne peux faire autrement. Mon corps se consume de l'intérieur et m'invite à ne plus résister, sinon je vais y passer. Et je sais au plus profond de mon être que c'est le moment. Aucun recul, aucun report possible. Je pleure de toutes les larmes de mon cœur. Ça déborde. Je pensais la source des larmes tarie. Mais non, l'émotion est immense et mon âme m'indique le chemin à suivre.

À ce moment-là, ça vibre tout au fond de moi… Oui, raconter, témoigner et me libérer pour honorer la vie. Étreindre la joie d'être en vie. Allez, je saute vers cet inconnu qui me sourit, qui me tend les bras. J'en ai tellement envie. Le plus dur, c'est le premier pas. *Y'Allah !*

Je t'entends : « Vas-y, lance-toi ! » *OK, my dear.* Je sais que je ne peux plus faire l'impasse sur ce jour funeste, je prends une grande respiration et j'écris.

19 septembre 2020. Il fait chaud. Il n'a pas plu depuis un mois à Paris. Je me promène au Champ-de-Mars et je peste contre toi. Tu mets du temps à rentrer. Je sais, c'est un peu égoïste de ma part car tu profites de ton pays natal. Je me dis alors que je vais te faire attendre un peu avant de te rappeler. Je rentre juste avant que la pluie ne se mette à tomber. Il pleut vraiment des bénédictions. Dieu merci, enfin la pluie tant attendue. Je me mets aux fourneaux avec la grande joie de préparer l'un de nos plats préférés. Des crevettes à la mauricienne, une recette transmise par le chef du Grand Hôtel où j'ai été invitée pour le prix du roman d'amour.

À peine ai-je mis les ingrédients dans une poêle que le téléphone sonne. Le nom de mon amie tunisienne s'affiche ; cela fait plusieurs mois que je ne l'ai pas entendue, alors je me précipite pour lui répondre. Je lui trouve immédiatement une drôle de voix et je lui dis combien je suis heureuse de l'entendre. Choum m'annonce gravement que Sahbi est décédé. Comme je pense qu'elle parle d'un de ses amis qui porte ce prénom, je lui réponds : « Heureusement que j'ai décroché pour être avec toi dans un tel moment. »

Immédiatement, je sens que quelque chose cloche, son ton est décalé. Elle reprend : « Tu n'as pas compris, il s'agit de ton Sahbi. » Alors je mets une fraction de seconde à saisir l'horreur. Je sens une partie de mon âme se détacher et je comprends ce qui se passe. J'entends la voix de Sahbi me dire : « *Mektoub*, mon amour. Je suis tellement désolé. »

C'est ainsi que notre dialogue a commencé. Et j'ai été tellement surprise d'entendre sa voix que c'est à ce moment-là que j'ai vraiment compris.

Oh non… Je me suis écroulée. Une déflagration atomique. Ma vie a basculé à cet instant.

Et Choum, que je ne remercierai jamais assez d'avoir eu le courage de m'annoncer le décès de mon homme, se met à me raconter. Sahbi était avec ses amis au bled, il s'est levé en disant : « J'ai faim, je vais déjeuner. » Il a mis sa main sur son ventre et s'est écroulé. Pour ne plus jamais se relever. Les pompiers l'ont emmené, concluant une crise cardiaque.

L'enterrement a eu lieu le lendemain, juste le temps pour son fils de prendre le dernier avion afin d'assister aux obsèques. De mon côté ce n'était pas possible ; convenances obligent, je ne pouvais pas prendre cet avion. Mon chéri était resté marié, ce qui compliquait la situation. Notre histoire est une longue histoire… Unique.

Quand j'ai raccroché, sidérée, assommée, je n'avais pas les mots… J'ai prévenu ma sœur qui m'a tout de suite dit : « Je prends la route. »

Mon amie Marie-Lise Labonté a sauté dans un taxi en me disant : « J'arrive. » Ayant vécu ce drame, elle connaît l'horreur de cette épreuve. Quand elle est arrivée, nous savions toutes les deux que l'âme de Sahbi était là. Elle m'a fait un soin énergétique et m'a délivré un message : « Tu étais sa nouvelle terre. » C'est exactement cela, tous les deux, nous nous étions extraits de nos anciennes terres orientales pour ouvrir un nouveau chemin d'âme et d'amour… Il en aura fallu, du temps.

Ce que je redoutais le plus venait d'arriver. J'étais confrontée à ma plus grande peur : perdre celui que mon cœur aimait.

C'est tellement irréel que l'écrire me met face à la réalité. Je ne peux plus tricher. « Tu n'es plus là physiquement, mais tu es quand même là sous une autre forme », écrivait Victor Hugo ; en l'écrivant à mon tour, je sais que je viens de passer un cap et d'accuser réception du fait qu'en ce 19 septembre 2020, le ciel m'est « aussi » tombé sur la tête…

Grâce à ces notes retrouvées « par hasard » s'ouvre un nouveau chapitre de ma vie.

22

Sortir du bois

Le courage d'être soi se découvre et se développe à partir d'une confrontation et d'un dépassement de soi-même.

Jacques Salomé,
Le courage d'être soi, Pocket, 2001.

Après avoir accepté de délivrer ce passage douloureux de l'annonce du décès de mon grand amour, je quitte la Normandie, plus légère. Les vertiges se sont dissipés et j'arrive à Paris, après deux heures et demie de conduite sans encombre. J'ai déjoué les prévisions météo en rentrant un jour plus tard que prévu, et donc échappé aux inondations qui ont compliqué les retours de vacances en Île-de-France. J'ai surtout réussi à prendre la route en ce 18 août 2024, date anniversaire fatidique de l'arcus qui m'a rendue malade : c'était sûrement un test pour confirmer que je suis libérée de cette mémoire traumatique. Apaisée et confiante, je ressens une gratitude infinie pour la vie.

Pourtant, cet état d'apaisement est de courte durée et laisse place en quelques semaines à un nouveau mal-être. Le mois de septembre s'est bien déroulé, j'avance dans l'écriture de cet ouvrage, mais j'amorce le mois d'octobre avec difficulté. Je suis dans une zone de moins en moins fluide et, de nouveau, l'inspiration n'est plus aussi claire. Peut-être que la venue de ma nièce pour assister à un concert de son idole, Melanie Martinez, à l'Accor Arena, me fera le plus grand bien. Il ne m'est pas arrivé depuis belle lurette de découvrir un nouvel univers artistique ! Je m'octroie deux jours pour profiter de sa présence et décide intérieurement que j'écrirai mieux après cette pause rarissime. Pourtant je sors de cette parenthèse plus fatiguée encore, tant par une sacrée crève que par les énergies du ciel qui deviennent exigeantes et qui me proposent d'explorer de nouveaux schémas relationnels. « Jamais tranquille », me dis-je.

En effet, je me retrouve confrontée à une première altercation assez musclée avec un collègue de travail, et le lendemain, de nouveau, je me sens agressée verbalement par un voisin. Deux situations identiques, dans lesquelles je suis prise à partie par le masculin. Je devine tout de suite l'enjeu. J'ai horreur des conflits, mais dans ces cas précis, je vois que la vie me cherche car je ne peux faire autrement que me défendre. Aucun retrait possible. De plus, je sais que les planètes de mon ciel natal me demandent de révéler une nouvelle position, plus juste, de mon masculin intérieur en me positionnant et en mettant des limites.

Avec un ascendant Balance, j'ai toujours préféré l'harmonie, et j'ai longtemps fait des concessions pour éviter les affrontements. Je décide de prendre le taureau par les cornes, et je m'affirme fermement et efficacement face à ces deux hommes belliqueux. Waouh ! La phase de travaux pratiques est validée, mais je n'ai plus aucune énergie et ma douleur au pied droit qui s'est déclenchée à la fin des vacances commence à se réveiller. Il faut dire que ces deux altercations masculines ont reflété une autre facette de mon masculin intérieur. En effet, selon ma grille de lecture, l'autre est un miroir grossissant de nos attitudes ou défauts, donc à travers ces deux situations assez inédites, je décèle deux aspects pas très sympathiques de mon masculin : l'un est menaçant, l'autre, méprisant. Je remercie quand même ces deux hommes de m'avoir permis d'identifier ces faiblesses à corriger et j'en déduis que j'ai du boulot en perspective.

Affectée par cette douleur au pied qui ne me laisse pas tranquille malgré le repos et les soins énergétiques, je commence à établir un lien avec les situations auxquelles j'ai eu à faire face avec ces deux hommes. Ma douleur est située dans le pied droit, il s'agit donc bien d'un problème de positionnement par rapport au masculin : je dois encore rectifier ma posture intérieure. Je prends alors rendez-vous chez l'adorable ostéopathe Gérard Martiano qui me suit depuis trente ans. Il me diagnostique – attention au terme – une aponévrosite plantaire. D'ailleurs en essayant de retrouver le terme exact, il utilise une astuce mnémotechnique autour du mot « apôtre », mais grâce au langage des oiseaux (une capacité à entendre un message codé), ce que j'attrape au vol, moi, c'est le mot « névrose ». Je lui lance :

« Alors il y a sous mon pied une névrose que je dois débusquer ! » Nous avons beaucoup ri.

Un rendez-vous chez une podologue-posturologue vient confirmer le diagnostic de Gérard : je dois désormais porter des semelles pour rectifier l'équilibre de mes deux pieds. Autrement dit, « trouver une nouvelle posture », aussi bien physiquement qu'intérieurement, me dis-je en repensant au livre de Thierry Janssen, *La Posture juste. Comment inventer un monde en harmonie avec soi, les autres et la nature*[1]. J'en déduis que cette inflammation est une invitation à me positionner différemment par rapport aux autres, à mon écriture et à moi-même (« m'aime »). Sans perdre de vue que l'inflammation est un feu qui brûle les scories du corps mais aussi celles de mon passé de sorcière (celle qui veut toujours sortir du bois), les scories karmiques. Mais bien sûr ! Cette année 2024 a été annoncée comme celle de la dissolution des karmas : parfois je suis longue à la comprenette.

Alors ce qui devait arriver arriva. Le lendemain de ma visite chez la podologue, après ma journée à la radio, je ne peux plus marcher tant la douleur s'est intensifiée. Je rentre très difficilement chez moi, épuisée, et décide d'appeler SOS Médecins. Pas de doute, le diagnostic était le bon – au cas où je n'aurais toujours pas compris. « Mais pourquoi ne pas vous être arrêtée ? » me demande le docteur. Voilà la

1. *La Posture juste. Comment inventer un monde en harmonie avec soi, les autres et la nature*, L'Iconoclaste, 2020.

bonne question ! « C'est repos, repos et encore repos », ajoute-t-il avec un air navré quand je tente de lui expliquer que je voulais « tenir » jusqu'aux vacances de la Toussaint.

Après son départ, je prends conscience que la bonne élève a encore pris le dessus, la petite fille qui veut avoir une image pieuse. « Pas de jugement, murmure ma petite voix, accueille cet *ego* qui a besoin d'être entendu. Tu as voulu un peu trop bien faire, comme d'hab, mais à force de te mettre en mode "faites ce que je dis et pas ce que je fais", je le répète assez souvent, le corps commence à s'exprimer, et c'est un Stop ! » Encore (en corps) ! Merci, Dominique Aubier...

Une nouvelle fois percutée par mes émotions, je me retrouve immobilisée. Mais que veut dire cette inflammation ? Qu'est-ce qui brûle encore ? Je ne vois pas de lien avec le talon d'Achille, bien qu'avec cette douleur, il est difficile de prendre son pied, me dis-je en riant.

Heureusement qu'Ève, mon ange gardien terrestre, s'occupe de moi à distance. Je ressens déjà une amélioration, mais dès que j'esquisse un pas de trop, la douleur s'intensifie. Je décide de faire confiance, de me détendre. Je me prépare un thé en pensant à la pleine lune et à ce que veut me dire le ciel. Avant d'aller faire ma sieste, je me répète : « Fais confiance » et je repense soudain à *La Grande Librairie*[1] de la veille consacrée à la famille, et à l'intervention de Mazarine

1. Anne-Dauphine Julliand, *Ajouter de la vie aux jours*, Arènes, 2024.

Pingeot qui rappelle que « quand on est illégitime, c'est comme le secret, on le reste toute sa vie ».

Je devine là une piste, car je me suis souvent identifiée à Mazarine puisque nous avons des parcours similaires. Je sais au fond de moi que c'est un signe, même si je me suis toujours protégée en me disant que moi, je n'étais pas cachée. Mais si, ma fille ! Tu étais quand même bien cachée à tes frères, à la famille de ton père… et pendant quinze ans, tu n'as pas porté son nom. Donc ? Ah non, pas encore le père ! Ça suffit, j'ai trop visité et revisité cette histoire. Pourtant, si je suis honnête, lucide, Mazarine est un repère dans ma vie. Je vais devoir revenir sur cette piste. Et sur celle d'Anne-Dauphine Julliand qui a donné comme titre à son nouveau livre : *Ajouter de la vie aux jours*[1], puisque c'est exactement ce que je me dis chaque jour depuis la mort de Sahbi. Cet ouvrage que m'a offert Léa Salamé a d'ailleurs éclairé ma peine.

Je vois bien que la vie me parle et que cette émission de pleine lune déborde d'indices. Et de fil en aiguille, alors que je me dis de me détendre, de prendre le temps sans me mettre la pression afin de me plonger dans un état où peuvent pénétrer les voix d'ailleurs, je ressens qu'il est urgent de laisser partir cette résistance à laquelle je m'agrippe et qui crée un blocage, une sorte de carapace qui empêche les énergies divines de passer et donc d'être éclairées. Est-ce que ce n'est

1. Anne-Dauphine Julliand, *Ajouter de la vie aux jours*, Arènes, 2024.

pas le moment ou est-ce seulement une protection mal placée ? Ayant identifié cette résistance, et comme je désire avancer, je remercie mes anges de m'avoir inspirée, quand j'entends : « Merci à toi de te laisser faire, de te laisser inspirer enfin ! » Oh, j'ai été entendue ! Promis, je vais faire attention : si cette résistance est là encore pour bloquer, c'est qu'il y a une raison. Je suis prête à la débusquer en me laissant guider par les anges.

Et si je faisais un pas de côté ? Si je portais un nouveau regard sur ma vie ? C'est comme ça que me vient l'idée de retrouver ce qui s'est passé à la même époque chaque année depuis le décès de mon chéri. C'est toujours une période difficile pour moi, une période où je dois m'accrocher plus que jamais pour tirer le fil d'Ariane de mon intériorité. Alors je reprends mon cahier d'octobre 2022, juste après le choc de l'arcus, je l'ouvre, et il se passe un truc fou !

23

Messages célestes

Je t'enverrai un baiser avec le vent, et je sais que tu l'entendras. Tu te retourneras, et sans me voir, je serai là.

Pablo Neruda

En ouvrant mon cahier des rêves de l'époque, je tombe sur un rêve très bref mais intense daté du 1er novembre 2022. Je suis alors en vacances à Coutainville, mon refuge. J'ai noté ceci : « J'arrive dans une forêt et je sens tes bras, ta peau, c'est le souvenir que je ramène. Et tu me dis que tu vas me masser les épaules, mon cou en a besoin. Je ne me rappelle pas le massage mais tes mains, et tu m'as serrée dans tes bras, tes épaules si larges et solides. Merveilleux réveil. »

« Merci, merci, merci », dis-je en relisant ces mots, quand je découvre que j'ai reçu et noté juste après ce rêve un message des énergies d'Halleluiah. Pendant que je feuillette mon cahier, prête à oser vous raconter, j'entends Sahbi se réjouir : « Enfin, ce n'est pas trop tôt ! » et je découvre ces messages datés du 1er novembre 2022.

Nous sommes là, ici présents à tes côtés pour de nouvelles opportunités qui s'ouvrent pour toi. Ta vigilance extrême parfois te met dans un état de tension qui empêche l'arrivée de l'information ou de la transmutation. Ce qui est essentiel pour toi, c'est la Détente. Et nous insistons sur le D majuscule. Tu peux éviter tout ce qui te met en tension, de la plus petite à la plus grande. Il est possible pour toi de rester dans un calme le plus souvent absolu. Tu seras certaine alors d'être en communion avec le réel, mais aussi et surtout avec ta réalité. Oui, tu le sais maintenant, nous sommes la Confédération galactique d'Halleluiah[1], la Fédération de la concrétisation. C'est ce que tu recherches. Vous dites la manifestation. Mais manifester n'est pas concrétiser. Nuance. Manifester n'est pas incarner. Concrétiser ajoute le mouvement de la vie. C'est ce qui est nécessaire pour toi. Tu le sais. Tu sais manifester mais où est la concrétisation ? D'où cela vient-il ? De ta peur. Peur d'être jugée. Peur d'être moquée. Peur, oui encore, de passer pour un être illuminé. Et alors, qu'en as-tu à faire ? Qu'est-ce qui est important pour toi ? Qu'est-ce qui est nécessaire à ta vie pour que tu sois complète, heureuse ? Être reconnue dans ta divinité, oui, tu es un être relié et tu souhaites le partager avec le plus grand nombre. Sahbi est à tes côtés pour le démontrer. Car son départ n'est pas un hasard ni je ne sais quelle punition céleste. C'est un état des

1. Énergies constructrices de l'univers, énergies de concrétisation.

choses et de ta vie tellement clé pour toi et pour lui. C'est un pivot.

À la suite, j'ai noté plusieurs définitions du mot « pivot » : « Cône ou pointe terminant un axe vertical fixe (sur lequel tourne librement une charge). Le pivot d'une boussole. Au figuré, ce sur quoi repose et tourne tout le reste. » Puis le message reprend.

Donc, tu viens de comprendre et de prendre conscience que tu es bien un axe vertical, une clé de voûte, grâce au départ de Sahbi, qui est ton protecteur céleste. Rien ne peut t'arriver. Il faut que tu sois persuadée de cet état des choses. Il en est ainsi. C'est acté par le Créateur. Et nous allons t'aider à concrétiser ta nouvelle vie terrestre. Avec Sahbi. Tu le sais. Tu as compris. Tu commences le chemin d'acceptation. Il est vrai, c'est très dur, très décevant encore pour toi de ne plus avoir la présence physique de ton cher et tendre. Mais rassure-toi, tu es aidée, accompagnée. Tu le sais, tu nous ressens, et ton aura rayonne. C'est le résultat de toute ton évolution et de l'énergie que tu fournis pour surmonter et dépasser cette réalité qui est cruelle pour toi, ta vie, ton corps et ton esprit. Mais ce rayonnement est une concrétisation de ton dur labeur et de ta transmutation exceptionnelle, d'où le pivot. Tu vois où nous voulons en venir ? Un pivot sur qui on peut compter. Tu es dans cet « apprenti-sage ». Nous te soutenons pour que tu sois ce réceptacle divin incarné, concrétisé sur terre. Un pivot, c'est solide. Tu es en train de te solidifier pour préparer les êtres à comprendre et à prendre conscience de cette nouvelle réalité, qu'il existe un autre monde invisible à vos yeux, mais qui est aussi concret que votre réalité. Le monde invisible peut être visible, celles et ceux qui affûtent leurs sens et leur réception. S'alléger de la lourdeur qu'on leur a imposée, sortir des diktats contraignants, emprisonnants, éclater les chaînes de détenu pour vivre une vie libre et inspirée en conscience divine éclairée. Nous sommes là pour t'aider. Nous te le renommons, à concrétiser cette nouvelle vie de guidance. C'est ton plus grand souhait, c'est aussi celui de ton cher et tendre céleste. C'est une collaboration cosmique d'amoureux célestes. N'est-ce pas joli et romantique à souhait ? Nous savions que cette image te plairait. Alors vis, ma belle âme ! Nous te protégeons, nous te guidons. Ne crains pas le faux pas, les clivages, les idées qui ne correspondent pas à leur réalité. Tu es là pour rétablir une vérité cosmique, c'est ton choix et nous souhaitons cette concrétisation, pour le meilleur et pour éviter le pire. Nous t'aimons et tu as senti notre présence. Nous t'en remercions car il était essentiel que tu réceptionnes ce message aujourd'hui, pivot d'une nouvelle vie, énergie pour toi. Tu es ici à Coutainville pour te ressourcer et t'inspirer dans tes nouveaux choix qui t'amèneront vers une vie réalisée telle que tu l'as rêvée et souhaitée. Nous en sommes garants. Nous te le promettons. Tes amours galactiques nous sommes. Tiens bon et tout sera cosmiquement aligné. Nous t'aimons, nous te le répétons. Profite de ces vacances iodées et exceptionnellement inspirées. À tout bientôt. Oui, *Inch'Allah*, c'est Sahbi qui est là pour la concrétude de ta vie,

Halleluiah.

Je reste baba devant ce message… Mais Sahbi me confirme ces mots dans mon cahier des rêves et de vie :

Oui, mon amour, merci de réceptionner ces messages tellement nécessaires à notre évolution planétaire et cosmique. Oui, je suis venu te masser énergétiquement cette nuit pendant ton sommeil et c'est génial. Tu en as emporté quelques bribes. Je suis très heureux pour toi. Nous savons que c'est très évolutif pour toi. Tu as besoin de concrétude. Et ce soin nocturne t'a permis de te détendre et de pouvoir ainsi recevoir, ce midi, le beau message d'Halleluiah, nos « copains cosmiques » ! J'apprends tellement à leur côté. C'est exceptionnellement divin. Je t'aime, mon amour, et tu es sur la voie de la réussite de ta nouvelle vie. Oui, tu vas concrétiser l'abondance. Oui, tu vas concrétiser ta vie nouvelle. Je serai là à tes côtés, n'en doute pas car nous sommes Un. Et personne ne peut nous dissocier. C'est acté par le Créateur. Nous sommes un prototype. La chance, Nous avons ! C'est magnifique. Écris, tu vas adorer te replonger dans notre vie, ça va t'alléger d'un poids parfois trop lourd à porter et qui te pèse pour avancer sur ce nouveau chemin. Je t'aime ma *chalala* de tous les temps. Tiens bon, je suis à tes côtés et nous sommes sur le chemin du dépassement et de la concrétisation. À très vite. Je t'aime, Habibi.

Juste après j'ai écrit : « Merci d'être à mes côtés et d'être là pour moi. Sans toi, je n'y arriverais pas. »

Je suis émerveillée. D'autant que je n'ai plus aucun souvenir de cet épisode. Alors je décide de continuer mes recherches et d'aller voir dans mes cahiers ce qui s'est passé l'année dernière, en octobre 2023. J'y retrouve les mêmes problématiques : des visites chez le dentiste, les rendez-vous à l'Hôtel-Dieu – ça ne s'invente pas –, au pôle de recherche du sommeil. Et à la date du 26 octobre 2023, ces mots : « Je suis de nouveau en vacances à Coutainville et je reviens d'une balade sur l'Estran jusqu'à Blainville, sous la pluie et dans le vent… Sous un bon grain, quoi. Oui, un grain de folie, si vous voulez ! » Plus loin : « Tension, fatigue, tristesse » et un message de Sahbi enregistré grâce au téléphone.

> Réjouis-toi d'être ici, de profiter des éléments. La pluie, le vent te régénèrent. Ne sois pas triste, n'oublie pas que je ne peux pas beaucoup m'approcher quand tu déprimes, le brouillard se lève autour de toi. Alors, joie dans ton cœur d'être ici et maintenant. Je suis à tes côtés, mon amour de toujours et pour l'éternité. Joie dans ton cœur d'être en vie en dépit de tout. Le soleil est au-dessus des nuages et brille. Capte ces énergies au-delà de ton brouillard intérieur. Et la tension va baisser. Mets ton attention sur le présent. Relie-toi à la terre à chaque instant en expansion. Cela te soulagera de tous tes maux et tu trouveras les mots pour le dire, pour exprimer ce que tu ressens et vis. Je suis là pour te soutenir, mes vibrations te soutiennent en dépit de tout, pour que tu te relèves de cette épreuve et que tu t'élèves davantage en vibrations d'amour et de lumière

sur cette Terre. Je ne suis pas seul à t'accompagner, ta *team* invisible est à mes côtés et à tes côtés. Nous te soutenons, nous te portons, haut en énergie et en couleur. Retrouve ton sourire, mon amour, rayonne. N'oublie pas de vivre, de profiter de chaque instant de ta vie dans le moment présent, comme lorsque tu marches sur cette magnifique plage, sans regret, de Cabourg, juste ici et maintenant, Toi et les éléments qui te rechargent. Une communion parfaite, pas de pensées de faire ci ou ça, juste là. Toi avec toi-même. Je t'aime et je suis là, je vibre à tes côtés mon amour, pour toujours. Repose-toi, tu en as besoin, ton corps, ton âme et ton esprit en ont besoin. Je t'aime, Habibi.

Et moi d'ajouter : « Moi aussi, mon amour, merci d'être là pour moi. »

En retrouvant ces mots, je suis saisie par l'énergie de ta vibration encore présente, si belle et tangible. C'est incroyable ! Je comprends qu'une force me guide, comme si je menais une enquête. En relisant ce message de Sahbi, je remarque un encadré rose en bas de la page, dans lequel j'ai noté que j'ai pris en photo les algues sur la pierre et relu les messages reçus en mars 2023 sur ce lieu magique que j'appelle l'île aux Algues. Cet encadré éveille ma curiosité, et avec tout ce que j'ai découvert jusqu'ici, je comprends que je dois rapidement retrouver mon cahier de ce mois de mars pour continuer ma chasse au trésor.

24

L'île aux Algues

Ne perds jamais espoir, mon cœur, des miracles se préparent dans l'invisible.

Djalâl ad-Dîn Rûmî

Ce message que je finis par retrouver après de multiples recherches – beaucoup de patience et l'aide de saint Antoine de Padoue – est en fait un audio, enregistré pendant une balade sur la plage de Coutainville. J'ai dû être inspirée, une fois de plus, par les embruns porteurs d'informations célestes et par la nature qui me parle. Ce 25 mars 2023, c'est mon chéri qui me parle.

Tout en marchant, imagine, rêve de notre livre que tu écris avec passion, oui, c'est ça, tu es inspirée. Ensuite visualise la rencontre avec un éditeur ou une éditrice qui tombe amoureux(se) de ton travail, puis tu signes le contrat ; je ressens une très forte émotion en signant ce contrat… Ça va marcher mon amour, tu es la meilleure et je suis là pour te le rappeler. Tu es là pour écrire, pour montrer que l'amour existe sur Terre, que ce n'est pas que du blablabla, que c'est tangible parce que nous l'avons vécu dans nos corps, pas seulement dans le cœur, dans l'esprit, mais aussi dans le corps. Et c'est ça l'Empreinte Céleste, c'est ce qu'on a incarné sur Terre, le divin, mon amour, on l'a vécu, on l'a touché et on sait que c'est là, que c'est plausible, possible, et que c'est crédible et que ça s'incarne. Mais pour ça, il faut vraiment le vouloir, ne pas avoir peur de l'amour dans un corps. Voilà, c'est un long chemin, parfois douloureux, ce n'est pas facile, je sais, c'est labyrinthique, mais en même temps, c'est merveilleux. Quand on arrive à toucher ce cordon céleste, qui nous infuse et qui nous transporte et nous transmet dans les corps, et dans les cœurs, et dans l'esprit, c'est extraordinaire, c'est inédit. Voilà la conclusion, c'est inédit et c'est divin et (on entend mes copines les mouettes) "il n'y a plus qu'à" mon amour, tu vas rentrer revigorée, requinquée, vraiment, c'est sûr. Tu ne te rends même pas compte de l'énergie que tu as pu emmagasiner pendant tout ce séjour. Mais ça va ressortir, tu vas voir, tu vas écrire et être heureuse. Nous serons heureux parce que toi aussi, tu vas grandir grâce à cette écriture, tu vas te réaliser comme je te l'ai dit l'autre fois. J'ai laissé la place pour que tu te réalises, pour que tu puisses grandir comme ces algues sur leur rocher, que tu puises ta force dans la roche… puiser ta force dans le sable, dans la mer. Regarde, c'est magnifique.

Je trouve au même moment, une algue rouge sur un petit rocher noir. C'est d'une beauté absolue. Franchement, comment ça marche ? Ça m'épate. Sahbi reprend :

Eh bien toi aussi, tu t'accroches à ton rocher, c'est moi ton rocher, d'accord ? Tu as compris, toi, tu es l'algue, moi, je suis le rocher. Et tu t'accroches à mon rocher, à ma pierre, et nous allons ensemble nous déployer et créer des bébés d'amour. Vraiment, tu vas voir et on va transmettre ce qu'est l'amour, ce qu'il nous a apporté, transformé, parce que franchement on n'était plus les mêmes à trente, quarante, cinquante ou soixante ans. On a évolué, grandi et transmuté ensemble pour arriver à ensemencer cette graine d'amour qui va se déployer aussi, qui va grandir et qui va se transmettre aux autres. Alors ne t'inquiète pas ma chérie, je suis là avec toi comme je te l'ai dit, je suis là en toi, dans ton cœur, dans ton âme, dans ton esprit, dans ton corps, dans toutes tes cellules, je vibre avec toi, et je suis là pour te soutenir, et que tu puisses mener à bien ton projet, notre projet, nos projets et qu'on fasse plein de bébés, voilà. Et c'est ce qui est important, et surtout faire du bien aux autres pour la planète.

Je ressens alors une très grande émotion. Sahbi reprend :

Voilà, c'est ça. Transmettre aux autres que l'amour existe, que l'amour est possible. À ceux qui n'y croient plus, à ceux qui sont perdus, à ceux qui pensent que ça n'existe pas, tu vas pouvoir dire : « Si, c'est possible, si, c'est plausible, si, c'est tangible. L'amour est possible, l'amour est là, sur terre, ça demande du temps, du travail, de l'énergie, et surtout, il faut y croire. » Voilà, mon amour, profite encore de ces derniers instants sur la plage, je suis là avec toi, ne t'inquiète pas, tu vas rayonner le bonheur, la joie. L'avenir est devant toi. Et devant nous, parce que je suis avec toi. Je t'aime, mon amour. Allez, vas-y. T'es la meilleure, chérie, je t'aime, mon amour.

Moi aussi, je t'aime chéri, de toute mon âme.

Vous comprenez maintenant pourquoi j'ai tant hésité à partager ces messages d'un autre espace-temps ? C'est fou, non ? Mais c'est ma réalité.

Le plus incroyable, c'est qu'au moment d'écouter ces messages de Sahbi et d'Halleluiah que je viens de retrouver et de transcrire dans ce livre, je me rends compte que nous sommes au beau milieu de la pleine lune en Bélier du 17 octobre 2024. Je décide d'écouter le bulletin des étoiles de Luciana Calvetti sur sa plateforme internet pour en savoir plus.

L'astrologue explique que cette pleine lune est l'aboutissement de ce qu'on a posé comme intention avec l'invisible le 8 avril… Je reste stupéfaite : il s'agit du jour de ma première rencontre avec mon éditrice. Je suis effectivement en pleine réalisation et concrétisation de ce projet de livre, je suis donc bien entrée dans une nouvelle phase de mon évolution, celle de la cocréation avec l'invisible, en l'occurrence avec Sahbi et la Confédération galactique d'Halleluiah. J'ai du mal à en prendre conscience.

Effectivement, j'ai vécu ma lune de miel avec les anges et les éveils qui l'accompagnent, afin de m'aider par la suite dans le passage à travers les différents réveils et leurs épreuves. Franchir aujourd'hui cette nouvelle étape de création en conscience, en lien avec les énergies divines qui m'orientent vers la réalisation de ma mission d'âme. Cela signifie partager la connaissance de l'au-delà, comme me l'a révélé saint Pierre, l'ange gardien de Monique, lors de ma première communication en mars 1997.

Je comprends que je suis en train d'écrire le livre dont j'ai rêvé, dont nous avons rêvé, et que j'ai imaginé sur cette île aux Algues. C'est fou, ces événements qui m'ont emmenée vers la concrétisation de cet ouvrage. J'étais en train d'expérimenter la voie de Neville Goddard[1], le précurseur de la loi d'attraction et de la manifestation, qui préconisait l'exploration de la nature et insistait sur le rôle de l'imagination pour influencer le subconscient et ainsi manifester nos désirs et notre destinée. Nous avons vibré ensemble ce rêve avec Sahbi et il s'est concrétisé ! Au cas où j'en douterais encore, l'âme agit bel et bien. C'est une histoire digne d'un film. Halleluiah ! Merci.

Cependant, au moment où j'écris ces lignes, je ressens encore des réticences à me dévoiler et à affirmer qui je suis vraiment, à me révéler au monde. Lorsque mon amie guérisseuse Chantal Haya Mamou, que je connais depuis douze ans, m'encourage : « Sois Marie-Pierre Planchon, telle que je te connais. Tu n'en as pas marre de vivre cachée ? », une réaction se produit à l'intérieur de moi. Je reconnais cette sensation et la justesse de

1. Auteur, notamment, de *Au-delà de ce monde !*, Dauphin blanc, 2020.

ses mots. Dans le mille. Il n'y a pas d'échappatoire. Une réaction implique un karma… Je repense alors aux propos de Mazarine Pingeot dans l'émission d'Augustin Trapenard, et je comprends que cela ne peut pas être une coïncidence, c'est trop gros. Je dois examiner cela de plus près. Non, encore cette impression d'illégitimité ! Ma petite voix me souffle que cette blessure est en train de se dissoudre. Je comprends qu'il s'agit d'un nouvel aspect à explorer… Alors je saisis : Mazarine a aussi parlé de sa souffrance d'avoir été cachée : voilà, c'est la clé qui résonne avec les mots de Chantal. C'est ça, je dois me connecter à cette expérience d'avoir été cachée, moi aussi ! Ma petite voix me rappelle également que cette mémoire de sorcière émerge, en lien avec l'inflammation de ma voûte plantaire : « C'est à cet endroit que tu dois chercher ! » m'a-t-elle dit. Et pourtant, comme les sorcières, je suis sortie du bois en commençant doucement à délivrer les messages que je reçois…

En rentrant, je médite sur cette réaction mais aussi sur ce que m'a dit Gérard Martiano, mon ostéopathe, et je me demande quelle est cette « névrose » que j'ai sous le pied. La méditation va alors porter ses fruits, parce que sa phrase et son moyen mnémotechnique me reviennent : une apôtre… une aponévrosite ! C'est ça ! Tout s'éclaire. Le mot « apôtre » me revient alors que la première fois je n'ai entendu que « névrose », dans ce terme médical. Voilà, j'ai une névrose d'apôtre ! Halleluiah !

À cet instant, mon corps et mon cœur se mettent à vibrer : je sais que j'ai mis le doigt sur quelque chose d'important. C'est quoi, un apôtre ? C'est quelqu'un qui prêche ! Allons, ça suffit, même si je parle de l'invisible et de la foi, je ne suis pas un apôtre ! Je me suis mis une pression d'enfer, ce livre n'a pas vocation à prêcher la bonne parole… Je vois bien que mon *ego* veut prendre le dessus, donc je dois lever le pied sur ma tyrannie intérieure. « Marie-Pierre, tu n'es pas un apôtre, tu écris juste un témoignage sur ton lien à l'invisible, OK ? Lâche ton inquisiteur intérieur… » Eh oui, qui dit sorcière dit inquisiteur… C'est le pot et le couvercle du karma. L'un ne va pas sans l'autre, comme les deux versants d'une montagne. Merci, mon corps, de me parler et de me permettre d'éclairer mes zones d'ombre pour rectifier ma posture intérieure et alléger mon corps de certaines tensions et inflammations. Et pour marquer le pas, je me rassure en me rappelant que je vais chercher mes semelles chez la podologue.

Tant qu'à décider de me laisser guider et puisque je suis plongée dans mes cahiers et dans mes souvenirs, peut-être que le temps est venu d'écouter ce fameux enregistrement que j'ai fait grâce à Blima, avec mon ange gardien Ézéchiel, le 21 novembre 2020, quelques semaines après la mort de mon chéri. C'est sûrement mon ange qui me souffle l'idée qu'enfin, le moment est venu de regarder la réalité en face. Je suis prête. Je prends mon courage à quatre mains et je découvre, surprise, que je ne me souviens plus de rien.

ÉZÉCHIEL : Ma très chère protégée, je suis ton ange gardien, je viens te dire quelques mots par rapport à tout ce que tu vois et qui bouleverse ta vie... Tu as vécu quelque chose de très violent. Mais si tu regardes ta vie, c'est depuis ta naissance que tu vis des choses qui bousculent. Constamment, des événements sidérants ont jalonné ton existence, qui t'ont permis de sentir la vie. Alors je suis avec toi dans cette période chaotique car même si tu étais préparée à cette séparation car tu savais qu'elle arriverait, c'était la première fois de ta vie que tu n'avais pas envie de cette coupure radicale car tu as toujours voulu les ruptures que tu as vécues, sauf celles liées à la mort. Tu fais une très grande différence entre les événements soudains, les ruptures et les séparations en rapport avec la mort. Tant que tu n'auras pas installé dans ton corps, dans ton esprit et dans ton cœur la notion par rapport à la mort, cette souffrance restera toujours dans ton cœur ! Mais si tu installes dans ton mental, dans ta pensée, l'idée que la mort est simplement un passage dans une dimension différente de quelqu'un qui ne meurt pas mais qui a changé de dimension, avec qui tu as constamment, si tu le veux, si tu le cherches, un contact – et c'est ce que tu expérimentes aujourd'hui –, tu verras que ta souffrance va se transformer totalement. Désires-tu que ta souffrance se transforme ?

MOI : Je le désire profondément... et j'ai passé l'après-midi à parler à Sahbi comme s'il était là.

ÉZÉCHIEL : Si tu continues à faire cela dans ton quotidien constamment, tu verras que ta souffrance va se transformer totalement ! Bien sûr, et c'est tout à fait normal, il y a ce manque au niveau du corps, mais tu le ressens, donc tu as la possibilité de créer cette osmose et d'intégrer qu'il est là et que c'est un apprentissage pour toi très important. Ta peine est grande, mais elle peut être surmontée avec la certitude de sa présence… Et je suis avec toi également, même si tu ne voulais que des mots, que jusqu'à présent tu ne sentais pas beaucoup ma présence, c'était abstrait, tandis qu'avec lui, c'est concret, parce que tu l'as connu physiquement et maintenant, tu vas pouvoir avoir des contacts avec beaucoup de gens que tu as aimés et qui sont partis. Le désires-tu ?

Moi : Bien sûr ! J'ai déjà aperçu le visage de mon père et celui de ma mère il y a quelques jours.

Ézéchiel : C'est ce que tu voulais et tu as réussi ; il te fallait cette situation pour ouvrir une porte à l'invisible !

Moi : Pourquoi Sahbi ?

Ézéchiel : C'est une bonne question. Pourquoi Sahbi ? Pourquoi ta maman ? Pourquoi Monique ? Des êtres très chers à ton cœur ! Son corps était malade, d'une très grande faiblesse, il tenait grâce à ton amour, il a été prolongé, sache-le, il aurait dû partir bien avant, mais son corps a lâché…

Moi : Mon amour n'a pas suffi ?

Ézéchiel : Il vous a permis de vivre ce que vous avez vécu. Bien sûr que ton amour a suffi… Tu as une facilité extraordinaire à te mettre dans la culpabilité en disant que ton amour n'a pas suffi mais tu n'imagines pas le bienfait que tu as procuré à son âme. Lui aussi a causé du bien à ton âme. C'est quelque chose de merveilleux, que chaque être humain recherche et que peu d'êtres humains trouvent. Alors je t'en prie, bien sûr que tu peux pleurer encore, bien sûr que tu auras des larmes encore, mais sois dans un bonheur immense du bienfait de vos âmes. Surtout, je te le confirme, il est à côté de toi. Il a eu la permission de rester près de toi, même si à certains moments tu le sentiras moins. Sache que lui aussi, en étant à tes côtes, en te protégeant, en communiquant avec toi, il évolue encore ; rassure-toi, c'est son programme. Et vous aurez beaucoup de choses à accomplir ensemble, une mission…

MOI : Quelle mission ?

ÉZÉCHIEL : Témoigner qu'il existe la possibilité de garder un contact avec un être aimé, de sentir son énergie. Ce témoignage sera ta mission pour aider d'autres personnes, pour les informer ; et lui va t'aider à écrire ton livre que tu as tant de mal à mettre en place ! Il sera présent. C'est votre projet à tous les deux, pour le moment tu es dans une phase de repli, de deuil, mais tu vas mettre en route tes envies et te rendre compte de l'apaisement de ton cœur.

Bouleversée par les propos d'Ézéchiel, j'entends : « Ton coéquipier pour la vie ! » Tous ces événements prennent sens, comme les pièces d'un puzzle qui se rassemblent. La journée se termine, et je m'aperçois que nous sommes à la veille de la Toussaint. C'est la fête d'Halloween. Ou plutôt de Samhain, la tradition celte dont elle tire son origine et qui éclaire le passage des âmes et favorise leur repos éternel. Incroyable mais vrai : le *timing* est parfait.

25

Samhain et Diwali

Rien ne t'emprisonne si ce ne sont tes pensées ; Rien ne te limite si ce n'est ta peur ; Rien ne te contrôle si ce ne sont tes croyances.

Marianne Williamson,
Le changement, J'ai Lu, 2012.

Hasard du calendrier, en ce 31 octobre 2024, Samhain, une fête païenne d'origine irlandaise qui correspond au nouvel an des sorcières et clôt l'année celtique, qui symbolise la mort et la renaissance, le cycle de la vie, le travail sur soi et la méditation, tombe cette année le jour de Diwali, une fête indoue qui célèbre le retour de la lumière, l'avant-veille de la fête des morts. Je ne peux que m'incliner : le temps est venu de parler de mes chers disparus une bonne fois pour toutes, en ce jour où, selon la tradition, le voile entre les vivants et les morts s'amincit.

Il me faut admettre que la mort est un fil d'Ariane de ma vie. Elle s'y est invitée si régulièrement que je me suis souvent demandé pourquoi. Avec une peur si forte de la séparation, comment aborder le sujet qui me passionne tant, c'est-à-dire celui de l'au-delà, de l'invisible ? La mort étant l'étape entre nos deux mondes, il faut être capable de convoquer ce sujet avec le moins d'émotion possible pour se donner une chance de transcender cette étape de la vie… qui nous empêche de vivre vraiment !

Réussir à regarder la mort en face, à l'accueillir, à ne plus en avoir peur… pas si simple. D'autant plus quand on y a été confronté maintes fois, et pas toujours dans les meilleures conditions.

Le premier souvenir que j'en ai remonte à l'enfance. Je suis avec mes parents à la veillée mortuaire de la mère d'une de leurs amies. Je me souviens encore de la chambre et du lit où le corps était allongé, entouré de bougies. Autour, des proches discutaient, racontant la vie de cette dame que je connaissais à peine. Je n'ai pas eu peur. Il y avait là quelque chose de très naturel, de chaleureux. Pourquoi ne veille-t-on plus nos morts qui restent aujourd'hui dans des congélateurs avant de rejoindre leur dernière demeure ? Je ne sais combien de fois je me suis posé cette question.

Ma deuxième rencontre avec la Faucheuse a été bien plus violente. Nous étions en décembre 1972, j'avais dix ans. Ma mère, ma sœur et moi attendions depuis plusieurs jours des nouvelles de notre père qui était gravement malade. Ma mère l'avait reconduit à son domicile après un enterrement où il avait attrapé froid. Une mauvaise grippe, disait-on à l'époque. L'hiver avait été particulièrement dur, cette année-là. Notre père était donc chez lui et ne pouvait se lever. Nous n'avions pas encore le téléphone. Quelques nouvelles nous étaient données par notre tante, la sœur de notre père, et nous savions qu'il n'allait pas bien du tout. La situation était grave.

Un midi, alors que je rentrais du collège, j'ai aperçu une dame en noir en entrant dans la maison. C'était la tante de notre mère. J'ai compris immédiatement la gravité de la situation. Ma mère m'a annoncé : « Papa est mort. » Après avoir ressenti une déflagration dans ma tête, je me revois aller à la cuisine, m'accrocher au rideau et serrer le tissu de toutes mes forces pour ne pas hurler. Je pleurais en silence…

Nous n'avons même pas pu lui rendre visite car nous n'avons pas osé y aller à cause de sa famille. Longtemps je l'ai regretté, mais quand ma demi-sœur Marie-Françoise m'a raconté bien plus tard dans quel état il était parti, il est devenu évident pour moi qu'il valait mieux que je garde un beau souvenir de lui. Enfin… c'est ce que je me suis raconté.

À l'enterrement, je suis allée bénir le cercueil de mon père comme une grande fille dans mon Kabic bleu ciel, avec déjà cette volonté de montrer à mes demi-frères que nous étions là et qu'au fond, j'espérais un geste de leur part. Mais que nenni. Nous n'avons même pas pu assister à la mise en bière. J'ai compris plus tard pourquoi je rêvais régulièrement de son retour à la maison : je ne l'avais pas vu mort, ce qui ne m'a pas aidée à faire le deuil. Et je sais aujourd'hui que ces rêves me montraient déjà que je pouvais accéder à d'autres plans de conscience pendant mon sommeil, comme cela m'est arrivé par la suite avec d'autres défunts. Ensuite, j'ai longtemps essayé de communiquer avec mon père par la pensée en regardant sa photo et en plongeant mes yeux dans ses yeux ; à chaque fois mon chagrin s'estompait.

Tiens, je suis en train d'écrire ces lignes quand Gilles Defacque m'envoie plusieurs SMS. C'est le fils de Renée, ma grand-mère de cœur qui tenait le Mignon Palace et qui habitait le même bourg que mon père, Friville-Escarbotin. J'y vois un clin d'œil paternel : du fond de son lit d'hôpital, Gilles me poste un poème, le chant des revenants des oubliés de la terre et des mers.

Je sais que cette épreuve est le fondement de ma vie. Ensuite, j'ai fui la mort. Impossible d'aller à un enterrement. Même vingt-cinq ans plus tard, je n'ai pu accompagner ni Renée ni ma grand-mère maternelle que je connaissais pourtant à peine. Trop douloureux. Et puis avec le temps, grâce à mes enseignements spirituels, j'ai compris qu'il était peut-être temps, à quarante balais, de regarder les choses en face. C'est Monique, surtout, qui m'a aidée en me faisant prendre conscience que pour parler de l'au-delà, il était indispensable de pouvoir évoquer la mort sans détour et sans peur. Mais comment apprivoiser cette étape de la vie, même si intellectuellement, je savais que ce n'était pas la fin ?

C'est grâce à Danièle Boileau, ma marraine, et encouragée par mon amie Monique, que j'ai fait le premier pas, en mars 2003. Ma marraine était tombée gravement malade et se savait condamnée. Nous en avons beaucoup parlé ensemble, car nous avions l'amour de l'Égypte en commun et nous évoquions la vision de la mort des Égyptiens, mais aussi *Le Livre des morts tibétain*[1] qui présente la mort comme une étape naturelle du cycle de la vie à aborder avec sagesse et sérénité. Jusqu'à la fin de son existence, Danièle est restée lucide et elle a même préparé son enterrement. Grande leçon de courage. C'est pourquoi, quand elle a rejoint les étoiles en mars 2003, je me suis décidée à aller lui dire au revoir. J'ai pris mon courage à quatre mains et je suis allée lui rendre visite sur son lit de mort. J'étais seule avec elle, je lui ai parlé à cœur ouvert et j'ai même réussi à l'embrasser. C'était le cadeau qu'elle me faisait. Toucher la mort. Non, ce n'est pas morbide, ça fait partie de la vie, me disait-elle. Et pour moi, ç'a été la première étape du processus de réconciliation. Une façon d'accueillir cet état de la vie. De tout cœur, je la remercie.

Je dois avouer que la présence de Monique dans mon existence a beaucoup œuvré dans mon apaisement vis-à-vis de la mort. Notre amitié n'avait fait que grandir au fil des années et chacun de nos rendez-vous était un moment magique, hors du temps. Nos âmes étaient comblées malgré nos difficultés quotidiennes et nos épreuves. Souvent ses amis lyonnais nous rejoignaient et nous passions ensemble des soirées sous le signe de la joie, de la fraternité et de la connaissance de soi.

---

1. Composé au VIIIe siècle par le grand maître Padamasambhava, à qui l'on attribue l'enracinement du bouddhisme, cet ouvrage traite des mystères profonds de l'existence. Il est disponible en édition de poche (Pocket, 2011).

Dans ce petit groupe que j'ai déjà évoqué, il y avait Blima, qui faisait parler les étoiles grâce aux cartes du ciel, son compagnon Noël, qui soignait avec sa propre méthode de digipuncture, et Anne-Marie, avec ses yeux bleu laser, passionnée de numérologie, qui transcrivait toutes nos réunions. Grâce à notre cercle de travail chez mon amie Arouna, nous approfondissions nos connaissances sur nous-mêmes dans la bienveillance. Nous avancions en profondeur et les guides ne nous faisaient pas de cadeaux ! C'était une merveille de baigner dans la métaphysique, de découvrir comment nous étions arrivés sur cette planète et quelles étaient nos trois premières incarnations qui allaient déterminer, selon les messages reçus, nos qualités et nos défauts.

Monique, qui s'était confiée assez rapidement, me racontait sa vie, si riche et rocambolesque. Un jour, elle m'a avoué que je l'avais aidée à se réconcilier avec l'amour humain. De son côté, elle me permettait de réaliser l'un de mes plus grands rêves : me connecter à l'invisible.

Quand mon projet d'émission *Parler d'amour* a été accepté pour la grille d'été de 2006, Monique et nos guides, avec le soutien de Victor Hugo, le grand spécialiste de l'amour, m'ont aidée à concocter des questions essentielles pour l'évolution de l'Amour sur Terre. Pendant cette période, je ne touchais plus terre, comme on dit ! Un soir, Monique m'a annoncé d'une petite voix d'adolescente : « Je suis amoureuse ! » Après vingt ans d'abstinence, c'était génial ! En la voyant si heureuse, j'ai eu envie qu'elle se confie dans mon émission, et les tourtereaux sont venus spécialement de Lyon pour enregistrer leur témoignage. Après deux jours passés ensemble, en ce mois de juin 2006, ils m'ont déposée à la station Duroc. En descendant de la voiture, je me suis retournée pour envoyer un baiser à Monique qui m'a répondu par un « Je t'aime ». J'étais loin d'imaginer que je voyais mon amie pour la dernière fois.

J'ai passé tout l'été à enregistrer des témoignages pour ma première série d'émissions dédiée à l'amour et je souhaitais donc terminer cette saison par un récit qui viendrait mettre un nouveau cliché sur la croyance transmise par ma mère qu'après la mort d'êtres qu'on a follement aimés pendant très longtemps, il était possible d'aimer à nouveau ! Après plus de trente ans de mariage pour Marie-José Nat et cinquante pour Serge Rezvani, à leur grand étonnement, ils étaient tombés amoureux… c'était donc possible.

26

Le tournant

Il faut du courage pour être libre, mais nul doute que, dans la plupart des cas, les femmes n'en manquent pas ! Le courage d'être soi, de ne pas se couler dans le moule, d'assumer sa différence, d'oser avancer sur un chemin si peu fréquenté soit-il, le sien. La liberté est un apprentissage.

Odile Chabrillac,
Âme de sorcière, Solar, 2017.

Terminer ma série avec un témoignage sur la naissance d'un authentique amour après un deuil, réussir à entremêler l'amour et la mort pour le meilleur comme je l'ai tant désiré, espéré, me rend vraiment joyeuse. Je montrerai ainsi à l'invisible que mon désir est de changer de ligne quantique pour une autre où retomber amoureux après avoir perdu l'être aimé est possible.

Ce 3 septembre 2006, pour ma dernière émission, je décide de sauter dans un taxi pour rejoindre la Maison de la Radio où je dois lancer en direct les génériques de début et de fin, je suis bien trop en retard ! J'attends à la borne devant le site de Météo France – aujourd'hui remplacé par la cathédrale de la Sainte-Trinité – quand un corbeau commence un numéro de coassements en tournicotant au-dessus de moi. Il insiste tellement que je commence à me demander pourquoi. Ce n'est pas normal… Cet oiseau est un animal totem alerteur, un genre de sonnette d'alarme : je dois faire attention, mais à quoi ? Que veut-il me dire ? Je n'aime pas du tout cela, et je sens l'anxiété monter. Au bout de dix longues minutes, je finis par demander à haute voix au corbeau ce qu'il veut me dire, quand un taxi arrive enfin. Mais à peine suis-je installée dans la voiture que mon téléphone sonne : c'est Séto, l'amoureux de Monique. En voyant son numéro s'afficher, j'ai un si fort pressentiment que je ne peux pas décrocher.

Écrire ces lignes m'oppresse, alors je décide d'écouter mon corps, de respecter mon émotion et mon besoin de souffler, de respirer l'air du grand large et de me jeter à l'eau pour un bain de purification à la veille de la nouvelle lune en Scorpion alignée sur la Toussaint, symbole de mort et de renaissance. Plonger dans la Manche à quatorze degrés et laisser ainsi mes mémoires encombrantes se détacher et ne pas entraver ma nouvelle vie.

Je passe deux heures en pleine nature dans une ambiance magique, avec une luminosité bleutée, dorée, de fin d'après-midi d'automne et sans perdre de vue la fête de Samhain et Diwali. Quel cadeau ! Je commence par m'adresser aux ondines, les esprits élémentaux de l'eau, les remerciant de m'accueillir dans leur monde et de permettre de me baigner dans une eau encore douce pour la saison, puis j'invoque les anges et mes guides en leur exprimant tout haut mon désir de me libérer de deux de mes mémoires d'âme. Ce long bain de libération karmique et mon rituel me délestent en conscience de la mémoire traumatique de sorcière, mais aussi de son pendant, c'est-à-dire la mémoire de l'inquisiteur. S'il y a eu bûcher, il y a eu inquisiteur... Je sens qu'il manque encore un éclaircissement sur le sujet, mais je me dis qu'on verra plus tard, pour l'heure, je veux trouver la joie.

Soyons clairs : dans cette ambiance de mort et de renaissance, je me libère pour honorer la vie sans craindre la mort. Je souhaite vibrer la joie de vivre, consciente que cette étape de la fin de vie du corps n'est qu'une transformation, une transmutation d'un état à un autre et que deux personnes étant sur ces deux plans différents, terrestres et célestes, restent connectées. Honnêtement, c'est bien joli, cette théorie, mais quel blabla... C'est ce que je pressens intellectuellement, mais mon corps, lui, qu'éprouve-t-il ? Cette oppression au moment de mettre mes émotions noir sur blanc, elle vient bien de quelque part, non ? Alors, un peu allégée par mon bain, je me remets à l'écriture. Une fois encore, je me fraye un passage vers la détente et la confiance.

Et ça fonctionne ! Je me réveille le lendemain avec le mot « luminescence » qui revient en boucle dans mon esprit. Tiens, mes anges ont quelque chose à me dire – je repère maintenant leur façon de procéder. « Vous avez un nouveau message ! » Avant même de prendre mon petit déjeuner, j'attrape mon cahier à messages, un stylo, et je réceptionne. Ceux sont de nouveau les énergies d'Halleluiah qui sont aux commandes.

Luminescence, luminosité, des mots qui se relient, s'épousent et donnent une énergie, des reflets d'or et d'argent dans l'immensité. Reflets d'amour et de lumière éternelle, non pas pour vous éblouir, mais pour vous construire vers une densité lumineuse. Oui, tu nous as bien entendus et réceptionnés au réveil. Nous t'en remercions. C'est très important de nous laisser cet espace-temps pour t'apporter des nouvelles galactiques. Il est l'heure. Le temps est venu de transmettre ces informations au plus grand nombre et tu as accepté ce rôle de transmetteur, transmetteuse, plus juste, d'amour et de lumière pour tes chers frères et sœurs de la Terre et pas que. Mais ce sujet n'est pas l'objet de notre visite aujourd'hui. Il est urgent de communiquer sur la force de la lumière et de l'amour, des sujets, des énergies oubliées voire enterrées en ce jour tristounet pour votre humanité. Préparez-vous, nous sommes là. Pour votre immunité galactique, il est précieux, à partir de maintenant, de rester, comme vous dites, les doigts dans la prise et de prendre le plus de hauteur possible en ayant et surtout, en gardant votre prise de terre. Sans cela, vous êtes ou vous ressemblerez à ces feuilles mortes, virevoltantes, sous le vent. Seulement un très beau style artistique, certes, mais sans effet volontaire et tenable sur la matière qui se laisse contaminer par un négatif de plus en plus désobligeant, coriace, déstabilisant et qui détériore petit à petit comme une gangrène.

Il est temps de retrousser vos manches de guerriers de lumière et d'amour. Pas d'esbroufe, une tranquillité sereine d'âme et d'esprit au firmament. Le jour est venu de vous dévoiler, c'est exact, pour faire face à cet état du monde de désolation et de déconstruction qui peut vous paraître parfois insurmontable. Mais vous avez la force, le courage et l'envie de parvenir par votre énergie et votre rayonnement à contrebalancer ces énergies destructrices, qui ne vont pas tarder à s'épuiser. Tenez bon dans vos retranchements, effectivement, parfois nécessaires, mais quand l'heure a sonné, il est urgent de se montrer tel que l'on est, et d'agir avec toute sa puissance lumineuse d'or et d'argent en rayonnant qui vous êtes vraiment. C'est, si on peut parler ainsi, votre arme absolue, sans peur et sans reproche. Vous tenez bon, ancrés dans votre terre natale. Être vivant, ayant droit au respect absolu et à un amour inconditionnel. Voilà pourquoi il était urgent que nous vous transmettions ce message pour éviter vos découragements et vos baisses d'intensité vibratoires et lumineuses. La hauteur de votre lumière est indispensable à votre rayonnement luminescent. L'un ne va pas sans l'autre, alors soyez rassurés de notre soutien et de notre amour envers nos soldats lumineux de la Terre tels que vous êtes, une famille extraterrestre d'amour et de lumière absolument géniale et dépourvue de fourberie et de détournement. Nous vous aimons infiniment et nous vous prions de rester tels que vous êtes vraiment, c'est-à-dire authentiques pour l'humanité avec amour et lumière. Nous renouvelons notre amour et nous vous laissons à votre tâche terrestre immense.

Nous vous aimons, Halleluiah, votre équipe céleste d'amour et de lumière.

Au revoir.

Je suis abasourdie. Il me faut un certain temps pour reprendre mes esprits. Comme si j'avais besoin que quelqu'un me confirme ce qui vient de se passer, je décide de m'adresser à moi-même dans le miroir de la salle de bains. « Tu as vu ce merveilleux message que tu as reçu ? Est-ce bien vrai ? Tu vas le relire pour être sûre qu'il existe, hein ? Est-ce que tu as remarqué que les énergies en présence ne s'adressent plus à toi en disant "tu" mais "vous", pourquoi donc ? » Et sur un ton déterminé qui ne me ressemble pas, je m'entends répondre : « Arrête d'être étonnée, de douter de toi. Tu ne vois pas l'invisible, certes, mais tu l'entends. C'est ton don, accueille-le ! »

C'était si clair, si limpide, que c'est à ce moment que j'ai pris la décision d'entrecouper mon récit de ces messages canalisés. Comme un acte fondateur pour m'encourager, après cette nouvelle lune, à prouver à l'Univers que je n'avais plus peur d'oser être qui je suis.

Alors que je peine à évoquer le départ de mon amie Monique et que je viens de me résoudre à oser m'affirmer, comme s'il s'agissait d'un test, je vais me retrouver confrontée à ma propre mort tandis que rien ne m'y préparait.

Dans l'après-midi m'attendait un soin énergétique avec Christelle, qui m'avait déjà permis de débloquer mon travail d'écriture cet été-là en me poussant à raconter la mort de mon chéri et la violence du moment que j'avais vécu. Encore une mort… Je me doutais que cette séance programmée en ce jour de Toussaint n'avait rien d'un hasard de calendrier.

Effectivement, cette séance a été salutaire. Immédiatement, sans rien savoir, elle a senti que j'avais un problème dans les jambes et surtout au pied droit. Un vrai laser, cette femme. Elle fait partie de ces nouveaux guérisseurs qui soignent grâce à la médecine vibratoire, enseignée par Patrick Drouot, ancien physicien spécialiste d'hypnose régressive et pionnier de la cohérence cardiaque – dont j'avais lu l'ouvrage sur les vies antérieures vingt-cinq ans plus tôt. Avec elle, j'étais entre de bonnes mains. En poursuivant le soin, Christelle m'a demandé ce qui s'était passé à mes quatre ans. J'ai cherché. Était-ce le retour de ma petite sœur ? Non. Mon opération des amygdales ? Toujours pas. Alors que je continuais ma recherche, une sensation de libération au niveau de la gorge m'a ramenée au moment où mon père m'avait secouée, tête en bas, pour dégager un noyau de cerise coincé dans ma gorge. J'étais devenue bleue, paraît-il, et mon père, dont le premier métier avait été charcutier, était prêt à prendre un couteau pour m'ouvrir le larynx… À l'instant où j'ai senti le noyau se dégager, nous avons toutes les deux conclu à une expérience de mort imminente. Waouh ! Comment la mémoire reviendrait-elle ?

Et puis Christelle s'est emballée, m'a dit qu'il se passait un truc incroyable, qu'elle distinguait une lumière au niveau de ma gorge et de ma poitrine. Elle m'a expliqué : « C'est cette Séphirah de l'Arbre de Vie de la Kabbale qui est parfois cachée dans certaines représentations. Oh là là ! C'est fou ce truc. C'est l'ouverture de l'énergie de Daath, porte de la connaissance, la Séphirah invisible reliée aux vies antérieures. »

Je n'en revenais pas. Je sentais bien quelque chose, mais je ne voyais rien ; elle, elle voyait la sphère s'allumer. J'avais mobilisé tellement d'énergie pour cette libération que je trouvais cette mise en lumière incroyable : quelle synchronicité ! La vie était simplement en train de valider ma libération. Et comme pour m'en conforter, le soir même, je recevais un mail intitulé « Explorer Daath : la clé pour accéder à une conscience supérieure, à la fois pont et portail entre le divin et l'humain et un accès à nos vies antérieures. »

C'est au cours d'un dîner chez notre amie Isabelle que j'ai compris le lien entre ce noyau et ma difficulté à écrire sur la mort de mes êtres chers. J'étais en train de dire que je n'avais pas prévu d'écrire sur ce sujet – l'inspiration ne se maîtrise pas, elle fait ce qu'elle veut – quand j'ai prononcé exactement ces mots : « Je suis dans le noyau dur de mon livre.

— Mais c'est l'histoire du noyau de cerise qui est parti. C'est lui, le noyau dur. Te voilà libérée, Marie-Pierre, ce qui obstruait a sauté ! » s'est exclamée Christelle.

Quelques jours plus tard, mon analyste a mis un point final à cette prise de conscience quand je lui ai dit combien j'avais été surprise par cette sensation physique si puissante. Je n'ai pas beaucoup de souvenirs de mon enfance, mais celui-là m'avait percutée : j'avais failli mourir – comme une année plus tôt en Corse, ainsi que me l'avait fait remarquer le docteur Élisabeth Prévot à l'Hôtel-Dieu. Et ma psy de conclure : « Votre père vous a sauvé la vie. » C'est vrai, je ne l'avais jamais conscientisé ainsi. Effectivement, mon père m'avait sauvé la vie et ce qui obstruait ma parole avait sauté !

Le lendemain, 2 novembre, jour des morts, je me sentais enfin prête à retrouver le sentier du passé, comme dans l'Arbre de Vie. Les deux pieds ancrés dans la terre et une joie renouvelée dans le cœur, j'allais reprendre le cours de mon récit en abordant l'un des épisodes les plus douloureux de ma vie.

Retour au 3 septembre 2006. J'étais dans le taxi, mon pouls a accéléré. J'avais un mauvais pressentiment et j'ai hésité à écouter le message laissé par Séto, qui m'avait appelée au moment de monter dans la voiture. J'ai préféré attendre d'être arrivée. Juste avant d'entrer à la Maison de la Radio, je me suis enfin décidée à écouter mon répondeur. Et j'ai entendu l'horrible nouvelle. Monique était décédée entre 6 et 7 heures du matin, emportée par une embolie pulmonaire. Je tremblais de tout mon être.

Comment était-ce possible ? Je la savais très fatiguée, d'ailleurs la veille, j'avais hésité à l'appeler, préférant attendre le lendemain, dimanche. Depuis, je ne fais plus jamais ça : dès que j'en ressens le besoin, j'appelle, je n'attends plus. De nouveau confrontée à la mort d'un être cher, je m'en suis voulu de ne pas m'être écoutée.

Alors qu'il ne me restait qu'une vingtaine de minutes avant l'antenne pour lancer l'émission, j'étais effondrée. Comment allais-je faire ? Comment tenir ? Je n'ai rien dit à personne et j'ai réussi à lancer l'émission, dans un état second, entre rage et désespoir : une émission entière consacrée à l'amour et à la mort, ce n'était pas possible, j'étais dans un cauchemar et j'allais me réveiller. Qu'est-ce que tout cela voulait dire ? Je savais que ce n'était pas un hasard. Et alors que je lui disais en mon for intérieur : « Tu aurais pu partir hier ou un peu plus tard dans la journée, pourquoi juste avant cette émission ? », j'ai senti sa présence et prononcé quelques mots à haute voix, sans doute soufflés par mon amie : « Je sais que tout cela a un sens, j'en suis certaine, je comprendrai l'enjeu plus tard », et mes larmes ont cessé de couler à cet instant précis, le temps de dire le générique de cette dernière émission et d'annoncer en direct la mort de cette médium si chère à mon cœur[1].

Quand je suis sortie de la radio, une Audi noire était garée juste devant l'immeuble. Sa voiture… Je ne pouvais pas la louper. J'y ai vu un clin d'œil. Le lendemain étaient lancées la grille de rentrée et ma nouvelle chronique, *Les Yeux au ciel*, qui clôturait l'émission quotidienne de Jean-Marc Four, *Et pourtant telle tourne*, à 19 heures. Il m'a autorisée à quitter Paris deux jours pour préparer les obsèques de Monique à Lyon. Je ne pouvais pas rater ce moment sacré.

Je ne voulais pas aller lui dire au revoir au funérarium, terrorisée à l'idée que cette image de mon amie demeure dans ma tête. Mais au dernier moment, pleine de remords, j'ai demandé à Blima de m'y emmener.

1. Le podcast « Le mystère de l'amour » du 3 septembre 2006 est disponible sur www.radiofrance.fr.

Heureusement, car je m'en serais voulu toute ma vie. Je ne pouvais pas éviter un tel moment ; cette étape, je le savais, était nécessaire. Je ne devais pas reculer. Préparée grâce à ma marraine et épaulée par Blima, j'ai pris mon courage à quatre mains. Voir Monique dans son cercueil était inconcevable mais bien réel. En même temps, ce n'était plus elle, et ainsi j'ai pu « mieux » accepter la crémation, même si, je crois, je ne comprenais pas vraiment ce qui se passait. Je venais de perdre mon repère, mon étoile…

Lorsque notre petit groupe a repris ses soirées parisiennes chez Danièle, j'ai compris que Blima partageait le don de notre amie, même si elle ne l'avait jamais dévoilé en présence de Monique. J'ai tout de suite pensé qu'elle prendrait sa suite ; nous ne pouvions pas en rester là. Il était essentiel qu'elle accepte cette mission – aussi compliquée soit-elle car l'enjeu était colossal et la pression, énorme. Mais encouragée par les membres du groupe, en confiance, elle a accepté la mission et Monique est venue nous parler. Ainsi, elle était quand même au rendez-vous et le dialogue a continué, comme les enseignements, et elle nous soufflait de vivre notre existence comme une aventure… C'est une histoire de fou, je vous l'accorde, mais c'était magnifique et notre deuil s'en est trouvé différent.

En ce qui me concerne, même si le dialogue se poursuit autrement, nos échanges réguliers au téléphone me manquent, et l'amie terrestre me manque toujours, je l'avoue, dix-huit ans plus tard. Monique est irremplaçable.

27

T'étais où ? Pas là… pas loin

Si tout le monde n'est pas candidat à la fonction de psychopompe, c'est pour une raison simple : la plupart des gens refusent.

Amélie Nothomb,
Psychopompe, Albin Michel, 2023.

Monique a continué à évoluer ainsi de l'autre côté du voile et à enrichir d'enseignements nos réunions Wi-Fi cosmiques orchestrées par Blima. Elle m'a aidée notamment à gagner en autonomie et à développer ma relation à l'invisible. À tel point qu'il m'est arrivé de la rencontrer en rêve mais aussi, plus surprenant, de la croiser à plusieurs reprises avec Sahbi… Un phénomène hallucinant – c'est le cas de le dire – que j'ai eu la chance de connaître depuis, avec quelques-uns de mes chers disparus.

La première fois que Monique s'est ainsi manifestée, nous étions en balade au Mont-Saint-Michel – l'une des premières escapades que nous nous accordions depuis très longtemps tous les deux –, et nous venions d'entrer dans une petite église. J'ai allumé un cierge et, en me retournant, j'ai aperçu son sosie. Une femme imposante se tenait là, avec une petite queue-de-cheval. Ça fait bizarre, je vous le promets. Je n'en croyais pas mes yeux… Alors que je retrouvais mon chéri, il m'a dit immédiatement, interloqué : « Tu as vu cette dame ? Ça m'a fait tout drôle, on aurait dit Monique ! » Je n'avais pas rêvé, elle était bien venue nous faire coucou, comme pour nous dire : « Soyez heureux, je vous accompagne. »

La deuxième fois, nous nous étions arrêtés pour prendre un café sur une aire d'autoroute en chemin pour Cabourg. Aux toilettes, j'ai entendu la voix d'Anne-Marie (elle aussi avait rejoint l'autre côté du voile) qui s'adressait à une amie… C'était le jour de mon anniversaire, alors j'ai pris ça pour un signe. J'ai couru retrouver Sahbi pour le lui raconter. Lorsque je suis arrivée à la table où il s'était installé, j'ai aperçu, assise un tout petit peu plus loin, une dame semblable en tout point à Monique. Quand Sahbi s'est retourné, lui non plus n'en revenait pas. Il a pris ma main, l'a serrée très fort, et a dit dans un murmure : « Comment a-t-elle fait ? »

La dernière fois que nous l'avons vue ensemble, c'était sur notre plage en Corse. J'aurais dû me demander pourquoi : Monique ne supportait pas la chaleur et ne se mettait jamais en maillot de bain ! Nous l'avons aperçue à deux reprises sur le sable. Nous étions très surpris. À l'annonce de la mort de mon chéri, cette image m'est revenue.

Nous avons eu la chance de vivre une autre de ces manifestations exceptionnelles à Cabourg. Avant de reprendre la route vers Paris, j'étais comme à l'accoutumée assise avec Sahbi, sur « notre » banc face à la mer. Nous méditions quand j'ai vu arriver un homme accompagné d'un petit bout de femme d'un mètre cinquante. Le portrait craché d'Anne-Marie, même dans la tenue et jusqu'aux chaussures à talons épais, claudiquant un peu comme elle et avec ses yeux bleus perçants uniques ! Seule la couleur des cheveux différait. Je n'ai rien dit. Quand elle est arrivée à notre hauteur, Sahbi m'a regardée, aussi troublé que moi. Il a seulement demandé : « Tu as vu cette dame ? C'est ta copine… »

Sans un mot, nous avons quitté la plage et sommes montés dans la voiture. Quelques kilomètres plus loin, Sahbi m'a proposé de faire un détour par la Picardie pour rendre visite à ma mère qui avait passé une mauvaise semaine à l'Ehpad. Je l'ai remercié pour son attention mais ai décliné sa proposition : je ne voulais pas lui imposer cette visite et ces kilomètres supplémentaires, et puis j'avais prévu d'aller la voir le week-end suivant.

Je m'en suis longtemps voulu de ne pas avoir accepté, car c'est cette semaine-là que ma maman a rejoint les étoiles. Je ne l'ai pas revue vivante. Anne-Marie s'était manifestée pour m'avertir, comme Monique était venue dans mon rêve chercher Anne-Marie en voiture noire quelques jours avant que j'apprenne son décès. Je sais désormais que ces manifestations ont toujours lieu pour une raison précise, et j'ai compris depuis, grâce à Sahbi, que ces rapprochements coûtent à nos chers disparus énormément d'énergie.

Il y a quelques mois, alors que ce livre avait trouvé son éditrice et que je m'apprêtais à signer mon contrat chez Robert Laffont, j'étais en train de rêvasser devant la radio après la matinale quand j'ai vu arriver une dame habillée comme ma mère : chemise en jean, casquette en jean, chaussures à brides en cuir rouge et lunettes dorées... J'ai failli lui parler, mais je l'ai laissée passer en la suivant du regard, en pensant à ma mère. J'ai quand même sorti mon téléphone pour immortaliser ce moment et envoyé une photo à ma sœur – qui avait déjà « croisé » notre mère. Elle m'a répondu *illico* : « Y a du Jojo dans l'air ! », le surnom de notre mère.

Deux ans après le *bye-bye* de Monique, mon initiation s'est poursuivie avec Kriss, qui animait alors le *Kriss Crumble* le dimanche midi sur France Inter. Nous nous croisions de temps à autre et parlions surtout de la Tunisie, où elle avait passé une partie de son enfance, et de ses voyages. Nous avions pas mal de points communs et j'étais, je dois le dire, très admirative de son talent. Elle était pour moi l'incarnation de la liberté. Sa parole libre m'enchantait et j'adorais sa « poésie-folie ».

Ce jour de décembre 2008, j'ai été étonnée de recevoir un coup de fil de sa part : c'était la première fois qu'elle m'appelait. Après m'avoir expliqué qu'elle était très malade, que le cancer qui la touchait nécessitait des soins lourds qui lui imposaient de nombreuses absences, elle a évoqué son souhait de me voir la remplacer en ajoutant, compréhensive : « Je sais ce que je te demande et ce que ça implique, je ne t'en voudrai pas si tu refuses. » Je n'ai pas réfléchi et comme une évidence j'ai répondu : « Je te remercie pour ta confiance et je n'hésite pas une seconde ; tu peux compter sur moi ! Tu as été la première recrue de Garretto, j'ai été la dernière, alors nous sommes liées. Même si je sais que ce ne sera pas facile, je tiendrai "ta boutique" le temps qu'il faudra. » Nous avons raccroché en souriant.

En janvier 2009, je l'ai remplacée une semaine sur deux, puis tous les dimanches dès le printemps. Ensuite Kriss a accepté d'être mon invitée pour la dernière de la saison. C'était très émouvant. À la rentrée suivante, son état ne s'était guère amélioré et j'ai continué à la remplacer. Je travaillais donc tous les jours mais mon chéri m'aidait à tenir le rythme et me soutenait. Il essayait de me rendre visite le plus souvent possible, même s'il n'avait qu'un jour de repos dans la semaine. Ces moments-là renforcent l'amour, je l'ai bien vu. Mais entre ma chronique quotidienne *Les Yeux au ciel* chez Jean-Marc Four à 18 h 55, mes interviews et les montages de ma chronique dominicale *Et si on parlait d'amour*, diffusée à 6 h 05, et les séances d'enregistrement des voix pour l'habillage... je n'arrêtais pas une seconde. La seule chose que j'ai arrêtée en cette rentrée, c'est de donner mes cours à l'école de journalisme dans laquelle je partageais aux élèves ma passion pour la radio. Ce n'était plus possible. Je me rappelle avoir mangé beaucoup de sushis pendant cette période !

Kriss et moi, nous échangions régulièrement par SMS sur mes invités et elle me félicitait pour mes « super sondages » en ajoutant souvent : « Et là, je n'y suis pour rien ! » C'était adorable de sa part. Puis ses messages se sont espacés… Simone Depoux, sa réalisatrice qui l'adorait, et moi, nous étions bien impuissantes face à la maladie. Elle-même avait perdu des êtres chers et nous nous soutenions dans cette « épreuve ». De nouveau, j'étais confrontée à la mort qui rôdait. Je priais de toute mon âme pour un miracle.

Alors que j'avais réussi à prendre quelques jours et que nous étions descendus en Camargue, mon chéri et moi, je me souviens qu'elle avait conclu l'un de nos échanges de SMS par : « Tu es une sœur. » Nous étions à la veille de la Toussaint. Kriss s'est encore battue quelques semaines avant de rejoindre à son tour les étoiles le 19 novembre 2009.

Le jour de l'émission, alors que nous allions lui rendre hommage et que se trouvaient autour de la table tous ses proches et les anciens de *L'Oreille en coin*, j'étais dans un état second. Heureusement, mes amies de Lyon étaient à Paris ce week-end-là – il n'y a pas de hasard –, mais ce moment était surréaliste… Me retrouver ainsi en studio, entourée de ces animateurs que j'écoutais à l'époque et que j'admirais tant ; qu'est-ce que je faisais là ? J'avais beau me dire que si j'étais là, c'est que j'étais bel et bien à ma place, une nouvelle fois, mon illégitimité s'invitait.

Nous étions à trois minutes de l'antenne – je vois encore l'horloge du studio –, quand au milieu de ma panique et de mon insécurité, j'ai vu entrer Katia David, la présentatrice de *L'Oreille en coin*... que j'avais oublié d'inviter. Mon Dieu... Quand elle s'est dirigée vers moi, je me suis confondue en excuses, ne sachant plus où me mettre, et elle m'a dit avec un grand sourire : « Je suis venue de la part de Jean Garretto qui m'a demandé de te dire : "Tiens, c'est à toi maintenant !" » En prononçant ces mots, elle m'a tendu le « témoin », comme dans une course de relais... Puis elle a répété : « C'est à toi maintenant » et j'ai ressenti une énergie folle au niveau du cœur. Je me suis redressée, j'ai repris mes esprits et le trac est tombé : je venais d'avoir la bénédiction du patron ! OK, j'étais prête à prendre le relais et à rendre à la reine Kriss Graffiti l'hommage qu'elle méritait, en direct et sans filet.

Je ne me rappelle rien mais je sais que c'est toi, Kriss, qui m'as initiée en direct et m'as fait ce beau cadeau. Il y a vraiment eu un avant et un après. Où que tu sois maintenant, « pas là, pas loin », pour reprendre ton expression, j'en suis certaine, de tout mon cœur, je te remercie, ma belle.

28

Au-delà des apparences

La vie, ce n'est pas d'attendre que les orages passent, c'est d'apprendre à danser sous la pluie.

Sénèque

Après cette épreuve initiatique, j'ai poursuivi l'émission de Kriss pendant une saison, et malgré les sondages au top du top, dès le changement de grille suivant, je me suis vu confier le créneau du mardi soir puis du dimanche soir avec l'émission *Partir avec* qui me laissait finalement une plus grande liberté de choix d'invités. La vie sait toujours mieux que nous. Je poursuivais également mes chroniques quotidiennes *Les Yeux au ciel*... C'est fou combien la météo m'aime ! C'est mon destin et j'en suis fière.

J'aime rappeler que je n'ai jamais choisi la météo, c'est la météo qui m'a choisie. J'ai mis du temps à accepter de lâcher la météo marine, et c'est avec un gros pincement au cœur que je me suis résolue à le faire. Elle m'a apporté tellement de joie, de belles rencontres. Le jour où j'ai enfin décidé de prendre le large, au cours de l'été 2006, j'étais en vacances en Crète quand j'ai reçu un coup de fil de Jean-Marc Four me proposant une chronique qui clôturerait sa nouvelle émission, *Et pourtant elle tourne*, dans laquelle je relaterais « un événement météorologique avec une incidence sociétale ». J'ai accepté sur-le-champ en me disant que la météo ne voulait décidément pas me lâcher.

Les Yeux au ciel était un exercice quotidien qui m'allait comme un gant et m'a permis de me rendre compte de l'accélération du dérèglement climatique et de la multiplication des phénomènes catastrophiques. Je parcourais chaque jour le monde, virtuellement, en quête de sujets à proposer à Jean-Marc. Le premier d'entre eux, qui m'a frappée et qui reste pour moi un marqueur, est le cyclone Sidr qui s'est formé dans le golfe du Bengale le 9 novembre 2007 pour souffler sur le Bangladesh, le 15 novembre, avec des vents à 260 kilomètres-heure. Comme son nom, j'étais « sid-érée » : depuis mon expérience avec la kabbaliste Dominique Aubier, je suis attentive aux messages qui se cachent derrière les noms. Celui-là était inouï.

Je dois avouer qu'à partir de là, je n'ai pu que constater l'accélération de ces phénomènes extrêmes. À tel point que le réalisateur de l'émission me surnommait parfois Miss Catastrophe ! Face à cette réalité quasi quotidienne qui était devenue la mienne avec ma chronique, je ne comprenais pas pourquoi les politiques de l'époque étaient si timides à prendre en compte la violence de ces événements météorologiques. À force de les observer et de les transmettre aux auditeurs, j'en étais arrivée à me demander si notre intériorité, nos émotions, ne raisonnait pas avec Dame Nature : un lien de cause à effet pouvait-il exister ? J'avais même observé que des épisodes météorologiques se déclenchaient à la suite de certaines déclarations de chefs d'État...

La première fois que je me suis interrogée sur cette étrange synchronicité, c'était en décembre 2009. Barack Obama était rentré de la conférence des Nations unies de Copenhague sur les changements climatiques sous la tempête de neige du siècle. Cette COP 15 avait échoué car les États-Unis, l'Inde et la Chine avaient décidé de ne pas renégocier le protocole de Kyoto visant à réduire les gaz à effet de serre. Le blizzard exceptionnel avait carrément failli empêcher le président des États-Unis d'atterrir... Je me souviens des images d'Obama peinant à descendre de l'avion sous un vent furieux doublé d'une lourde neige qui s'abattait sur un tarmac déjà bien blanc. Et l'histoire ne s'arrête pas là car les États-Unis ont ensuite été paralysés par une deuxième tempête de neige, des inondations puis des tornades à répétition...

Dès lors, je suis restée curieuse et donc plus attentive à ces phénomènes concordants. Très vite, je me suis demandé si la nature pouvait nous envoyer des messages. Pouvait-il y avoir un lien de causalité entre des décisions mondialement importantes et des faits climatiques ? Un peu comme le message que nous ont envoyé les deux tempêtes de fin décembre 1999 qui ont dévasté la France et qui nous est largement passé au-dessus de la tête, comme l'explique Dominique Aubier dans le film portrait que lui a consacré la cinéaste Joëlle van Effenterre, *Après la tempête. Portrait d'une femme extraordinaire* – j'y reviendrai.

La plus marquante de ces coïncidences que j'ai relevées au fil des années a eu lieu dans l'après-midi du 15 juin 2010, pendant le flash de 15 heures sur France Inter. Alors que je croyais n'écouter la radio que d'une oreille, une information a attiré mon attention : le présentateur venait d'annoncer que le président Nicolas Sarkozy avait déclaré au salon des PME que la zone euro traversait depuis six mois la pire crise de son histoire avant d'enchaîner – sans transition – sur les inondations de l'Argens dans le Var. Vous voulez savoir ce que j'ai entendu ? D'un côté « il n'y a plus d'argent », et de l'autre « l'Argens déborde » …

Cet événement s'est d'ailleurs reproduit très peu de temps après, puisque lorsque le G20 s'est réuni à Cannes en novembre 2011 pour un sommet essentiellement consacré à la crise de la dette grecque, l'Argens était de nouveau en crue à cause d'un épisode méditerranéen. Quelle ironie.

Quelques années plus tard, début janvier 2016, j'ai fait ce qu'on appelle « un rêve éveillé » qui n'a fait que confirmer ce lien que je pressentais. Je venais de voir l'affiche du film de Jacques Perrin *Les Saisons*. Au beau milieu de la COP 21 de Paris, ce titre m'avait interpellée car j'étais triste de voir combien les citadins étaient déconnectés de leur environnement naturel – certains disent « hors-sol », c'est plutôt bien trouvé, comme expression – et pour tenter d'y remédier un peu, je me suis appliquée, depuis que j'avais commencé en septembre les bulletins météo des matinales de France Inter, à raconter aux auditeurs ce qui se passait exactement sous le beau ciel de France, parlant régulièrement des saisons et des systèmes météorologiques afin qu'ils se sentent concernés et qu'ils participent concrètement aux situations journalières.

Je m'étais mise à rêver, à espérer un autre monde, un monde « vivant » au rythme des saisons. Et s'il existait, comme « l'esprit d'Inter », un « esprit des saisons » ? selon l'expression de la philosophe Arouna Lipschitz[1] pour qui chaque saison a ses enjeux d'évolution propres et invite chacun d'entre nous à des initiations naturelles intérieures. Se relier à la nature a toujours été vital pour moi, et ses enseignements m'ont ouvert de nouveaux horizons d'évolution intérieure.

Mon rêve éveillé commençait donc en septembre, le temps des récoltes et de l'observation, avec une question après chaque cueillette : qu'avions-nous récolté ? Comment séparer le bon grain de l'ivraie ? Puis venait décembre, le temps de la réflexion. Chacun rentrait dans sa propre COP 21 pour une hibernation, une introspection qui lui permettait de comprendre l'origine des situations dans lesquelles il se trouvait pour y puiser des solutions. Barack Obama était même convaincu d'adopter un plan national de réduction de CO_2 de 30 % – dans mon rêve, bien sûr ! Ainsi, pendant l'hiver se formaient des solutions à mettre en œuvre une fois le

1. Sur www.lavoiedelamoureux.com.

printemps venu, le temps de la floraison : floraison d'initiatives, de nouvelles attitudes, de nouveaux choix, de nouveaux comportements. Pour un été de renouvellement et d'action pour la rentrée d'automne. Voilà mes saisons, celles de mon rêve.

Et cerise sur le gâteau, à la fin du rêve, les éléments promettaient de ne plus se rebeller. L'océan, de ne plus toucher La Faute-sur-Mer, le fleuve Argens, de ne plus déborder après les déclarations restrictives de nos élus, la pluie et la foudre, de ne plus se manifester après chaque passage de François Hollande… La Terre et les humains pouvaient alors incarner un beau « vivre ensemble » en écoutant le frémissement du vent et en regardant le mouvement des étoiles.

À cet instant précis, un bruit strident m'a brutalement sortie de ma rêverie : je venais de recevoir un SMS me signalant une vigilance orange à cause du changement de direction de l'ancienne tempête tropicale. La tempête Gerd se dirigeait vers nos côtes et arrivait sur la Bretagne. Ce n'était pas un rêve mais la réalité.

Près de dix années se sont écoulées depuis ce songe et je relève régulièrement des hasards signifiants et synchrones. L'humoriste Nicole Ferroni a d'ailleurs repris dans sa chronique du 28 novembre 2018, à la veille de la COP 24, certaines de ces histoires curieuses que je lui avais racontées. J'aurais pu ajouter à cette liste bon nombre de faits marquants, comme ce jour où j'ai découvert Los Angeles en proie aux flammes : oh là là, la ville des anges qui brûle ! Ou encore comme le 18 février 2025, jour où le cyclone Garance a frappé l'île de La Réunion, avec des rafales dépassant les 200 kilomètres-heure alors qu'au même moment avait lieu « la réunion » entre Donald Trump et Volodymyr Zelensky. Sans commentaire.

La nature nous parlerait-elle de plus en plus distinctement ? En tout cas, j'aime croire que les éléments peuvent nous accompagner dans nos peines. Je pense notamment à la journée des obsèques de Johnny Hallyday. Ce matin-là, le 9 décembre 2017, Paris s'est réveillé sous un ciel bleu azur rarement observé alors que la veille, une pluie battante était tombée sur la capitale. J'ai d'ailleurs entendu Matthieu Chedid déclarer y avoir vu « un signe » !

Et que dire du déluge tombé sur Paris le soir de l'ouverture des Jeux olympiques et paralympiques, qui a d'abord consterné le chef d'orchestre de cette soirée, Thomas Jolly, en état de choc, qui pleurait toutes les larmes de son corps face au déluge, avant qu'il ne déclare, un mois plus tard, à Fabienne Pascaud de *Télérama* : « Rétrospectivement, je remercie la pluie. Non seulement elle nous a reliés dans la difficulté, mais à moi qui veux toujours tout maîtriser, l'existence a rappelé que c'était elle qui décidait. Tant mieux. J'adore être un funambule entre les risques, les aléas. Je fais du théâtre pour travailler le présent, avec le vivant. »

I

29

Un stop initiatique

Nous avons besoin de quelque chose qui s'oppose à notre volonté, qui ne se plie pas à nos désirs, sinon nous deviendrons fous.

Hubert Reeves

Je ne peux me résoudre à tourner cette « page météo » sans revenir sur les deux tempêtes successives qui ont balayé la France en décembre 1999. Ces phénomènes dévastateurs qui nous ont secoués, ébranlés ont permis à Météo France d'instaurer un système de vigilance en réponse aux événements météorologiques extrêmes.

À cette époque, la météo marine, d'une précision inégalable et l'un des systèmes les plus fiables, n'avait pas prévu que cette dépression arrivant sur le continent allait prendre une telle ampleur sur les terres et devenir une tempête furieuse. Personne ne pouvait imaginer un tel scénario.

Ce matin du 26 décembre, je devais retrouver mon amie Arouna à la gare pour rendre visite à Dominique Aubier, en Normandie. C'est la sonnerie du téléphone qui m'a réveillée.

« On est obligés d'annuler ! m'a lancé mon amie.

— Pourquoi ?

— Tu n'es pas au courant ? Tu n'as pas entendu la tempête ?

— De quelle tempête tu me parles ? »

Alors que j'écoutais Arouna me faire un point météo, j'ai appris, hébétée, que des arbres avaient été déracinés sur le Champ-de-Mars par la tempête Lothar, à quelques rues de chez moi, et que partout dans la capitale le vent avait fait des ravages. Je me suis levée, catastrophée, pour voir ce qui restait sur mon petit balcon. Protégée par l'orientation de l'immeuble, seuls deux petits pots de fleurs étaient renversés. Mais dans les heures qui ont suivi, j'ai été choquée par les images surréalistes qui se succédaient à la télévision. Il était clair que la nature nous envoyait un avertissement et qu'il était temps de l'écouter et d'en tirer des leçons.

La brutalité de l'événement a été pour moi un signal d'alarme, une injonction à s'interroger, tant individuellement que collectivement, sur ce qu'il nous disait. Cette intuition était la suite logique d'un enseignement que j'avais reçu l'année précédente, avec Dominique Aubier. Cette initiée lisait le réel et les événements à l'aide d'un code que Cervantès avait dissimulé dans *Don Quichotte* afin de ne pas s'attirer les foudres de l'Inquisition ; une connaissance sacrée, issue de la Bible et de la Kabbale, qui était, selon elle, plus que jamais utile pour décrypter les signes envoyés à une humanité qui détruit sa planète.

Dominique ne fit que confirmer ce que je craignais : le message de l'Univers était clair, c'était un immense

STOP. Il fallait s'arrêter, faire le point et mettre en place de nouvelles lois pour protéger la Terre et ses habitants. Sinon, nous allions droit dans le mur.

C'est à cette prise de conscience que l'on doit à Joëlle van Effenterre son film *Après la tempête. Portrait d'une femme extraordinaire*. Alors que sa maison venait d'être intégralement refaite, un arbre s'est effondré sur la toiture. Joëlle avait besoin de comprendre pourquoi elle avait vécu un tel choc : quel message était venu lui transmettre la tempête ? La lecture qu'en a faite Dominique Aubier a constitué un tel électrochoc pour Joëlle qu'elle a décidé d'en faire un film pour que le message soit diffusé. À sa sortie en salle en 2001, la réalisatrice a organisé de nombreuses rencontres pour débattre de l'urgence de la situation planétaire. C'était il y a vingt-cinq ans !

Quand est venue la deuxième tempête, Klaus – le redoublement d'un événement ou bip et bop selon la grille de lecture de Dominique –, comment ne pas y avoir vu clairement un stop énorme ?

Avec Dominique Aubier, j'ai donc appris à regarder les événements différemment, à essayer de comprendre les messages que nous envoie le réel.

Était-il possible de lire le cours de son existence à la façon d'un Sherlock Holmes en quête d'informations pour résoudre une énigme et la déchiffrer ? C'est un peu ce que j'ai commencé à faire : expérimenter le dedans et le dehors. Comment ce qui se passe à l'extérieur résonne en notre for intérieur. Comment les événements et les rencontres font l'effet d'un miroir grossissant sur celle ou celui que l'on est, tout au fond de soi, révélant des parties restées inconscientes de nous-même, nos parts d'ombre qui, parfois, peuvent nous surprendre en nous aidant à les libérer tout en regardant le ciel sans attendre de se prendre des vents à 260 kilomètres-heure pour se rendre compte de la situation ! La nature reprend toujours ses droits. Il ne faut pas l'oublier. Et il faut essayer de lâcher, avec un peu d'humilité, cette volonté de vouloir tout contrôler.

Je suis reconnaissante à Mathieu Simonet d'avoir créé en 2022 la Journée internationale des nuages : chaque 29 mars est depuis une invitation à penser ces derniers comme des sujets poétiques et politiques. Alors qu'il est question d'« ensemencer les nuages », ce qui serait une catastrophe écologique majeure, quelle idée lumineuse de vouloir protéger ce patrimoine qui n'appartient à personne ! Je ne suis pas la seule à lever les yeux vers ce ciel qui me fait tant rêver, même s'il est de plus en plus difficile d'observer les beaux cumulus ou stratus sous la grisaille ambiante, et même s'il est tout aussi difficile de se plonger dans un ciel bleu azur couvert si souvent des traînées de condensation des avions d'un blanc laiteux.

Comme j'ai mal à ma mer, j'ai mal à mon ciel. Avec mes bulletins météorologiques quotidiens du petit matin, je vois bien que depuis septembre 2023, la météo se fait capricieuse et change d'humeur en un clin d'œil en dépit des techniques prédictives les plus avancées… Rien n'y fait, je continue à m'interroger sur le lien que je maintiens avec cette météo. Je ne compte plus les fois où je suis arrivée en vacances avec des tempêtes ; j'ai même vécu la fin d'un cyclone, seule, dans une maison en République dominicaine d'où j'avais une vue à 180 degrés et où j'ai cru que la force du vent allait faire exploser les vitres. Sans oublier mon arcus corse… Tous ces événements ne peuvent être le fruit du hasard.

Au 1er janvier 2024, alors que je sentais au plus profond de mon âme qu'il y avait encore un trésor à découvrir, mon inconscient est venu me livrer un message.

Je me promenais sur la digue de Coutainville, spectatrice émerveillée du ciel changeant à chaque minute – le temps d'orienter mon regard, il n'était déjà plus le même – quand, sans crier gare, l'inspiration est descendue : oui, comment n'y avais-je pas pensé plus tôt, moi qui avais toujours eu horreur des changements ? J'ai entendu ma petite voix me répondre : « Pour un Taureau qui n'aime pas que les choses bougent trop, tu es servie ! » Mes rituels météo matinaux me montraient que tout bouge tout le temps ! Rien de mieux que la météo pour comprendre et accepter l'impermanence ! Avec ces chroniques du temps qu'il fait, la vie m'a donné l'occasion d'accepter ce principe fondamental de l'existence. Enfin, j'accueillais l'impermanence !

Il m'en avait fallu, du temps. Merci chère météo de mon cœur !

Il y a quelques semaines, j'ai croisé dans les couloirs de France Inter notre ancien président François

Hollande qui discutait avec les chroniqueurs de la matinale. Me reconnaissant, il s'est interrompu pour me dire :

« Il n'y a qu'avec vous que je peux parler de la pluie !

— Que voulez-vous, monsieur le président, lui ai-je répondu, vous êtes comme moi, un faiseur de pluie ! »

30

Faiseuse de pluie

Ne vous mêlez pas des affaires des magiciens car ils sont subtils et prompts à la colère.

J. R. R. Tolkien,
Le seigneur des anneaux, Pocket, 2017.

Alors que je faisais le tour du monde chaque jour grâce à mes chroniques météorologiques *Les Yeux au ciel*, je poursuivais, à partir de septembre 2010, dans *Partir avec*, mes portraits radiophoniques de personnages plutôt hors norme qui vivaient leur vie comme une aventure et donnaient du sens à leur existence. Autant aujourd'hui mes bulletins sont éphémères, autant je pouvais prendre le temps, avec ces émissions, de créer un climat propice à l'empathie, aux confidences. C'est ça aussi, la radio, rêver, voyager quand on n'en a pas la possibilité, se cultiver sans avoir l'air d'apprendre ; pour ma part, c'est aussi la joie de transmettre, à mon tour, le plaisir et la vie que la radio me suggère. Vous l'aurez compris, la radio m'importe, m'emporte et me transporte.

S'il ne devait rester qu'un support, je suis prête à parier que ce serait la radio, car la radio, c'est la vie.

Quel bonheur de faire un peu mieux connaissance avec ces femmes et ces hommes dont le savoir ou l'existence même me mettaient en joie, et qui apportaient de l'espoir aux auditeurs et aux auditrices. C'est ce que Caroline, l'une d'entre elles, m'a écrit le soir de la première émission de janvier 2013 : « Encore une fois je suis en train de me faire avoir avec vos émissions qui me font parfois passer une heure dans la salle de bains, assise sur le bord de la baignoire au lieu d'aller me coucher… Décidément, la radiophonie, c'est vraiment génial, et vos émissions sont parfaites pour le soir ; ça laisse une place au rêve, à l'imaginaire, ça me happe, je ne me rends même plus compte du temps, j'écoute et c'est dingue ce que je m'évade dans ces moments-là. Même les musiques sont bien choisies. Ce soir je suis heureuse d'avoir découvert Jéromine Pasteur. » Merci Caroline !

Au cours de mes recherches d'invités, je suis tombée par hasard sur un livre au sujet des artisans acteurs du bio dans lequel j'ai découvert Nicolas Supiot, un « paysan boulanger » installé au bord de la forêt de Brocéliande. Cofondateur du réseau de semences paysannes pour sauvegarder certaines variétés de blé ancien, il semait, cultivait et transformait ses céréales anciennes, et préparait traditionnellement son pain au feu de bois. Instinctivement, j'ai su qu'il était essentiel de me rendre sur place en vue d'une émission avec ce chercheur d'un autre temps. Le suivre pendant deux jours me permettrait de comprendre sa démarche, et comme je n'étais jamais allée en forêt de Brocéliande, c'était l'occasion rêvée.

Mon amie Danièle m'avait longuement conté les légendes arthuriennes, quant à Anne-Marie, qui continuait de venir à Paris avec Blima depuis le décès de Monique, elle était fan de Merlin l'Enchanteur : je ne pouvais que me rendre dans cette forêt enchantée. Ce qui fut dit fut fait. Après deux jours merveilleux passés aux côtés de Nicolas et de son épouse, j'ai interviewé la conteuse Marie Tanneux, à l'origine de l'association Le conte est bon. Grâce à cette chevalière de la table ronde qui entraînait à sa suite celles et ceux qui avaient envie de retrouver leur âme d'enfant, j'ai passé un moment délicieux. Avant que nous nous quittions, Marie m'a encouragée à poursuivre cette aventure en allant jusqu'à la fontaine de Barenton : « Vous ne pouvez pas repartir sans avoir fait quelques pas dans ce lieu mythique », a-t-elle insisté. N'ayant que deux heures devant moi, je ne pouvais pas prendre le risque de me perdre ni surtout celui de rater mon TGV. Marie m'a indiqué un raccourci en me promettant que je ne regretterais pas cette balade.

Sous un ciel bleu azur, je me suis garée sur le parking indiqué par Marie et j'ai posé le pied pour la première fois dans cette forêt de Paimpont où Viviane et Merlin ne sont jamais loin. À peine avais-je fait quelques pas dans les sous-bois que j'ai entendu une voix féminine très douce. Intriguée, je me suis approchée et j'ai découvert un petit groupe entourant une conteuse révélant les amours entre la fée et le magicien ! J'ai sorti mon magnétophone pour ne pas perdre une miette de l'histoire… Le voyage imaginaire commençait bien.

Le temps m'étant compté, j'ai fini par m'éloigner, empruntant le chemin vers la fameuse fontaine, mais le groupe m'a très vite rattrapée. Mon magnéto tournait toujours ; j'ai enregistré l'ambiance de la forêt, les oiseaux, la nature. Je savais que Simone Depoux, la réalisatrice, en ferait bon usage. Comme moi, elle adorait travailler le son et les ambiances. J'ai enfin aperçu la source d'eau naturelle où le groupe aussi finit par se retrouver. J'ai enregistré Maud racontant la légende passionnante de ce lieu légendaire ; je trouvais l'histoire irrésistible, sans savoir que j'allais vivre une aventure magique où l'irréel allait côtoyer le réel.

Heureuse de me trouver enfin dans ce lieu mythique où Merlin était tombé amoureux de la fée Viviane, j'écoutais attentivement la conteuse rappeler qu'à l'entrée de la forêt un panneau annonçait : « La fontaine de Barenton puise sa magie dans la pierre qui l'entoure et que l'on nomme Perron de Barenton ou Perron de Merlin. » Le magicien vient y retrouver Viviane, la fée des eaux. Mais il existe une autre légende qui raconte que si l'on répand de l'eau sur le perron, le ciel se couvre et le chevalier noir en arme surgit et provoque l'intrus, comme Yvain dans la légende du Chevalier au lion, et l'orage éclate.

Nous étions sur ce fameux perron et la conteuse continuait. « Lorsqu'on arrive près de la pierre plate, nous découvrons la fontaine magique et il est essentiel de poser son regard sur elle. Au moment où vous posez les yeux sur l'eau, si vous voyez une petite bulle qui éclate à la surface, c'est que votre vœu s'est réalisé. Si vous ne voyez pas la bulle, c'est raté ! »

Bien sûr, chacun d'entre nous s'est prêté au jeu du vœu de la Fontaine aux merveilles de Brocéliande quand la conteuse a précisé : « Les vœux d'argent ne marchent pas, mais les vœux d'amour, si ! Vous avez tous fait votre vœu ? N'oubliez pas que si l'on verse de l'eau sur la pierre à cet endroit, il y aura de l'orage, et si vous le déclenchez, c'est que vous vous en référez à la légende divine du Chevalier au lion, Calogrenant, cousin divin de la cité de Camelot qui se trouvait à la Table ronde et qui fut le premier à venir à la Fontaine et à faire éclater l'orage… »

Maud m'a confirmé que c'était bien le lieu où Merlin s'était caché sous l'apparence d'un cerf blanc pour venir épier la fée Viviane. Il avait fini par lui révéler son identité et lui avait appris la magie car elle rêvait de devenir une grande magicienne. Elle avait fini par ensorceler Merlin qui s'était laissé faire. Tout en écoutant le récit de Maud, j'avais aperçu plusieurs fois un couple un peu bizarre, habillé de blanc, ressemblant étrangement à Viviane et Merlin. Lui avait une grande barbe blanche. « Étrange, m'étais-je dit, qu'ont-ils à faire le tour ? » L'heure avançant, il allait falloir que je fasse demi-tour pour repartir. À peine avais-je laissé derrière moi le petit groupe que j'ai entendu gronder… J'ai regardé le ciel à travers les feuillages et n'ai vu que le bleu du ciel. Bizarre… Au même moment, qui ai-je vu arriver ? Le fameux couple en blanc. En me croisant, le monsieur m'a interpellée : « Vous avez entendu ?

— Oui, j'ai bien entendu. C'est l'orage ? »

Alors un étrange dialogue s'est installé. Merlin m'a répondu :

« Quelqu'un a versé de l'eau sur la margelle de la fontaine.

— C'est ce que je pense aussi.

— Je vous jure, il y a des imprudents ! Je voulais être sûr que vous l'aviez entendu aussi. Parce que tout le monde ne l'entend pas. Vous voyez… en fait, ce ne sont pas des vrais orages.

— Vous êtes Merlin et Viviane, peut-être ?

— Oui, mais des descendants.

— J'ai une chance inouïe !

— Il faut vous dire qu'on habite rue de Kerr-Arzur. En breton, ça veut dire "la maison d'Arthur". Je pense que Camelot était situé à Kerr-Arzur, chez nous.

— Je suis ravie de vous avoir rencontrés, mais l'orage est là, je me dépêche.

— Oui, faites vite. Il va vraiment y avoir de l'orage.

— Merci Merlin, merci Viviane. »

C'était magique, il n'y avait rien à dire. Cette séquence surréaliste conservée dans mon magnéto, j'étais émerveillée comme une enfant de cinq ans ! Je me suis retrouvée sous la pluie alors que le ciel était toujours bleu et je n'avais qu'une envie : courir toute nue dans la forêt comme Lady Chatterley dans le film de Pascale Ferran ! Mais… j'avais un TGV à prendre !

Quand je suis sortie de la forêt, la pluie et l'orage avaient cessé. Tout était rentré dans l'ordre. Que s'était-il passé ? Je venais de vivre une communion totale avec les éléments, la terre, l'eau, l'air et le feu avec les éclairs… C'est magnifique. Je chantais avec les oiseaux, de retour, heureuse de cette harmonie et aussi d'avoir retrouvé mon âme d'enfant.

Marie, la conteuse, avait raison : « Vous ne le regretterez pas », m'avait-elle dit en me quittant. J'avais effectivement vécu un phénomène exceptionnel. Mais je ne pouvais pas en rester là ; je voulais investiguer. Ah ! quand le mental s'en mêle…

Pour mieux comprendre, j'ai rencontré le Canadien Nicolas Bornemisza, diplômé en psychologie analytique de l'Institut Carl-Gustav-Jung de Zurich, avec qui j'avais fait des séminaires d'interprétation des rêves. Je me disais que ce spécialiste, également passionné par les travaux d'Emma Jung et de Marie-Louise Von Franz et par leur interprétation des mythes, des contes et des légendes, pouvait m'éclairer sur le tour que mon imaginaire venait de me jouer. Une fois qu'il m'a expliqué ce que représentaient les différents archétypes de la légende arthurienne, j'ai compris que chaque archétype vivait en nous, et que nous pouvions, comme me l'a précisé Nicolas, « les incarner, ressentir la passion, ressentir l'amour, l'emprisonnement ». Il a ajouté : « Mais ce qui est particulièrement intéressant, c'est que, si je m'identifie à Merlin et que je sais que Merlin pouvait faire des miracles, c'est que je peux faire aussi des miracles. Au fond, il y a une définition de la magie qui veut dire que la magie, c'est l'imaginaire, la capacité imaginaire poussée à son paroxysme. Et l'imaginaire est magique ! »

On connaît tous des histoires racontant que certains peuvent faire tomber la pluie. Richard Wilhelm, traducteur et sinologue allemand, raconte par exemple que lors d'un séjour en Chine, alors qu'il n'avait pas plu depuis très longtemps et que le territoire connaissait une grande sécheresse, les Chinois avaient fait venir un « faiseur de pluie ». Alors qu'ils étaient restés enfermés trois jours dans une hutte, les nuages avaient fini par se former et il s'était mis à tomber de la neige alors que ce n'était pas du tout la saison.

Cette magie nous est donc disponible. Chacun d'entre nous est un faiseur de pluie ou un faiseur de lumière, de soleil. Il faut simplement trouver la motivation et le bon canal. Dans certaines circonstances, l'être humain peut prendre contact avec la dimension plus élevée ou la plus profonde de son être et produire des actions, amener des réalités qui, dans son quotidien, seraient impossibles. Il est très important pour nous de le comprendre.

Nous savons aujourd'hui que grâce aux rêves, grâce aux visions, nous pouvons atteindre cet état. Nous en avons parfois drôlement besoin pour réussir notre vie.

Avant que j'éteigne mon micro, Nicolas a terminé ainsi : « Alors, à très bientôt, Viviane ! » et il m'a confié, hors micro, avec son accent québécois : « Eh oui, vous êtes une faiseuse de pluie ! » Je suis sortie de cette expérience, troublée et comblée de me savoir à la fois une fée et une magicienne[1].

---

1. Le podcast « Partir avec » du 24 octobre 2011 est disponible sur www.radiofrance.fr.

31

Au nom de la rose

La sorcière incarne la femme affranchie de toutes les dominations, de toutes les limitations ; elle est un idéal vers lequel tendre, elle montre la voie.

Mona Chollet,
Sorcières, La Découverte, 2019.

Je quitte la Normandie après les vacances de la Toussaint, plus légère que je ne suis arrivée. Je ne peux pas me douter qu'une telle mutation va avoir lieu. Ce tournant m'a permis de regarder en conscience et retraverser les passages douloureux de la perte de mes êtres chers, et donc de repartir, délestée par mes libérations karmiques. Mais… il y a un mais : le retour ne se passe pas du tout comme je l'ai envisagé. Des bouchons annoncés au péage de Mantes-la-Jolie en raison d'un accident m'ont obligée à prendre des chemins de traverse pour rejoindre la capitale. Cinq heures et demie de trajet au lieu de deux heures et demie accentuent l'inflammation sous mon pied droit, toujours un peu fragile.

Le lendemain au réveil, j'ai encore plus mal. Mon corps me rappelle à quel point il m'est difficile de sortir du bois malgré la somme de conscientisations de ces dernières semaines. Mon pied, mon talon surtout, me brûle… Cette inflammation me donne l'impression de marcher sur des braises. Au vu de ce que la vie et l'invisible m'envoient, me voilà encore testée. Un clin d'œil cosmique qui dirait : « T'es sûre d'être prête ? T'es vraiment OK avec tout ça ? Tu sais, avec tous ces inquisiteurs qu'il y a autour de toi… » Ah ! Ah ! Que vous êtes drôles… Je suis en pleine « œuvre au noir », pour reprendre le nom que donnent les alchimistes à la première étape de la transformation du plomb, moment de séparation des matériaux où l'on extrait la substance nécessaire à la fabrication de l'or : toute transmutation, dit-on, commence par une régression…

Et toc ! Comme par hasard, quelques heures après cet échange cosmique, je tombe sur Fabrice Luchini au micro d'Anne-Élisabeth Lemoine, dans *C'est à vous* sur France 5. Le comédien évoque la passion de Victor Hugo pour le spiritisme, au milieu des rires… et il y a de quoi ! Je l'avoue, Luchini est irrésistible, et je peux comprendre qu'on imagine mal Victor Hugo discutant avec Jésus-Christ, Dante, Molière ou Shakespeare, comme il l'a écrit dans *Le Livre des Tables. Les séances spirites de Jersey*[1]. Effectivement, en exil à Jersey de 1853 à 1855, Victor Hugo s'adonne quasi quotidiennement à des séances de spiritisme selon les préceptes d'Allan Kardec, le père du spiritisme. Il fait tourner les tables et discute avec les esprits les plus

1. Victor Hugo, *Le Livre des Tables. Les séances spirites de Jersey*, Gallimard, 2014.

illustres ! Alors oui, devant ma télé, comme les autres je ris car c'est drôle. Pourtant, Luchini explique qu'un tel mysticisme règne dans le théâtre pendant qu'il lit ces passages, que lui-même s'interroge sur ce qui se passe vraiment[1]. Comment aborder ce genre de sujet avec des personnes qui ne ressentent pas l'invisible ? Par le biais de cette interview étonnante, je me rends compte que dans une telle situation, j'aurais encore cette peur, en arrière-fond, du ridicule ou d'être lynchée. Je me rassure en me disant que les temps changent et que de plus en plus de gens s'intéressent à ces sujets…

Il est vrai que ce genre de séance a été longtemps un moyen de communication avec les défunts, mais comme nous, l'au-delà évolue. De nouveaux médiums ont vu le jour, comme les *channels* aux États-Unis et partout dans le monde, des personnes qui ont, dit-on, une ou plusieurs lignes directes avec des êtres de lumière, des énergies de hautes fréquences. J'aime dire qu'aujourd'hui, « c'est simple comme un coup de fil ». Il suffit de se brancher sur la bonne fréquence – « Allô ? Il y a quelqu'un ? Qui me parle ? » –, en se rappelant cette loi cosmique issue de la *Table d'émeraude*, l'un des textes fondateurs de l'alchimie, attribué à Hermès Trismégiste, un personnage de l'Antiquité : « Ce qui est en bas est comme ce qui est en haut, et ce qui est en haut est comme ce qui est en bas. » Donc, là-haut – enfin, de l'autre côté du voile –, en analogie, ils ont aussi le Wi-Fi cosmique ! Alors plus besoin de

1. « Fabrice Luchini raconte Victor Hugo », *C à vous*.

faire tourner les guéridons. Et tant mieux, parce que cet exercice peut entraîner des branchements douteux avec des esprits farceurs voire plus dangereux. C'est d'ailleurs la raison pour laquelle Hugo a cessé d'y avoir recours, après le suicide de l'un des amis de son groupe de spiritisme. Je n'ai jamais tenté et ne tenterai jamais cette expérience des tables tournantes. Je préfère mon radar intérieur.

Mais la vie est vraiment taquine… Le lendemain de cette fameuse émission, alors que je m'apprête à participer à un week-end spirituel sur la multi-dimensionnalité de l'être et que je me prépare dans ma salle de bains, j'entends Ali Badou, dans la matinale de France Inter, annoncer la chronique de Christophe Bourseiller… sur le thème de la réincarnation. Mais ce n'est pas vrai ? C'est une blague, vous insistez ! Et hop, nouveau clin d'œil cosmique.

Le chroniqueur commence, ironique : « Je suis certain que Bernard Werber croit à la réincarnation ! » « Je vous le confirme ! » dis-je à haute voix, en riant toute seule. Pour être honnête, je ris un peu jaune, car je comprends que c'est – encore – un test. Mais je me détends en me rappelant qu'un mois plus tôt, l'Olympia affichait salle comble pour le spectacle *V.I.E. Voyage intérieur expérimental* de mon ami Bernard, comme chaque soir de sa tournée qui dure depuis deux ans.

Cependant je respecte les personnes qui trouvent cela ridicule. « Ce n'est pas grave, me dis-je, chacun pense ce qu'il veut et si ça leur fait plaisir d'en rire… » Je ne suis pas là, tel un apôtre, pour prêcher, seulement pour témoigner des expériences que je vis intensément.

Je pars donc à mon stage, plutôt légère, et continue à relever les TP, ces signes qui jalonnent ma route comme des panneaux indicateurs. Ils vont certainement colorer mon week-end spirituel pour m'aider à élucider, débusquer, identifier encore quelques réticences sur la peur de montrer qui je suis vraiment, ma crainte de sortir du bois. Encore une fois. De sortir effectivement de cet enfermement, de ce carcan.

Et ça ne loupe pas. Au fil du stage et des exercices et des explorations dimensionnelles de notre être, mes partenaires captent ce carcan, cette prison dorée que je me suis construite pour me protéger. Mais ils ont capté aussi que je ne suis pas loin de la libération… Ouf, je suis enfin libérée, délivrée ! C'est gagné, vous avez la chanson dans la tête…

De retour chez moi après ces deux journées intenses d'exploration de l'invisible, je me promets de me détendre et de regarder un bon film. Mais la vie ne l'entend pas ainsi. Au programme du soir, un film attire mon attention : *Le Nom de la rose*, de Jean-Jacques Annaud. Surprise ! Il est rediffusé… Comme dirait mon amie Isabelle avec qui, chez France Inter, nous aimons échanger sur les événements cosmiquement comiques : « le bouffon cosmique » a encore frappé ! C'est tellement énorme que je ne peux que le regarder, cette fois en veillant à faire un pas de côté pour éviter les émotions négatives – revoir les franciscains, cette sorcière face à l'inquisiteur… ah non, *it's not possible* ! Vous voyez, ça me donne envie d'écrire en anglais – tout en saisissant la perche tendue par l'invisible. Je prends mon courage encore une fois à quatre mains et je décide de visionner ce film dans un état méditatif et d'accueillir ce qui vient. Regarde, observe-toi et vérifie que l'inquisiteur, la sorcière et le franciscain, c'est réglé. « Trois en un, me dis-je. Ils font forts, quand même ! » Le défi est de taille et je me sens prête.

Je m'observe, ce qui met entre le film et moi une distance, et devant l'écran, mes seules réactions émotionnelles concernent les scènes de violence. Dans l'état de conscience que j'ai choisi, je m'accueille telle que je suis. Étonnamment, je ne me sens pas rejetée comme j'aurais pu l'être avant ce travail de mémoire sur mes vies passées. Je suis plutôt détendue ; je commence à percevoir le processus de transmutation. Me pardonner les mauvais côtés que j'ai pu avoir dans ces temps lointains, et ne plus attendre une rédemption venant de l'extérieur, voilà qui me confère une vibration plus lumineuse. Grâce à ma transmutation, les ombres liées aux mémoires de sorcière et à celles des horreurs infligées par l'inquisiteur se sont dissoutes et n'ont plus lieu d'être. La réaction étant le signe du karma… plus de réaction, plus de karma ! « Transcender certains travers est donc possible », me dis-je, encore étonnée de tous ces effets sur moi. Je vais alors me coucher, rêvant à un repos bien mérité.

À ma grande surprise, je ne fais pas de cauchemar cette nuit-là. Au réveil, j'ai simplement compris que je vais mourir – oui, oui, dans mon rêve – mais ça n'a pas l'air si grave. Bien sûr, je relie immédiatement cette peur à l'événement traumatique corse, à ma très chère toubib de l'Hôtel-Dieu et à son gentil : « Mais vous avez quand même eu peur de mourir. » Elle avait été la première personne à me mettre face à cette peur… que j'avais occultée. J'avais certes conscientisé la mort de mes proches, mais la mienne, ma propre mort, y avais-je seulement pensé ? Oui, une fois, juste avant une opération à la veille de laquelle j'avais fait mon testament, au cas où… Depuis, *nada*. Alors effectivement, il était temps que je m'en préoccupe. J'ai relié instinctivement cette pensée à ma mémoire de sorcière, morte, elle, depuis longtemps, mais qui s'était réactivée dans cette vie au moment où j'avais été virée de mon créneau de nuit sans explication en 1998…

Tout à coup, mon esprit cesse de divaguer quand une douleur jaillit de mon talon. Ah non, pas encore ! OK. J'ai compris, le processus n'est pas tout à fait terminé ou pas tout à fait suffisamment conscientisé. Je commence à avoir l'habitude… Au milieu de mon petit déjeuner, le lendemain de ce week-end passé à travailler sur plus de lumière en soi, je fais de nouveau le lien avec le film de la veille, lui associant ma douleur. C'est normal que mon pied s'enflamme, il reste encore quelques braises sous mon pied et je marche dessus, me dis-je en repensant aux images de la jeune sorcière du *Nom de la rose*. C'est le bûcher qui revient me chercher ! Plus de lumière à dévoiler…

Mais en me levant pour aller dans la cuisine, j'ai un flash. Cette scène, à la fin du film, où le jeune franciscain regarde le lieu de l'exécution des trois hérétiques et constate que le bûcher de la sorcière n'a pas été consumé... Mais c'est fou, la sorcière ne brûle pas ! Les circonstances l'ont épargnée puisque l'inquisiteur s'enfuit de peur de se faire massacrer par les villageois. Il n'a donc pas eu le temps de mettre le feu à son bûcher et les prières du jeune franciscain ont été exaucées. Effectivement, un large plan des trois bûchers dévoile qu'un seul d'entre eux ne s'est pas consumé, celui de la sorcière ! Je me suis donc trompée en mémorisant une fin opposée... Pour moi, la jeune femme finissait sacrifiée comme Sean Connery brûlait, lui, dans l'incendie de la bibliothèque... Ah, ces tours que peut nous jouer la mémoire !

En essayant de récapituler tranquillement pour comprendre ce qu'il a bien pu se passer, je me rends compte que si la fin de mon film à moi a changé, c'est qu'il y a un changement entre ce que j'ai vu, ce que j'ai revu, et ce que j'ai ressenti. J'ai donc revisité mon passé en changeant la fin. Je suis sur ce qu'on appelle un « changement de ligne quantique » car j'ai transformé mon passé avec ce film dont la fin est positive, ce qui modifie mon présent – qui devient positif lui aussi – et crée aussi la possibilité d'un autre futur... Vous me suivez ?

Je suis là, dans ma cuisine, émerveillée par cette conscientisation. Cerise sur le gâteau, je repense à la narration finale du film, prononcée par le jeune franciscain qui, à l'approche de la fin de sa vie, confesse que cette jeune femme avec qui il a partagé un amour physique demeure son unique amour terrestre. Au crépuscule de son existence, le visage de cette sauvageonne ressurgit à chaque fois qu'il pense à l'amour, bien qu'il n'ait jamais su son nom ! J'adore cette conclusion sur l'amour, car même un homme d'Église se laisse emporter par ce sentiment qui représente à mes yeux l'un des plus grands mystères de notre vie sur Terre.

Toutes ces réactualisations en poche – et en tête –, je m'invite à « lever le pied » quand je le jugerai nécessaire. Car celui qui me brûle encore parfois, c'est le pied droit, du côté lié au masculin (et en astrologie, à la planète Mars, planète de la guerre) : mon masculin intérieur veut encore me brimer, tel un inquisiteur intime. Il me faut faire confiance à mon féminin intérieur qui est lié à Vénus, planète de l'amour et de la beauté, et ne plus avoir peur de ma sorcière intérieure, qui est très sensible et qui voit ce que d'autres ne voient pas. Trouver un équilibre, être plus douce avec moi-même, faire confiance au processus et arrêter de vouloir tout contrôler. Certaines choses ne sont pas de notre ressort, alors lever le pied dans ces cas-là, ce serait pas mal, non ?

Ce sera mon nouveau mantra : m'accepter, m'accueillir de l'intérieur. Voilà qui devrait aider à la guérison de mon pied, parce que, vraiment, ça brûle comme si je marchais sur des braises ! Tel un phénix, je renais de mes cendres, mais ces symptômes me disent de ne pas m'emballer et qu'il y a encore du boulot. Pas trop vite, ma chérie, me murmure ma petite voix. OK, j'ai compris. Il y a encore quelques petits ajustements à opérer et je sais pertinemment que ma prochaine séance avec Arnaud, le thérapeute avec qui je fais des voyages intérieurs sous hypnose, m'aidera, comme d'habitude, à découvrir de nouveaux trésors enfouis au plus profond de mon inconscient.

Quelques jours plus tard en effet, je retiens de mon dernier voyage deux choses essentielles : reconnaître « ma sorcière bien-aimée » sous l'œil bienveillant de mon Magicien d'Ose ! Déposer les armes de mon masculin guerrier égotique pour laisser émerger mon masculin sacré bienveillant sur lequel m'appuyer. En sécurité, mon féminin sacré pourra s'épanouir et accueillir toutes ces perceptions et vibrations nouvelles, parce que grâce à cet équilibre masculin-féminin, je ne me sentirai plus en danger et je pourrai contacter ma puissance juste.

Ce livre m'emmène dans des endroits insoupçonnés de mon intériorité. Je ne pensais pas être à nouveau traversée, chamboulée, tourneboulée à ce point. Je dois admettre, accueillir et accepter que ce processus prend du temps. Je me dis qu'il me faut une patience d'ange quand j'entends ma petite voix me rappeler : « Tu imagines le temps qu'il faut au corps pour accuser réception de toutes ces transformations et de ces transmutations ! » Voilà, je réceptionne le message. Reçu cinq sur cinq. Et je sens la joie gagner mon cœur. C'est réjouissant d'entrevoir qu'avec ce cheminement, ma cape d'invisibilité va finir par s'enlever. Mais quel temps cela prend, toutes ces vérifications pour s'assurer que j'ai déposé les armes afin de gagner la paix intérieure qui sera le reflet d'une paix extérieure.

Cette image défile alors sur l'écran de ma conscience : je dois être prête à chevaucher mon balai volant maintenant que j'ai récuré le chaudron de la sorcière. En riant, j'accueille le message qui va avec cette vision : « Prends ton pied, arrête de le brûler… La sorcière ose ! Elle est sortie du bois et, haut perchée sur son nuage, sur son balai, elle ose. Sollicite ton être profond, tu ne laisseras personne indifférent. »

La peur est le gardien du seuil, c'est vrai que j'ai été testée. Et pour continuer la route de la transmutation, pour me diriger dans ce ciel sur mon balai, je sais que je peux compter sur mes aiguilleuses du ciel !

32

Mes aiguilleuses du ciel

Choisissez une étoile, ne la quittez pas des yeux. Elle vous fera avancer loin, sans fatigue et sans peine.

Alexandra David-Néel,
Voyage d'une parisienne à Lhassa,
Pocket, 2018.

Pour se diriger sur la Terre et trouver sa route, l'humain a créé des cartes routières ; j'ai découvert très jeune qu'il pouvait en être de même pour le ciel. Ces cartes célestes nous informent sur nos possibilités et les outils intérieurs dont nous disposons. En les utilisant comme des panneaux indicateurs et en étant attentive aux limitations de vitesse parfois dues à la rétrogradation des planètes, j'ai compris que ce code de la route astral pouvait m'aider à déchiffrer ma vie sous un autre angle au gré des opportunités créées par certaines conjonctions planétaires susceptibles de m'apporter des informations. Utiliser par exemple certaines périodes pour expérimenter des réparations, mais aussi découvrir des accomplissements à réaliser ou de nouvelles voies. C'est un très bon outil de connaissance de soi, bien moins déterminant que ce que j'ai pu croire un certain temps. C'est comme si nous étions en liberté conditionnelle ou limitée, mais cela représente en réalité un véritable outil d'élévation et d'évolution.

J'ai mis du temps à m'intéresser à l'astrologie, aux effets des planètes sur la Terre et sur les humains. L'astrologue que j'ai rencontré pour ma première radio m'a pourtant fait mon thème, mais je n'ai alors pas mesuré la valeur de ce merveilleux outil de connaissance de soi. Mon âme de rebelle ne se satisfaisait pas d'un pseudo-déterminisme imposé par signes et astres déposés à la naissance sur notre berceau d'incarnation. Et la réputation des horoscopes ne m'aidait pas à m'autoriser un autre regard... Le temps de Mme Soleil est loin et aujourd'hui, la connaissance se diffuse et cette science ésotérique commence à se démocratiser et devient plus accessible.

C'est ma rencontre avec Blima, en décembre 2000, qui m'a ouvert les yeux sur mes préjugés dépassés. Blima est spécialiste en astrologie karmique et son approche m'a permis de comprendre ce langage sans avoir les connaissances afférentes. Le ciel m'invitait à changer de regard sur les étoiles, c'était simple et clair. C'est elle qui m'a appris que grâce à cette carte du ciel de naissance nous pouvions repérer quelques pistes de nos vies passées. J'ai fait tomber petit à petit les résistances qui m'empêchaient d'accueillir ces informations pourtant très utiles à mon évolution. J'avais ainsi à ma disposition des renseignements sur les qualités que je pouvais développer, les domaines qui me challengeaient, les moments opportuns, les périodes où l'énergie était moins fluide et, surtout, sur comment ne plus résister au *flow* qui parfois vous bouscule. C'est ce que j'éprouve depuis qu'Uranus est rentrée en Taureau, en 2018, pendant le week-end de la Pentecôte. Depuis cette date, les événements se sont enchaînés pour me pousser dans mes retranchements et pour débusquer ce qui m'empêchait d'aller au plus profond de mon être et de réaliser ma mission d'âme. Une véritable révolution !

Uranus est la planète de la conscience, celle qui vient parfois secouer le cocotier, chambouler bien des projets. Et si on a la « comprenette » ralcntie, Uranus peut se montrer brusque. Son rôle est de nous perturber pour nous faire évoluer. Dans un thème astral, sa présence indique le domaine où chacun de nous revendique sa part de liberté. Or, son action dépend en partie du signe dans lequel elle agit. D'ailleurs, cette planète est rentrée dans le signe du Taureau, relié quant à lui à la matière, à l'argent et à la Terre – donc à l'agriculture, au climat, aux océans. Quand on sait qu'Uranus aime tout balayer, telle une tornade ou tel un cyclone, on comprend mieux que les éléments se rebellent, et d'où vient la multiplication des phénomènes extrêmes météorologiques et climatiques… Ce qui n'est plus d'actualité est tout simplement « dégagé ».

Depuis que je sais tout cela, j'ai décidé de ne plus avoir peur de cet astre éveilleur, chahuteur, et d'essayer d'accompagner ces phases d'éveil déstabilisantes, car elles amènent vers plus de conscience et vers une meilleure version de soi-même. Avec l'arrivée d'Uranus dans mon signe natal, j'ai été bousculée dans mes croyances et dans mes certitudes à un point que je ne soupçonnais pas. Depuis cette entrée mémorable dans ma roue astrologique, j'ai perdu l'homme que j'aime, j'ai vu bien des amis s'éloigner, j'ai vécu deux années, confinée à cause du virus, j'ai appris à vivre autrement mais je me suis surtout autorisé une véritable introspection sans possibilité de fuir vers d'autres destinations. Néanmoins, grâce à toutes ces brusqueries, Uranus est devenue mon alliée car je sais aujourd'hui la valeur de conscientiser la vie et l'apport de liberté qu'elle symbolise.

Mais l'entrée de cette planète dans un signe apporte l'envol, la créativité, l'innovation, l'originalité ; tout ce que j'ai essayé de camoufler depuis des années... Bingo, Uranus a fait ce qu'elle avait à faire et m'amène aujourd'hui vers cette nouvelle route de l'écriture. Merci, Uranus, d'avoir révolutionné ma vie et de m'avoir libérée de certains conditionnements.

Je dois avouer que depuis la mort de mon amoureux, je m'intéresse encore davantage au sujet. J'ai même parfois eu envie d'étudier l'astrologie tant les nouvelles ressources ont fleuri sur les réseaux sociaux, notamment au moment de l'épidémie de Covid. En 2014, je m'intéressais déjà à la chaîne YouTube de Farah Sahbi[1]. Évidemment, dans son nom qui résonnait avec celui de mon chéri et n'était pas banal, j'ai vu un signe – c'en était d'ailleurs bien un car, alors que l'astrologue vit au Canada, ses parents sont originaires

1. Retrouvez son univers sur www.ozaleesens.com.

du même village tunisien que Sahbi. J'adore la rigueur de la méthodologie de Farah autant que son univers alchimique. Cette « astromage », comme elle aime se définir, fondatrice de l'École d'astrologie astrosophale, ne se contente pas d'enseigner l'astrologie mais utilise son approche comme un outil de transmutation. J'ai pu apprécier son point de vue de Saturne et pouvoir ainsi accepter davantage la loi, l'ordre, la discipline… Il faut dire que mon âme de rebelle avait du mal à accepter les contraintes !

Avant de refermer cette parenthèse astrologique, j'ai envie de partager avec vous ma découverte d'Émilie Morel, une ancienne institutrice au lourd parcours de femme résiliente, qui a su m'interpeller grâce à sa simplicité et la joyeuseté de ses vidéos – filmées d'abord dans sa cuisine rouge. Auteur de plusieurs livres, Émilie est aujourd'hui devenue un mentor pour ses abonnés qui la suivent sur YouTube, Instagram ou Facebook[1]. Avec elle, j'ai appris à apprivoiser ma sorcière intérieure et à me réconcilier avec celle que je définis aujourd'hui comme « ma sorcière bien-aimée » et qui me permet de me reconnecter à ma puissance intérieure et de me sentir en sécurité.

Je ne veux pas oublier Sandrine Verrycken[2], dont la poésie des étoiles et l'élégance bohème m'ont

1. Retrouvez toutes les informations sur www.emilie-morel.com.

2. Je vous recommande son ouvrage *Libère tes mémoires karmiques. Le guide astro du plan de ton âme*, Courrier du livre, 2024.

conquise. Grâce à elle, j'ai mieux compris le sens de mes nœuds lunaires, Nœud Nord en Lion/Nœud Sud en Verseau. J'avais déjà pris conscience, grâce aux points réguliers avec Blima, que le Nœud Sud représentait mes origines et que je devais m'orienter vers le Nœud Nord, c'est-à-dire ce que je devais accomplir. Cependant, je n'avais pas encore conscience de l'importance du Lion et du rayonnement que j'étais invitée à intégrer. Cela montre que la conscience s'éclaire quand on est prêt à entendre. J'ai ainsi compris qu'avec ce Nœud Sud en Verseau je venais du collectif, et que j'étais invitée à m'orienter vers mon propre rayonnement.

Il est vrai que chaque projet que j'ai créé à la radio a été pensé pour les auditeurs, dans une envie de partager avec le collectif. Cela me rappelle le docteur Bréant qui me demandait régulièrement : « Pourquoi avez-vous besoin de partager aussi vite ? Pourquoi ne gardez-vous pas cette idée pour vous un petit moment, bien au chaud ? » C'était comme si j'avais une patate chaude que je ne pouvais garder et que je devais la passer à quelqu'un pour ne pas me brûler les mains. Encore une fois cette notion de brûlure…

Je souhaite redire ici que l'astrologie n'est pas un outil pour prédire l'avenir ou pour l'anticiper, mais une pratique précieuse qui peut permettre de s'accorder à la « météo astrologique », pour reprendre le nom des bulletins de l'astrologue canadienne Danielle Clermont que je lis avec attention depuis leur parution en 2010[1]. Grâce à cet outil capable de nous aider à mieux comprendre qui on est au présent, dans une sorte de cocréation, « en unissant nos violons planétaires aux violons de nos vibrations, comme le rappelle Sandrine, nous avons le pouvoir de faire naître ensemble une magnifique symphonie conscientisée de nos étoiles intérieures ».

Depuis que je sais, grâce à Blima, que c'est à mon Mars en Bélier que je dois mon terrain inflammatoire – ce terrain de mémoire de bûcher –, et que l'inflammation de mon pied et d'autres parties de mon corps vient de là, je peux mieux l'appréhender et travailler dessus afin de remonter à la cause des causes et de ne pas revenir avec cette problématique dans ma prochaine vie. Je dis toujours qu'une femme avertie en vaut deux : cette lecture corporelle permet de mettre tout en place pour diminuer cette inflammation.

Saviez-vous que le 19 novembre 2024, la planète Pluton est entrée en Verseau pour vingt ans ? C'est un événement majeur qui pourrait inciter l'humanité à se rassembler autour de valeurs de fraternité, d'humanité, tout en explorant des idées novatrices qui transformeront notre société. J'ai d'ailleurs remarqué à cette date une explosion des sujets sur l'intelligence artificielle ! Cette période promet d'être riche en défis et en opportunités, nous poussant à réfléchir sur nos relations et à envisager des innovations. Pourront-elles contribuer à un avenir meilleur ? À nous de jouer !

---

1. À retrouver sur son blog www.danielleclermont.com.

33

La route du Soi

Chaque perte dans la vie est au fond une possibilité de découvrir le Soi et de redécouvrir l'ordre spirituel auquel nous appartenons.

Marie-Louise von Franz

Si le ciel m'est tombé sur la tête en Corse, j'entrevois aujourd'hui que c'est, par analogie, un condensé matérialisé de ce que j'ai vécu le jour de l'annonce de la mort de Sahbi. Mais c'est aussi le résultat d'une suite d'événements traumatiques qui ont marqué ma vie depuis l'annonce de la mort de mon père jusqu'à cet arcus méditerranéen et l'image de ceux hérités de mes lignées ancestrales.

Notre mère nous racontait combien elle réagissait quand elle entendait un avion s'approcher d'un peu trop près… Combien de fois nous a-t-elle détaillé l'exode qu'elle avait enduré, en mai 1940, avec sa mère, son beau-père et sa petite sœur Dany, âgée de huit mois. Cette fuite de la Picardie vers la Normandie, et notamment la scène de la traversée de la Seine sous les bombardements, est inscrite dans ma mémoire. Alors qu'elle était déjà passée avec sa mère et sa sœur, un obus a éclaté juste à côté de son beau-père, tuant un chien mais l'épargnant, lui. Ma mère aimait nous rappeler comment, à ce moment-là, alors qu'elle n'avait que neuf ans et ne comprenait pas ce qui lui arrivait, s'étant mise sous un arbre, elle avait prié. Instinctivement et pour la première fois de sa vie, elle expérimentait « la foi » en s'en remettant à plus grand qu'elle. Notre mère n'avait pas reçu d'éducation catholique car son beau-père était communiste. Lors de leur retour en Picardie, elle a décidé de s'inscrire et de suivre en cachette les cours de catéchisme.

Finalement, j'ai cru moi aussi en Corse que des bombes me réveillaient. Ce rêve prémonitoire s'est rappelé à ma mémoire en ce petit matin d'août 2022. Quelle similitude ! Comme ma mère, je m'en suis remise à Dieu et j'ai prié de toute mon âme. Ce ciel qui m'était tombé sur la tête était le signe que le temps était venu de me réveiller une bonne fois pour toutes, et de passer à la vitesse supérieure… Après la lune de miel de l'éveil, qui m'a aidée à traverser les phases de réveil avec son lot d'épreuves, est venu le temps de ma cathédrale intérieure et de rentrer en conscience dans cette troisième phase de cocréation. Car ce livre est né des transformations que j'ai élaborées en collaboration avec l'Univers : avec lui, je commence à réaliser la mission de mon âme, c'est-à-dire à transmettre cette quête du divin en soi, puis de l'au-delà.

En réalité, cette mission a commencé à l'été 2016 avec mon émission *La Route du soi* qui proposait un voyage en quête de soi, une exploration de qui l'on est vraiment, à travers les témoignages de femmes et d'hommes qui ont essayé de trouver ce chemin menant à soi puis au Soi. M'intéresser à ce voyage au-delà du « moi », qui demande de prendre le temps d'écouter ce je-ne-sais-quoi caché au fond de soi, m'a aidée à avancer sur mon chemin de lumière. Je posais alors à mes invités ces questions indispensables à mes yeux, pour bien appréhender ce chemin intérieur : que se passe-t-il vraiment dans ces moments-là ? Que sont le soi et le Soi ? C'est en découvrant que la lumière, grâce à nos conscientisations, s'incarne dans la matière et donc dans notre corps, premier lieu d'expérimentation, que j'ai compris combien il est nécessaire d'honorer et d'écouter ce corps qui est notre véhicule : c'est devenu ma priorité pour laisser passer plus de lumière et donc incarner davantage.

Cette compréhension me ramène aux premiers enseignements de Mayanna, canalisés par mon amie Monique Parent Baccan sur les énergies de l'amour et la lumière : faire entrer la lumière et l'amour dans notre corps, disait-elle… Que la route est longue ! Une vie ne suffit pas. Mais je sais aujourd'hui que les nouvelles énergies nous permettent d'accompagner ce processus. Avant, il nous fallait plusieurs vies pour libérer un karma, mais désormais, grâce au karma immédiat, on peut avancer plus vite et élever nos vibrations – nos *good vibes* –, et contacter le divin en soi. Il est possible de cocréer notre vie avec l'aide de l'invisible, de l'amour et de la lumière. Je peux l'affirmer parce que mes transformations, mes transmutations viennent de là ; c'est ainsi que je peux aujourd'hui me livrer et délivrer ces messages dans ces pages, ne plus avoir peur d'y aller, ne plus craindre le qu'en-dira-t-on, le regard de l'autre. Et ce qui sera sera…

Le plus beau, c'est qu'en libérant ma mémoire de sorcière, en dépassant ma peur de passer pour une dingo – et d'être enfermée ou éliminée –, je libère aussi toutes les femmes de ma lignée qui elles, sont passées pour des folles et ont été enfermées. Je l'ai même fait en témoignant dans l'émission hommage à Gisèle Halimi sur France Inter grâce à Sonia Devillers[1].

Quelle joie de transmettre ces messages reçus pour apporter mon aide et témoigner qu'après la mort du corps, la vie se poursuit sous une autre forme, qu'une transmutation est possible et que toute situation, si difficile soit-elle, se transforme, se transcende, se transmute.

La vie continue avec l'aide de l'Univers ou avec le champ quantique, comme on l'appelle aujourd'hui, le champ de tous les possibles !

Je suis là pour ça.
Je suis venue pour ça.
C'est ma mission d'âme.
Avec le divin, parler d'amour.
C'est ma voix, ma voie,
L'amour, la lumière chevillée au corps pour
Les femmes et les hommes
En quête de Soi !

---

1. Le podcast « Gisèle Halimi, une visionnaire » est disponible sur www.radiofrance.fr.

34

À ma sorcière bien-aimée

Même achevée, toute vie se prolonge hors d'elle-même, dans le ciel qu'elle devient pour d'autres vies.

Étienne Klein

Ce jeudi 21 novembre 2024, je referme les chapitres de ce livre en regardant tomber les flocons de neige bien précoces pour la saison. Pas si simple d'entrevoir que le moment est venu d'y mettre le mot « fin », mais aussi celui de le laisser vivre sa vie. Je ne pensais pas que ce serait si compliqué à lâcher. Oui, quelque chose se termine, mais ce qui est nouveau, c'est que je devine les événements qui vont accompagner cette naissance et ma joie se manifeste. Alors je prends ces neiges inédites pour un clin d'œil céleste, un cadeau du ciel. Allez, j'ose l'écrire !

Une fenêtre s'ouvre vers l'horizon enneigé et ces flocons m'emportent vers une nouvelle destinée. Je sais que la nature me parle. Elle me dit : « Tu n'as qu'à suivre. Regarde, ces flocons sont comme des inspirations, des informations qui viennent jusqu'à toi. Il te suffit de réceptionner ! » Je ne peux m'empêcher de me souvenir de ce moment incroyable, lors de ces premières vacances de fin d'année sans toi, en décembre 2020, alors que nous étions encore un peu confinés. En arrivant sur cette plage de Coutainville que je ne connaissais pas, oppressée, je me suis empressée, à peine arrivée, de descendre *fissa-fissa* au bord de la mer pour toucher l'eau et parler aux éléments. Je savais qu'ils me soulageraient un peu la douleur qui me serrait la poitrine et me fendait le cœur. Après cette communion avec la nature, c'est le cœur un peu plus léger que j'ai décidé de retrouver ma sœur et ma nièce. À peine avais-je fait demi-tour pour remonter vers la digue que ce tag sur le muret de la plage a attiré mon regard : « Regarde le ciel. » Une émotion m'a envahie immédiatement. C'était un message. Tu étais là, vous étiez tous là et vous me souteniez dans cette épreuve.

Je me remémore souvent ce conseil céleste, comme aujourd'hui, où je prends cette première neige précoce tel un message venu pour m'éclairer et pour m'inspirer. Alors j'observe la valse des flocons avec beaucoup d'émotion mais aussi avec plus de légèreté. Et ça, c'est nouveau.

L'appel est très fort et malgré mon pied encore douloureux, je ne peux m'empêcher de sortir sur le pas de ma porte-fenêtre et de laisser ces flocons toucher ma peau. J'adore cette sensation. Elle me rappelle que la nature est mon alliée. En refermant la fenêtre, j'entends ceci :

Ne t'en fais pas. Regarde, nous sommes là pour toi et te guidons, comme ces flocons, vers un futur où tu pourras écrire sur de nouvelles pages blanches, où tu pourras inscrire, commencer des nouveaux chapitres de ta vie, vivre et respirer grandement, sans carcan, sans épuisement, en ouvrant grand tes canaux d'inspiration, de reliance de lumière et d'amour éternel, comme les neiges. Pureté, innocence sont tes maîtres mots. Garde-les bien au chaud de ta conscience pour les jours troublés et moins heureux.

Pendant que je réceptionne ces lignes, la poudreuse a couvert d'un manteau blanc la pelouse de la résidence et je ne peux m'empêcher d'y voir le clin d'œil qui m'est envoyé. Tout de suite, je demande : « Mais pourquoi neige-t-il aujourd'hui précisément ? » C'est ce manteau blanc qui me donne la réponse en m'emportant *illico presto* sur le fil de mes souvenirs du 16 janvier 2021 où, comme ce matin, ouvrant le store et découvrant ce qui tombait du ciel, avec l'impression de revivre *Un jour sans fin*, j'ai écrit ce texte :

Surprise, cadeau du ciel : la nature est couverte de poudreuse, il neige ! À la fois, la joie de voir ces premiers flocons voltiger sur Paris me surprend, et en même temps une immense tristesse prend le relais. Les larmes me montent aux yeux. Et pourtant l'envie de sortir et de sentir les flocons effleurer ma peau est plus forte. Cette sensation unique et inouïe que je revis chaque année… Mon corps et mon âme sont en effervescence. Mais très rapidement la réalité prend le dessus. Je me rends compte que tu n'es pas là, mon amour, et le manque m'envahit. Panique à bord ; le vide sidéral. Vivre ces premières neiges, sans toi… Tu aimais tant regarder la neige tomber et me voir tourbillonner sous les flocons. Les larmes coulent sur mon visage enneigé, ton absence est insupportable, insurmontable. Je t'entends me dire : « Ma chérie, il neige, réjouis-toi, réjouis-toi, c'est exceptionnel, profite de ce temps ; ça ne va pas durer. Ne t'encombre pas de tristesse, vis ce moment que tu aimes tant, c'est un moment toujours extra-ordinaire. »

L'émotion est trop forte, la tristesse l'emporte. Je ne peux retenir mon chagrin, et pourtant, au bout de quelques minutes, noyée entre les larmes et les flocons, mystère, je sens mon âme d'enfant se réveiller, reprendre ses droits, et la joie qui l'accompagne. Je savoure cet instant. C'est tellement bon… Comme si tous ces flocons étaient empreints de souvenirs que je voulais retenir, les attraper pour les fixer et ne pas oublier. Je prends conscience du point auquel j'ai peur de ne plus me souvenir. Pour nous deux, la neige était le symbole des retrouvailles qui nous avaient permis d'écrire un nouveau chapitre de notre histoire – un chapitre qui ne s'est jamais vraiment terminé. Quelques jours de repos et une destination que nous avions pu nous offrir grâce à un clin d'œil de l'Univers nous aidant à gagner au loto en cette fin d'année 2009. Depuis trois ans, nous nous étions rapprochés et nous avions envie de passer quelques jours ensemble, histoire de voir si « nous deux » rimait toujours avec « heureux ».

Oh mon amour ! J'ai tellement peur d'oublier ton sourire, ta lumière, ta douceur, ta tendresse, ta gentillesse, ta peau contre ma peau, tes gestes d'amour comme tes sautes d'humeur, ton monde, ta bienveillance, ton regard. Ce n'est pas possible. Tout cela est irréel, je vais me réveiller et me retrouver à tes côtés. Nous allons nous lever, prendre l'un de ces petits déjeuners que nous affectionnions tant, nous câliner et nous offrir ces merveilleux moments car nous savions la rareté de ces instants simples mais magiques et surtout nous connaissions le prix que nous avions payé pour apprécier ces trésors quotidiens qui rendent la vie si belle. Ces petits rien qui font tout…

Je ne veux pas oublier ! Non seulement je ne veux pas oublier, mais je souhaite témoigner, partager tout ce que nous avons vécu, traversé, compris, enduré pour l'amour. En essayant d'attraper ces flocons, j'ai envie que notre histoire d'amour aide celles et ceux qui n'ont pas connu cette grâce, qui n'ont plus foi en l'amour, ne croient plus au grand amour. Je veux qu'ils sachent que l'amour est possible même quand tout semble impossible, irréalisable, même quand tous les événements incitent à penser que c'est perdu d'avance, que les éléments se jouent de nous. Quand l'amour est vrai, profond et divin, tout est possible.

Comme je rentre, trempée, dans mon appartement me reviennent les images de ce moment tellement surprenant où tu t'es levé d'un bond du canapé en disant, ravi : « Tu devrais écrire notre histoire ! » Nous sortions du confinement que nous avions vécu collés-serrés avec délice dans l'intimité la plus totale – j'ose à peine le dire. Surprise par ta proposition, je me souviens de ma réponse : « Mais comment veux-tu que je raconte notre vie, vu ta situation ?

— Maintenant tu peux », m'as-tu dit.

Pour toi, c'était devenu une évidence : « Notre histoire est magnifique, elle peut aider des amoureux qui pourraient rencontrer les mêmes difficultés que nous. Notre expérience peut les aider. » Plus tard, pendant nos vacances, tu as encore insisté, exprimant le désir de me voir écrire notre histoire.

Aujourd'hui bien sûr, je comprends ton insistance, mon amour. Ton inconscient savait ce qui allait arriver et tu me donnais l'autorisation de révéler notre secret. Sans cela, je n'aurais jamais osé.

Je vous laisse un instant, je retourne tutoyer les flocons…

35

L'âme agit

Oui je suis là
Oui la vie continue
Sur son flot d'énergie
Sans mélancolie.
Illumine la vie
De ses mille et une couleurs
Pour te ressourcer
Et t'enivrer de pur bonheur.
Vivre sans détour
Vivre pour l'amour
Vivre toujours
Plus haut plus fort
Vibrer
Parmi les fleurs
Sourire au bonheur
Que la vie nous porte
Avec la force de la lumière
En soi
Pour t'inviter à dépasser tes limites
Et t'emmener vers de nouveaux
Horizons

Insoupçonnés
Mon amour
Réjouis-toi de ce qui arrive
Accueille les bras grands ouverts
L'étrangeté et l'imprévisible.
Tout est juste tu le sais
Souris à la vie
Que tu aimes tant
Je suis là à tes côtés
Pour le jour où le poids est plus
Lourd
L'émotion plus forte.
Juste là à côté…
Un souffle nous sépare
Pas de tristesse mais
De la tendresse
Mon amour
À l'infini et pour l'éternité
De nos âmes enlacées
Je t'aime et tu le sais
Je suis là juste à côté
Un souffle nous sépare…
Un voile transparent
Translucide
Qui permet le contact de nos âmes, de nos énergies.
Solaire tu es
Solaire tu resteras
Pour l'éternité
Mon amour adoré
Ton chevalier céleste

D’amour éternel.
Je t’aime.
Pas de cœur blessé
Mais un cœur illimité
Ouvert au plus grand
À l’amour, à la vie, à la
Liberté d’être
Je suis là à côté
Tout à côté… tout près… tout doux
Chuuuuut… je suis là, je suis près…
De toi…

Toute ma gratitude

À mes anges gardiens et mes guides qui m'éclairent dans le brouillard, sous le soleil ou lors des tempêtes.

À mon éditrice Sophie Rouanet qui a manifesté le désir de me rencontrer et grâce à qui ce livre est devenu réalité.

À ma sœur, Annie-Pierre et à ma nièce Jeanne, pour leur patience d'ange.

À Blima Mehr et Catherine Rosier pour leur soutien indéfectible.

À Olivia Karam pour ses subtiles corrections et son enthousiasme.

À Philippe Borel, vice-président de la Vague des livres de Villefranche-sur-Saône, à l'origine de cette « Magic Adventure ».

À Géraldine Dormoy, la fée du hasard.

À Eve Couty pour ses soins divins.

À Malika Montenon, la magicienne des temps modernes, qui m'a accompagnée dans la concrétisation de cet ouvrage.

À Gérard Martiano, mon ostéopathe depuis la nuit des temps.

À madame Geneviève Delaisi de Parseval qui m'a encouragée à délivrer cette météo intérieure.

À Chantal-Haya Mamou pour son accompagnement inconditionnel et ses merveilleuses séances.

À Arnaud Touffet, son époux, pour ses voyages en terre inconnue de mon intériorité.

À Anne Calbardure et Mimi et Claude Dassonvalle grâce à qui j'ai découvert Coutainville, un havre de paix et un baume pour mon âme en peine.

À Régine et Bruno, Thomas-Lamotte et Isabelle Bédikian qui ont été mes premiers lecteurs.

À Sylvie et Bachir Karam pour leurs parenthèses orientales réconfortantes.

À Karine et Benoît Drobins pour leur accueil chaleureux et propice à l'écriture.

À Léa Salamé et Nicolas Demorand de m'avoir aidée à m'affranchir !

À toutes les personnes qui, au sein des Éditions Robert Laffont, ont permis que ce texte devienne un livre.

Sans oublier mes anciens directeurs, qui du ciel… veillent !

Table des matières

Composition et mise en pages
par Facompo, Montrouge

Pour plus d'information :

www.lisez.com

Imprimé sur du papier issu de forêts gérées durablement.

Imprimé en France par
CPI Firmin-Didot
en mai 2025

N° d'édition : 68570/01 – N° d'impression : 183469